百村脱贫案例

山西省扶贫开发办公室 ◇ 编

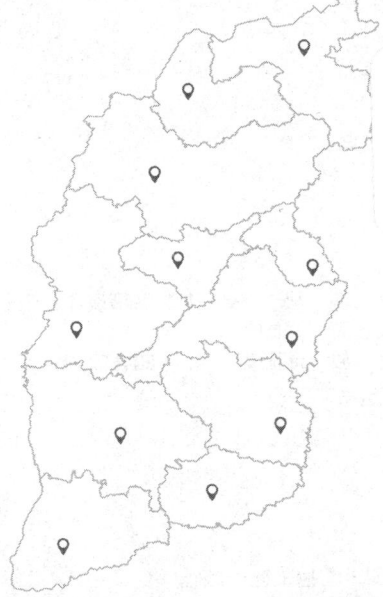

山西出版传媒集团 北岳文艺出版社

·太原·

图书在版编目（CIP）数据

百村脱贫案例 / 山西省扶贫开发办公室编.
—太原：北岳文艺出版社，2018.10（2021.6重印）
ISBN 978-7-5378-5713-0

Ⅰ.①百… Ⅱ.①山… Ⅲ.①纪实文学－中国－当代
Ⅳ.①I25

中国版本图书馆CIP数据核字（2018）第231297号

书　名：百村脱贫案例	策　划：赵　瑞　马　峻	书籍设计：张永文
编　者：山西省扶贫开发办公室	责任编辑：关志英　吴国蓉 　　　　　谢　放　薄阳青	印装监制：郭　勇

出版发行：山西出版传媒集团·北岳文艺出版社
地址：山西省太原市并州南路57号　邮编：030012
电话：0351-5628696（发行部）　0351-5628688（总编室）
传真：0351-5628680
经销商：新华书店
印刷装订：阳谷毕升印务有限公司

开本：880mm×1230mm　1/16
字数：341千字　印张：24.5
版次：2018年10月第1版
印次：2021年6月山东第6次印刷
书号：ISBN 978-7-5378-5713-0
定价：28.00元

本书版权为本社独家所有，未经本社同意不得转载、摘编或复制

《百村脱贫案例》编委会名单

主 任
刘志杰

副主任
张玉宏　张建成　龚孟建　张伟勤

成 员
赵小英　宋坤政　马军侠　高耀东　杨晓华　姜晓武
赵俊超　叶明威　赵　刚　李良库　张临阳　李安庆
郭晋萍　张俊彦　郭　洪　樊彩英　李建忠　康宝林
白雪峰　雷福海　杨志勇　陈林强　侯文亮　安海润
段志岗　李喜红　孙延震　张宗泽

主 编
龚孟建

副主编
赵　刚　王怡飞

成 员
王　喆　闫晋东　刘洪英　王旭东　任志宏　张庆文
贺俊卿　张方杰　李瑞华　方　堃　刘利珍　孙永芳

《百村脱贫案例》
出版项目部

主 任

赵 瑞

常务副主任

古卫红

副主任

刘卫红　贾晋仁

成 员

马　峻　关志英　吴国蓉　谢　放　薄阳青　陈学清
贾江涛　韩玉峰　巩　璠　庞咏平　曹雨一　刘文飞
王朝军　左树涛　刘思华　鄀宝红　李依潞　史晋鸿
陈　洋　席香妮　张永文

前　言

党的十八大以来，山西省委、省政府认真贯彻习近平总书记关于扶贫工作的重要论述和视察山西重要指示精神，落实"中央统筹、省负总责、市县抓落实"的工作机制，高位推动，持续发力，围绕脱贫攻坚目标任务，坚持精准扶贫方略和现行扶贫标准，咬定总攻目标，落细攻击点位，完善督战机制，下足"绣花"功夫，脱贫攻坚取得决定性进展。截至2017年底，全省共有4800余个贫困村，贫困发生率下降到4%以下。

为真实记录全省脱贫历程，客观反映脱贫成效，推广借鉴好的经验做法，在市、县推荐的基础上，省扶贫办选取了100余个已脱贫村，汇编形成首套《百村脱贫案例》。该书以图文并茂的形式，多角度、多层面反映了贫困村脱贫的路径、成效和特点。像徐家堡村、南小沟村、东林尖村、陈国坪村等有产业发展潜力的贫困村，在全省推动"一村一品一主体"的政策推动下，通过"新型经营主体+贫困村+贫困户"的发展模式，实现了贫困村有产业、有带动企业、有合作社，贫困户有项目、有劳动能力的有技能的"五有"标准，走出了一条产业促脱贫的致富道路；像奇奇里村、六固村、勤泉村等有旅游资源的贫困村，采取景区带村、能人带户等模式，通过特产销售、自主创业、务工收入，实现了脱贫攻坚和美丽乡村的衔接融合；像宋家沟村、王马村、官庄村等"一方水土养不好一方人"的贫困村，坚持易地扶贫搬迁和产业发展并重，强化水、电、路、气、网等基础设施配套和就近就业安置，让搬迁群众"搬得出、稳得住、能脱贫"；像东平原村、岭回村、六百户村等贫困村，发挥党建引领示范带动作用，通过强化"三基"建设，凝聚脱贫合力，转变群众观念，革除陈规陋习，激发内生动力，村容村貌、户容户貌、精神面貌大为改善，实现了村集体经济收入从无到有、从少到多的转变，贫困群众由"要我脱贫"到"我要脱贫"的转变。

"一石激起千层浪，两指弹出万般音"。这100余个脱贫村虽然基础条件不同，脱贫路径各异，但都具有可复制、可推广、可借鉴的示范效应，希望能为有关部门和基层干部提供参考和借鉴。

山西省扶贫开发办公室

2018年10月

目 录

太原市

激发脱贫志 走出致富路
　　——阳曲县黄寨镇南留南村脱贫案例 ·················· 003

念好山水经 走出脱贫路
　　——阳曲县北小店乡六固村脱贫案例 ·················· 006

广开门路 精准施策 团结协作"拔穷根"
　　——娄烦县庙湾乡常家坡村脱贫案例 ·················· 009

大同市

强化产业引领 决胜脱贫攻坚
　　——云冈区西韩岭乡谢店村脱贫案例 ·················· 015

山村思巨变 精准助脱贫
　　——新荣区郭家窑乡二队地村脱贫案例 ················ 018

因地制宜施策　多措并举脱贫

——阳高县大白登镇潘寺村脱贫案例 ················· 021

建设绿色家园　助推脱贫攻坚

——天镇县赵家沟乡天沟村脱贫案例 ················· 024

多措并举谋发展　精准施策真脱贫

——广灵县壶泉镇赵庄村脱贫案例 ··················· 027

精准发力"拔穷根"　千年古村焕新生

——灵丘县壶泉镇曲回寺村脱贫案例 ················· 030

下足"绣花"功夫　建设"小康"东庄

——浑源县王庄堡镇东庄村脱贫案例 ················· 034

凝心聚力驱穷魔　握指成拳拓富路

——左云县小京庄乡西碾头村脱贫案例 ··············· 037

脱贫攻坚抓产业　遍地黄花是金针

——云州区峰峪乡徐家堡村脱贫案例 ················· 040

阳泉市

扶志扶智发展产业　提质增效兴村富民

——阳泉市郊区西南舁乡东林尖村脱贫案例 ··········· 045

脱贫攻坚扎实干　贫困山村谱新章

——平定县柏井镇将军峪村脱贫案例 ················· 048

强基础　抓产业　踏实走稳脱贫路

——盂县上社镇外独头村脱贫案例 ··················· 051

长治市

整体搬迁"挪穷窝" "精准"发力拔穷根
　　——襄垣县西营镇马鞍山村脱贫案例 …………………… 057

户均药材一亩半　小康路上众口赞
　　——平顺县龙溪镇南小沟村脱贫案例 …………………… 060

易地搬迁结硕果　产业筑起新希望
　　——黎城县洪井乡信社村脱贫案例 ……………………… 063

抓班子聚民心　兴产业促脱贫
　　——壶关县五龙山乡刘寨村脱贫案例 …………………… 066

产业铺开脱贫路　旅游筑牢致富梦
　　——壶关县石坡乡南平头坞村脱贫案例 ………………… 069

因村制宜谋发展　精准施策促脱贫
　　——武乡县故县乡五村脱贫案例 ………………………… 072

乡村旅游促脱贫　电商助力"拔穷根"
　　——武乡县上司乡岭头村脱贫案例 ……………………… 075

多措并举促增收　稳步脱贫建奇功
　　——沁县段柳乡芦家岭村脱贫案例 ……………………… 078

兴产业　真帮扶　换新颜
　　——沁县定昌镇烟立村脱贫案例 ………………………… 081

多业并举铺就脱贫路　多点发力建设新家园
　　——沁源县官滩乡紫红村脱贫案例 ……………………… 084

晋城市

治乱治业治村　铺就脱贫致富路
　　——沁水县端氏镇必底村脱贫案例 ………………………… 089

精准扶贫巧施策　拔净"穷根"奔小康
　　——沁水县张村乡张村村脱贫案例 ………………………… 092

"三扶三帮"移穷山　携手岭东奔小康
　　——沁水县土沃乡岭东村脱贫案例 ………………………… 095

旅游扶贫促发展　筑就富民增收路
　　——陵川县夺火乡勤泉村脱贫案例 ………………………… 098

干部齐心谋发展　多措并举促脱贫
　　——陵川县夺火乡圪台河村脱贫案例 ……………………… 101

精准施策到户　夯实脱贫基础
　　——陵川县西河底镇冯山村脱贫案例 ……………………… 104

扶贫出实招　脱贫见成效
　　——陵川县古郊乡马圈村脱贫案例 ………………………… 107

精准扶贫尝甜头　脱贫路上有奔头
　　——阳城县河北镇六甲村脱贫案例 ………………………… 110

朔州市

乡村振兴暖民心　康庄大道奔小康
　　——平鲁区凤凰城镇六百户村脱贫案例 ·············· 115

提振精神添信心　富民产业助脱贫
　　——平鲁区双碾乡大有平村脱贫案例 ·············· 118

明代古村换新颜　现代新村奔小康
　　——平鲁区阻虎乡迎恩堡村脱贫案例 ·············· 121

开对精准药方"拔穷根"　共谋乡村振兴同致富
　　——山阴县吴马营乡黄草梁村脱贫案例 ············ 124

精准施策"拔穷根"　多产联动铺富路
　　——山阴县吴马营乡西短川村脱贫案例 ············ 127

人居环境与脱贫攻坚"两全其美"
　　——右玉县白头里乡赵官屯村脱贫案例 ············ 130

产业托起致富梦　古堡焕发新生机
　　——右玉县牛心堡乡牛心堡村脱贫案例 ············ 133

晋中市

产业撑起一片天　柳滩农户笑开颜
　　——榆社县箕城镇柳滩村脱贫案例 ·············· 139

忠诚担当苦干　脱贫战场显身手
改革创新拼搏　小康路上勇作为
　　——左权县龙泉乡连壁村脱贫案例 ·············· 142

创新"村党支部+"　走好"三条新路子"
　　——和顺县青城镇大川口村脱贫案例 …………………… 145
党建引领　增强干群凝聚力
多业并举　筑牢脱贫致富路
　　——昔阳县赵壁乡东平原村脱贫案例 ………………… 148
能人带动脱困境　统筹扶贫破难题
　　——昔阳县大寨镇安家沟村脱贫案例 ………………… 152
致富产业引活水　红色古村又一春
　　——昔阳县三都乡西峪村脱贫案例 …………………… 155
发展绿色产业　带动增收致富
　　——寿阳县西洛镇南河村脱贫案例 …………………… 159
产业铺就脱贫路　扶贫济困奔小康
　　——祁县古县镇北岗头村脱贫案例 …………………… 162
"三变"聚力　筑牢脱贫之基
　　——平遥县孟山乡石圐圙村脱贫案例 ………………… 165
产业扶贫"拔穷根"　夯基"造血摘穷帽"
　　——灵石县南关镇吴庄村脱贫案例 …………………… 168

运城市

旧貌换新颜　建设美丽宜居新农村
　　——盐湖区席张乡王马村脱贫案例 …………………… 173
"农旅结合"壮大集体经济实现脱贫梦
　　——万荣县万泉乡北涧村脱贫案例 …………………… 176

小山沟唱响了脱贫歌
　　——万荣县汉薛镇柳林岭村脱贫案例 …… 179

统筹安排惠及长远　精准发力焕然一新
　　——闻喜县裴庄乡小王沟村脱贫案例 …… 183

山村气象时时新　小康路上大步迈
　　——闻喜县石门乡石门村脱贫案例 …… 186

聚心攻坚抓扶贫　精准铺设致富路
　　——稷山县翟店镇南吴坡村脱贫案例 …… 189

带着感情抓脱贫　小康路上不落人
　　——新绛县横桥乡堡里村脱贫案例 …… 192

"特色产业"发力　贫困乡村焕新生
　　——绛县古绛镇下高池村脱贫案例 …… 195

党建引领走活"脱贫棋"
三曲齐奏拓宽"致富路"
　　——垣曲县皋落乡岭回村脱贫案例 …… 198

新时代赋予新使命　新征程打造新南吴
　　——夏县庙前镇南吴村脱贫案例 …… 202

党建引领促发展　小颗粒做成大产业
　　——夏县埝掌镇北坡村脱贫案例 …… 205

红叶为媒　多方兴业
　　——平陆县坡底乡后窑村脱贫案例 …… 208

党建引领凝聚人心　项目支撑扶起腰杆
　　——芮城县南卫乡东张联村脱贫案例 …… 211

忻州市

陀罗山的"浴火重生"路
　　——忻府区合索乡黄龙王沟村脱贫案例 ·················· 217
多措并举兴产业　自力更生"拔穷根"
　　——定襄县蒋村乡宽沟村脱贫案例 ························ 220
产业扶贫"拔穷根"　绿色发展换新颜
　　——五台县耿镇镇方子口村脱贫案例 ······················ 223
合资共创谋发展　产业脱贫谱新篇
　　——代县聂营镇东段景村脱贫案例 ························ 226
兴产业　换新村　开启幸福美满新生活
　　——繁峙县繁城镇楼岗村脱贫案例 ························ 229
突出党建引领　凝聚脱贫合力
　　——宁武县东马坊乡西沟村脱贫案例 ······················ 232
践行产业扶贫　引领农户增收
　　——宁武县阳方口镇阳方村脱贫典型案例 ·················· 235
强化精准举措　建设美丽乡村
　　——静乐县鹅城镇王端庄村脱贫案例 ······················ 238
"拔穷根"　铺富路　精准脱贫谱新篇
　　——神池县东湖乡段筋咀村脱贫案例 ······················ 241
"挪穷窝　摘穷帽　断穷根"
　　——五寨县经堂寺乡店坪村脱贫案例 ······················ 245

强化党建引领　精准发力"拔穷根"
激发内生动力　脱贫小康不掉队
　　——岢岚县宋家沟乡宋家沟村脱贫案例 …………………… 248
脱贫致富谢党恩　自力更生奔小康
　　——河曲县刘家塔镇后大洼村脱贫案例 …………………… 251
干群同心抓脱贫　倾力打造小康村
　　——保德县韩家川乡官居村脱贫案例 ……………………… 254
引光伏　兴梨业　民富居宜稳脱贫
转观念　重示范　典型引领促振兴
　　——偏关县新关镇高家上石会村脱贫案例 ………………… 257
"六条腿""一把伞"　打好产业扶贫增收仗
　　——原平市南白乡下西岗村脱贫案例 ……………………… 260
发展乡村旅游　助力精准脱贫
　　——五台山风景名胜区蛤蟆石村脱贫案例 ………………… 263

临汾市

牵住产业"牛鼻子"　造血自强"拔穷根"
　　——翼城县浇底乡翟庄村脱贫案例 ………………………… 269
精准帮扶"驱贫魔"　三位一体"重造血"
　　——翼城县里砦镇神沟村脱贫案例 ………………………… 272
村庄旧貌换新颜　打赢脱贫攻坚战
　　——洪洞县苏堡镇后山头村脱贫案例 ……………………… 275

精准扶贫路　悠悠感恩情
　　——古县南垣乡五十亩垣村脱贫案例 ·············· 278
齐力攻坚谱新篇　脱贫百姓俱欢颜
　　——安泽县马壁乡卫寨村脱贫案例 ················ 281
老区人民的小康路
　　——安泽县杜村乡小李村脱贫案例 ················ 284
村容村貌大变化　农民增收促脱贫
　　——安泽县和川镇罗云村脱贫案例 ················ 287
产业带动　基础先行　精准帮带
三轮驱动　铺就小郭村脱贫致富路
　　——浮山县张庄乡小郭村脱贫案例 ················ 290
乡村旅游铺富路　厚德载物谱华章
　　——吉县屯里镇太度村脱贫案例 ·················· 293
易地搬迁"挪穷窝"　"造血扶持换穷业"
　　——吉县柏山寺乡官庄村脱贫案例 ················ 296
精准扶贫助推产业转型　千年古堡焕发勃勃生机
　　——吉县车城乡朱家堡村脱贫案例 ················ 299
特色产业舞龙头　对症扶贫阔步走
　　——吉县车城乡桑村脱贫案例 ···················· 302
搬出"穷窝窝"　圆了安居梦
　　——乡宁县尉庄乡仁义村脱贫案例 ················ 305
夯实产业之基　决胜脱贫攻坚
　　——乡宁县台头镇桃花山村脱贫案例 ·············· 308

让脱贫致富之路越走越宽
　　——乡宁县关王庙乡北村脱贫案例 ………………………… 311
深化改革创新业　山区小村换新颜
　　——大宁县曲峨镇山庄村脱贫案例 ……………………… 314
打好扶贫"组合拳"　打赢脱贫"攻坚战"
　　——隰县寨子乡峪里村脱贫案例 ………………………… 317
"红枣+旅游"创出脱贫新天地
　　——永和县阁底乡奇奇里村脱贫案例 …………………… 320
"扶志扶智"双轮驱动　"输血造血"双管齐下
　　——蒲县古县乡下刘村脱贫案例 ………………………… 323
精神扶贫　思想扶志　树起攻坚不倒旗帜
　　——蒲县黑龙关镇黎掌村脱贫案例 ……………………… 326
阳光发电助脱贫　肉鸡养殖促小康
　　——汾西县永安镇太阳山村脱贫案例 …………………… 329

吕梁市

乡村旧貌换新颜　旅游脱贫促振兴
　　——离石区信义镇归化村脱贫案例 ……………………… 335
抓特色产业　促稳定脱贫
　　——文水县马西乡马西村脱贫案例 ……………………… 338
多措并举促脱贫　旧村旧貌换新颜
　　——交城县东坡底乡东坡底村脱贫案例 ………………… 341

强基正风兴产业　多管齐下促脱贫
　　——兴县康宁镇花子村脱贫案例 ………………………… 344
大力发展庭院经济　脱贫攻坚亮点纷呈
　　——临县石白头乡陈国坪村脱贫案例 …………………… 347
精准扶贫"拔穷根"　托起群众致富梦
　　——柳林县金家庄乡北辛安村脱贫案例 ………………… 350
多轮驱动走出新天地　产业扶贫筑就幸福梦
　　——柳林县留誉镇南沟村脱贫案例 ……………………… 353
竖起党旗指方向　攻坚战所向披靡
　　——石楼县义碟镇张家塔村脱贫案例 …………………… 356
精准施策真脱贫　多措并举保增收
　　——方山县麻地会乡后则沟村脱贫案例 ………………… 359
靠山吃山　西交子村"新吃法"迎来新天地
　　——交口县桃红坡镇西交子村脱贫案例 ………………… 362
多措并举　实现整村脱贫目标
　　——汾阳市峪道河镇褚家沟村脱贫案例 ………………… 365
特色产业促脱贫　落后山村换新颜
　　——中阳县车鸣峪乡刘家坪村脱贫案例 ………………… 369
强化领导　创新机制
积极探索产业扶贫新模式
　　——岚县大蛇头乡吴家沟村脱贫案例 …………………… 372

百村脱贫案例

太原市

激发脱贫志　走出致富路
——阳曲县黄寨镇南留南村脱贫案例

南留南村位于阳曲县城西3公里，辖南留南、南留北、龙兴村、寺庄和大树坪5个自然村。全村户籍人口531户1300人，总面积5.72平方公里，耕地面积3777亩。2014年识别建档立卡贫困户162户379人，贫困发生率30.5%，年人均收入2900元，村集体无经济收入。脱贫攻坚战役打响后，在扶贫政策的精准带动和帮扶力量的有效助推下，2017年底累计脱贫153户362人，贫困发生率降至1.3%，年人均收入达到8590元，村集体经济收入突破25万元，不但摘掉"穷帽子"，还走上了致富路。

林果业全覆盖带动增收

贫困户兰某某今年71岁，因为腿脚不便定为三级残疾，村里按政策给他办了低保，他和女儿两口人每年可享救济金7380元。兰某某说："咱不能总靠政府，自己还能走能动，自己挣钱心里更踏实。"集体为他流转了8亩耕地，帮助他种植的樱桃、桃树两三年就挂了果。村里实施了"农业观光+采摘"的旅游脱贫计划，兰某某不用出村每年就有4000元收益，家庭生活得到了极大改善。南留南村是全县苹果主产区，由于果树品种老化、价格低等原因，林果业不景气。近几年，南留南村实施林果改造提升计划，投资460万元，修建田间道路、水网灌溉设施，引进樱桃、杏树、玉露香梨、水蜜桃、白水杏等新品种，升级改造老果园800余亩，打造精品采摘果园1277亩，新栽植葡萄苗110余亩，引进"早黑宝""晚黑宝""绿翠宝"等葡萄新品种，通过流转土地等办法，帮助贫困户每户至少都建有3亩以上的果园，贫困户年均增收都在3500元以上。村里按照乡村旅游规划，新建了6座休闲观光亭，篱笆墙1000米，绿化漫行步道3800平方米，新建10栋乡村田园客栈，昔日的果园变成可供游客观光采摘的景区。村两委组织开展"回村过年""回村采摘""回村避暑""回村休闲"等系列活动，累计接待游客8200人次，收益近40万元。

"周末学堂"激发脱贫动力

"周末学堂"不仅是党员教育的阵地，更是贫困户长见识、学技能的场所。彭某某，56岁，全家3口人，家中有耕地2.4亩，孩子读小学。前两年，由于思想比较保守，夫妻二人文化程度低，身体不太好，苦于缺乏资金和找不到赚钱的路子，没有脱贫的动力，农闲时候在附近的乡镇打零工赚些散钱，所以生活一直过得比较艰苦。2015年，村委通过贫困人口动态调整程序将彭某某家识别为贫困户。第一书记尤变清和他结成了对子帮扶，经常来他家了解家庭基本情况，深入交流了解他的思想动态、脱贫意愿，宣传扶贫方面的好政策等。不断讲解贫困户的"帽子"不是光荣的，只有脱贫致富了，才能改善家庭情况，才能改变左邻右舍的看法。彭某某开始琢磨着还能干点啥，哪里有赚钱的项目门路。他参加了万人养殖脱贫计划培训，决定开始发展养殖业。培训后，政府免费发给他两只羊，他又鼓起勇气借钱买了十几只羊，根据学到的养殖技术精心照料。镇里畜牧站的技术员也经常入户指导，耐心回答关于羊生病、养殖方面的问题。当年的羊肉市场很好，卖羊羔、羊肉赚了2万余元。后来利用小额贷款，他又建起了500只鸡的鸡场。彭某某说,党和政府对贫困户太好了,不仅给他们上了医疗保险和意外伤害险,还享受了扶贫小额信贷、"雨露计划"、危险土窑洞改造、外出务工奖励、公益性岗位等好政策,再不好好干,对不起好政策。村第一书记尤变清还协调擅长养殖的贫困户新建了1800平方米的标准化猪舍和牛舍,由合作社经营,优先安排38名贫困群众打工。每年出栏500余头猪、200多头仔猪,纯收入可达25万元,直接带动19户贫困户脱贫,每户每年分红3000元以上。近几年,南留南村全村硬化绿化后更敞亮了,上下水管道都铺好了,户户通了天然气。村里村外焕然一新,过去贫困村的面貌一去不复返了。

各方助力　村容村貌焕然一新

驻村第一书记尤变清坚持把心留在村里、把事做在村里,在日常工作中,都是以实际行动来感动大伙。譬如每天为5户贫困户宣讲政策,村民们看在眼里,记在心里;为村里残疾人申请免费医疗器械,不知跑了多少个来回;贫困户的补贴款不到位,就去相关部门查看。人心都是肉长的,村民们对这个第一书记的工作也慢慢认可了起来。她和大家商量,制定"村庄变景区、果园变游园、民房变客房"的乡村旅游发展目标,村里筹集资金943.44万元,铺设乡村公路2公里、硬化村主要街道,铺设巷道户道,修建田间道路8公里;完成上下水管网改造5公里;绿化村庄道路5680平方米;实施气化村庄项目,475户安装天然气壁挂炉、灶具,实现无煤化;对村内外墙面进行装饰美化,展示村级文化;生活垃圾实现定点存放、专人清运,做到不落地。残垣断壁、污水乱泼、垃圾乱倒、粪土乱堆、杂草乱垛、畜禽乱跑等突出问题得到彻底解决,村容村貌焕然一新。

念好山水经　走出脱贫路
——阳曲县北小店乡六固村脱贫案例

六固村地处阳曲县西山深处，由六固村、安家庄村两个自然村组成，全村户籍人口127户327人，总面积45平方公里，耕地面积1800亩。2014年识别建档立卡贫困人口43户125人，贫困发生率38.2%，年人均收入2900元，村集体无经济收入。脱贫攻坚战役打响以来，得益于扶贫政策和脱贫措施的有效落实，六固村发生了巨大的变化。到2017年底，全村贫困人口实现全部脱贫，年人均收入达到5800元，村集体经济收入突破50万元，实现了整村脱贫摘帽。

发展乡村旅游　推动脱贫增收

六固村距离县城50公里，山大沟深，地势险要，依山傍水，景致幽雅。村西北方向有座古庙，庙旁是一溜儿石砌的窑洞，传说是宋朝杨家将杨三郎屯兵之所；庙前平地及整个山沟，则是三郎的练兵场和藏兵地。多年来，由于交通不便、村集体经济困难等原因，"三郎洞"一直未被开发。近几年，随着乡村旅游的迅猛发展，自发来到村里探险、游玩的人慢慢多起来，村两委与帮扶单位在多次深入研究和征求民意的基础上，决定将发展乡村旅游作为脱贫增收的主要途径。2016年，在县、乡两级政府的帮助下，制定了"宜居宜游宜业"三规合一的乡村旅游发展规划。协调扶持资金55万元，新建旅游步道、停车场、公共卫生间，并购买了旅游专用电瓶车，开始打造"三郎洞"景区。一年时间，就接待了游客5万余人次，仅停车费一项，村集体经济年收入近10万元，14户贫困户在旅游区内务工，当年就实现户均增收7200元。络绎不绝的游客，实实在在的收入，让六固村群众看到了致富的希望，更加坚定了发展乡村旅游的信心。2017年，村两委积极引资，建成了银湾山庄。依山就势建设了民俗窑洞区、特色餐饮区、沙滩烧烤区以及8个多功能蒙古包，同时还吸收8名贫困群众常年在银湾山庄做当地农家饭、保安、保洁等，每月可收入2500元以上。争取扶持资金580万元，建设了民俗一条街、村民之家、文化广场、旅游接待中心，完成村主街道青石板路面铺设和污水处理工程，新建小公园，完成了改厕等工作。民俗一条街依托三郎洞景区的优势，发展了6家农家乐，主要以当地农家特色饭为主，同时经营当地土特产野生羊肚菌、红芸豆、地皮菜和手工鞋垫等，带动18名贫困群众参与旅游餐饮接待。如今的六固村，青砖青瓦，黄色的锦旗随风飘扬，颇有水村山郭酒旗风的感觉。贫困户李某某是最早开办农家乐的，也是最早受益的。他说："三郎洞景区每年有四五万人来旅游，光五一和十一这两个节日就能挣5000多块钱，一年下来能挣一两万块钱，感谢政府给我们找到这么好的脱贫门道！"

培育新产业　拓宽群众致富路

乡村美了，人气旺了，六固村依托乡村旅游优势，大力发展服务于乡村旅游的农副产品种植，拓宽增收门路。先后投资150万元，建起了78个蔬菜大棚，主要种植西红柿、大辣椒、黄瓜等无公害蔬菜，带动贫困户34户94人，户均增收5000元左右。村里还引进太原市福源祥公司流转了16户贫困户土地80亩进行羊肚菌种植，并对长期雇用的13名贫困群众进行培训，他们既挣到了工资又学到了羊肚菌种植技术，实现了双赢的效果。

贫困户高某，村两委帮助他在三郎洞办起了"快活林"旅游娱乐项目，一年下来有1万元左右的收入。近几年，他承包了蔬菜大棚，除了供应景区游客购买外，还在帮扶单位的帮助下集中运到太原市场搞批发，每年收入达到3万元。他高兴地说："赶上了好时代，有了国家对我们这些困难群众的关心，我们的生活真是越来越好了。"

驻村帮扶办实事　脱贫路走暖热心

六固村的帮扶单位——太原市妇联，想方设法帮助六固村发展乡村旅游。2016年，市妇联组织太原市女企业家举办了"山水北小店，清凉六固村"乡村旅游宣传活动，提升了六固村乡村旅游知名度。村干部多方奔走推销村农特产品，六固村10万余斤土豆、5万余斤红芸豆走上了太原市民的餐桌。六固村还成为"六味斋"的土豆供货地。

如今的六固村，支部班子凝心聚力，三规合一规划科学，美丽乡村进展顺利，产业链条初步形成，带领村民实现了整村脱贫的目标。六固村完成了从一个山区贫困村到美丽乡村、再到"全国文明村"的华丽转身，为山区贫困村脱贫致富蹚出了宽广的新路。

广开门路 精准施策 团结协作"拔穷根"
——娄烦县庙湾乡常家坡村脱贫案例

常家坡村地处娄烦县城东部,位于汾河水库东岸,受水资源保护地域限制,人们主要以种植业为生,产业匮乏,收入微薄。全村户籍人口525户1606人,总面积14平方公里,耕地面积1626亩。2014年识别建档立卡贫困人口310户810人,贫困发生率50.4%,年人均收入3000元,村集体没有经济收入。精准扶贫启动以后,在中央、省、市、县扶贫政策惠及下,2017年,全村累计脱贫274户772人,贫困发生率降到4.7%,年人均收入超过5000元,村集体经济收入突破5万元。村里发生了翻天覆地的变化,呈现出了产业兴、农民富、生态美的美好局面,实现了贫困户脱贫、贫困村出列目标。

发挥特色筑产业 带动村民促增收

2014年开展精准扶贫以来,村两委班子在乡党委、政府的坚强领导下,坚持把产业发展作为扶贫攻坚的核心要务,先后落实了3个重点扶贫项目,为贫困户稳定脱贫奠定了坚实的基础。坚持"绿水青山就是金山银山"的发展理念,积极引进太原康培集团投资,流转土地970亩,实施双万亩油松基地建设。以企业带动贫困户的形式,转移劳动力60余人,帮扶贫困户年人均增收2000余元。同时为建设"生态娄烦""山水娄烦"做出了积极的贡献。贫困户褚国拴在康培公司务工,他逢人就说:"自从精准扶贫以来,很多大企业来我们村投资,以前荒废的土地也能给我们带来稳定收入,我们贫困户也可以在家门口务工挣钱了。"抓住"百企帮百村"的有效契机,村中与汾河牡丹公司合作,以"公司+基地+贫困户"的经营模式流转土地800亩,种植油料牡丹,由贫困户出土地、出劳力,企业出资金、出技术、出生产资料,企业负责经营,贫困户不承担任何风险,着力把贫困村的自然资源变成脱贫致富的发展资本。公司先后投入扶持资金20余万元,280余户贫困户直接受益,通过村企合作,实现了企业发展和农民增收的"双赢"。立足地域特色和资源禀赋,投资75万元,实施建设100千瓦光伏扶贫电站,年收益可达12万元。其中5万元作为村集体经济收入,用于日后滚动发展;3.6万元按家庭困难程度分档发放给70户深度贫困户保障基本生活;剩余3.4万元通过设置村级日间照料中心、垃圾清运、护林防火、矛盾调解员等公益性用工岗位,鼓励建档立卡贫困户依靠劳动所得增加收入,激发内生动力。

"一约四会"树新风 移风易俗促脱贫

常家坡村由于长期贫穷,村民文化水平低,思想观念落后,有的人安于现状、等靠思想严重。村里经常出现送礼负担重、怕赡养老人、赌博成性等问题。

褚某某是常家坡村典型的贫困户,最初不是艰苦奋斗的典型,而是"等靠要"的缩影。夫妻两人都是初中毕业,没文凭、没技术,偶尔打打零工,没事就喜欢和村里的"麻友们"玩几把,收入微薄,两个孩子上大学都依靠助学贷款或投亲靠友借钱维持。

针对村里的这些不良风气,村委班子与驻村帮扶队员商量决定,开展乡风文明建设行动，完善村规民约，成立红白理事会、道德评议会、村民议事会、禁毒禁赌会"四会"组织，杀陋习、去歪风、树正气。自从成立了禁毒禁赌会后，村委工作人员经常入户"走访"，让大伙儿远离毒赌等不良嗜好，了解贫困户脱贫意愿，帮扶制订脱贫计划。褚某某的帮扶责任人——市教育局杜福进，了解到褚某某有曾在康培集团种树的经验后，推荐其加入伟伟扶贫攻坚造林专业合作社。由于多年积累的经验，在植树造林方面，他比别人懂得更专业的技术知识，人们常常请教他，并称他为"土专家"。之前一无是处的他，终于找到了成就感。褚某某说："以前因为穷，又没文化，总感觉大家瞧不起我；现在都是他们向我请教了。我得当个称职的老师，多学习学习好技术。"通过他的努力，伟伟造林合作社造林面积达800亩，实现收益7万元，带动了20户贫困户年收入2万余元。其他造林专业合作社也常常聘请他去做指导。如今，他从牌场上的"常客"变成造林领域的"专家"，2017年光荣地摘掉了"贫困帽"。

多方帮扶共支援　贫困家庭笑开颜

为打赢脱贫攻坚战，太原市创造性地开展"城区包乡、单位包村"对口帮扶的新举措。万柏林区协同市、县教育科技局包扶常家坡村，在注重扶贫同扶志、扶智相结合的情况下，在推进政策落实上下功夫，着实提高满意度。

市、县教科局在国家对困难家庭学生资助普惠政策的前提下，在教育资助方面给予常家坡村较大幅度的倾斜。受益学生341人次，累计发放资金18万元。万柏林区对口帮扶单位通过"订单直销"的市场化运作模式，收购常家坡村绿色农产品50余万斤，定向直销给区域内单位职工，70多户贫困户受益20余万元，村集体收益5万元。常家坡村里的老人常常说："共产党真是好，派到村里的帮扶队员就像亲人一样，围绕在我们身边，大事小事找他们就能解决，现在我们啥事儿也不用愁喽。"

百村脱贫案例

大同市

强化产业引领　决胜脱贫攻坚
——云冈区西韩岭乡谢店村脱贫案例

谢店村位于云冈区东南30公里，全村总人口216户509人，地域面积6.1平方公里，耕地5000余亩。2014年识别建档立卡贫困人口182户424人，贫困发生率83%，年人均收入2200元，村集体经济收入为零。脱贫攻坚以来，得益于扶贫政策和脱贫措施的落实，在驻村干部和村两委班子的带动下，到2017年底累计脱贫181户422人，贫困发生率降到0.4%，年人均收入达到4100元，村集体经济收入突破10万元，一举摘掉了"贫困村"的帽子。

发展产业　增强"造血"功能促脱贫

谢店村以玉米和杂粮种植为主，土地贫瘠、广种薄收，种植结构单一，导致贫困户增收受限。为破解这一难题，区委任希杰书记与村两委班子、村民代表一起分析村里致贫原因，从调整产业结构入手，在充分调研和征求民意的基础上，依托丰富的土地、水利和传统种养殖等优势，将奶牛养殖、蔬菜瓜类种植作为谢店村脱贫主导产业。2016年，引进天和牧业有限公司，由区政府出资125万元入股到企业，采用"集中养牛，到户分红，集体增收"的模式，养殖奶牛116头，带动贫困人口424人，年人均增收430余元，村集体增收4.4万元。采取订单销售模式，签订玉米秸秆收购协议，带动30户贫困户年户均增收5000余元。通过短期用工，带动10名贫困群众务工增收，年人均收入2万余元。同时，利用扶贫资金支持引导贫困户改良蔬菜品种，提升经济效益。为贫困户免费提供优良蔬菜、瓜果秧苗，种植蔬菜、瓜果280亩，带动110户贫困户人均增收1300多元。贫困户李某某原来种植杂粮和玉米，在村干部党员的支持引导下，种植了20亩蔬菜和西瓜，产量达到每亩2000公斤，年收入达3万多元。她逢人就说："党的扶贫政策就是好，如果不抓住这次机会，我们全家的穷日子还不知啥时候能到头呢！我们真是赶上好时代了。"在各级各部门和贫困群众的共同努力下，谢店村实现了产业结构的多元调整，全村的粮经比由2014年的9∶1，调整到4∶6，通过产业发展实现了"输血式"扶贫到"造血式"扶贫的转变。

能人引领　助力促脱贫

谢店村地偏人穷纠纷多，如何改变贫穷现状成了村两委面前的首要难题。村里在外经商取得了成功的王有，热心村里事业，想为村里做点事情，村党支部和村民们将其请回，并推选他为谢店村党支部书记兼村委会主任。作为谢店村的领头人，王有同志先是整顿了涣散的村两委班子，把外出打工的3名村干部请回村，细化分工，给权压责，建立奖惩机制，制定了《谢店村干部任事干事为民服务规定》，鼓励干部大胆开展工作；同时和村两委班子成员共同努力，将年纪轻、懂科技、会经营的高素质人才选配到村两委班子中，培育了一批致富带富能力强的农村党员干部，通过他们的示范引领，把脱贫攻坚变成了实实在在的惠民工程。一方面村两委干部主动作为，与区农、林、水、国土等部门联系对接，抓住脱贫攻坚有利契机，争取扶贫、土地整理、一事一议、美丽乡村等资金累计1900多万元,通过提升公共服务能力让全村整体面貌得到改变。2016年新修老年日间照料中心、澡堂、超市各1座,平整硬化广场2000平方米,大街小巷路面硬化11公里,修建排水管网4公里,安装路灯60盏、主街道摄像头12个,方便了村民的日常生活,保障了出行安全;配备村医和执业医师各1名,建成村级合格卫生室1个,加强了基本公共卫生服务能力。另一方面为村民排忧解难,村干部亲力亲为,解决村民低保、就医、技能培训、创业融资等现实难题,实现全村参加基本医疗保险率100%,养老保险参保率100%,达到应保尽保。村干部的付出获得群众的认可,村民的增收使干部感到欣慰,在全村的共同努力奋斗下,谢店村三年来发生了翻天覆地的变化,从以前的贫困村一举成为云冈区的富裕村、美丽乡村。

技能培训扶智促脱贫

遵循"扶贫先扶智""培训一人,脱贫一家"的扶贫工作思路,依托"领头雁培训""春风行动"等政府培训计划,村两委邀请能人大户和专家登台授课,以种养殖技术、家政服务、驾驶证书、务工技能、法律法规为培训内容,对谢店村青壮年劳动力开展全覆盖培训,共培训6期140多人次。培训出懂技术、有技能的劳务人员100多人。通过区、乡组织的专场劳务招聘会,共向大同市区各大饭店、企业派送贫困劳动力60余人,年人均增收1万元。村民李某某与人搭伙开出租车,月挣4000多元。村民刘某某在大同市某酒店做服务员,月工资2000多元,他们是外出打工的典范,实现了一人打工,全家脱贫。村里下一步计划和市卫校合作,对贫困妇女进行护工培训,持证后进入医疗单位工作。参加培训的贫困户表示:"现在免费技能培训,能拿本,能就业,不担心,有保障,都是党的扶贫政策带来的好事,要是还像以前懒得不待动,以后就再没这样的好机会了。"

山村思巨变　精准助脱贫
——新荣区郭家窑乡二队地村脱贫案例

二队地村位于新荣区西15公里，全村户籍人口126户281人，土地面积3.1平方公里，其中耕地面积为1560亩。2014年识别建档立卡贫困户20户52人，贫困发生率18.5%。年人均收入2600元，村集体经济收入为零。近年来，在驻村工作队和村两委班子的带领下，紧抓精准扶贫政策，大力调整产业结构、改善基础设施，贫困群众的生活质量得到了明显的改善。到2017年底，全村贫困人口全部脱贫，年人均收入超过8900元，村集体经济收入达到6万元，一举摘掉了贫困村的"帽子"。

产业助推脱贫　走出增收路子

产业扶贫是增加贫困户收入的有效途径。二队地村村外有利国种鸡场，村内有兴乐食品加工厂。如何发挥企业优势，实现脱贫增收，是帮扶干部一直思考的问题。在村两委和帮扶单位区畜牧局的多次协调下，确定通过"企业+农户"的模式，由利国种鸡场免费为每户贫困户赠蛋鸡200羽，并提供养殖技术和销售渠道。通过一个周期的科学喂养、生态散养，鸡的产蛋率明显提高，带动贫困户户均年增收2万多元。同时企业为贫困户提供就业岗位，带动10余名贫困群众年人均增收2.5万元。本村民营企业兴乐食品加工厂主动和贫困户对接，按照统一收购、统一包装、统一结算的模式，带动6户贫困户种植松根和萝卜，年户均增收5000元。同时，根据企业经营需要，给村民提供就业岗位，常年雇用贫困人口5人，人年均增收2万余元；季节性雇用贫困户40多人，每人每天可收入120元。为了进一步拓宽增收渠道，二队地村组织17户贫困户向企业流转土地223亩，为期5年，实现户均年增收4.2万元。与周边2个村积极争取扶贫资金50万元，共建72.4千瓦光伏电站一座，带动20户贫困户户均年增收1200元，集体经济年均增收5000元。

因人因户施策　精准发力帮扶

一直以来，二队地村村民思想封闭，意识落后，产业单一，是一个以传统种养殖为主的贫困村。虽同处一村，但因年龄结构、身体状况、思维意识等导致致贫原因不尽相同。只有对症下药，因户施策，精准发力，才能实现早日脱贫。为此，村两委和驻村工作队多次走家串户，摸底调查，了解实情。根据致贫原因和个人意愿，对全村20户贫困户现状进行分类归纳：对有劳动能力，但缺乏技能的11户贫困户，通过邀请种养殖专家进村入户开展技术培训，共举办培训班10多次，培训200多人次；对于有一技之长，苦于就业无门的8户贫困户，积极帮助联系企业实现就业。对于无劳动能力、生活困难的贫困户，联系有关部门落实相关政策实施兜底扶贫。贫困户张某某现年49岁，因常年在村只种20亩坡地，收入极低，妻子忍受不了贫困生活丢下三个孩子离家出走，导致他一直闷闷不乐，对生活失去信心，常年在家不干活，等救济，要低保。2014年张某某被确定为建档立卡贫困户，通过帮扶工作队与他多次谈心，了解心声，帮助他树立生活信心，并在驻村工作队区畜牧局的帮扶下，让他参加了肉牛养殖技术培训并垫资购买了优种肉牛5头，指定一名专业人员对他进行技术指导。

通过4年的发展，张某某现有肉牛12头，每年还能卖5头小牛，年增收3万多元，还清了买牛欠账，光荣实现脱贫。在他的带动下，村里先后有3户贫困户养起了肉牛，每户存栏牛在5头以上，还有3户贫困户发展起了养羊，每户存栏100多只。

贫困户徐某自己有一技之长，是远近有名的泥瓦工，但由于自己单打独斗没有团队，也是无活可干。在驻村工作队的组织协调下，由徐某牵头对部分贫困户进行技术培训并建立起了施工团队，在夏季农闲时节出外务工，年人均增收1万多元。

村民周某某因残致贫，全家4口人，生活全靠妻子种地维持，收入微薄。2017年他女儿考入大学，开学前，驻村工作队倡议发起"向贫困户就学子女捐款"活动，筹集5000多元，帮其女儿顺利进入大学，并联系有关部门将其女儿纳入"雨露计划"，为全家办理了低保。

巩固脱贫成果　共创美丽家园

为改善村民生活居住条件，从2015年开始，村两委先后筹集资金150多万元，改造危房60间，配套健身广场300平方米，铺设自来水管道4500米，硬化路面6400平方米，建成仿古墙440平方米，修建卫生厕所40户，栽植樟子松1500株，全村实现了绿化、美化、净化全覆盖。如今，二队地村旧貌换新颜，产业发展让老百姓走上脱贫路、致富路。二队地村村民有信心、有能力继续撸起袖子加油干，为决胜全面建成小康社会再前行。

因地制宜施策　多措并举脱贫
——阳高县大白登镇潘寺村脱贫案例

潘寺村距离阳高县城20公里，全村户籍人口484户1151人，总面积6.7平方公里，现有耕地5650亩。2014年识别建档立卡贫困人口171户413人，贫困发生率37.3%，年人均收入不足3000元，村集体经济收入为零。脱贫攻坚以来，在扶贫政策和精准帮扶措施的指引下，经过不懈努力，到2017年底，贫困人口全部脱贫，年人均收入达到8000元，村集体经济收入突破5万元，一举退出贫困村的行列。2016年7月，潘寺村党支部被大同市委评为"先进基层党组织"。

发展产业　掘断"穷根"

产业扶贫是脱贫攻坚的根本举措。潘寺村位于阳高县中部丘陵区，交通便利，蔬菜和小杂粮是本村的传统优势产业，发展设施蔬菜和有机旱作农业基础比较扎实。驻村工作队和第一书记入驻潘寺村后，与村两委干部认真开展调研，研究制定脱贫规划，确立了以发展设施蔬菜、优质小杂粮为主，兼顾其他产业的"2+N"产业扶贫思路。2015年，筹资550万元，建成日光温室107栋，并成立了潘寺村蔬菜专业合作社，与蔬菜销售龙头企业北京新发地公司签订了销售合同，采取"龙头企业+合作社+贫困户"的模式，由贫困户自己种植，合作社提供技术指导、统一收购，企业订单销售，带动12户有劳动能力的贫困户年户均增收2万余元。贫困户孙某某自从种上大棚后，基本上吃住不离开大棚，逢人就高兴地说："这下生活终于有盼头了，日光温室大棚就是我的银行。"2016年，县农业部门免费为村里的贫困户提供优质种子、化肥、薄膜等农资，开展技术培训，推广种植"吉杂"等优质小米品种，推动全村发展以小杂粮为主的旱作农业达到2000多亩，带动41户贫困户户均增收1000多元。为进一步拓宽贫困户增收渠道，增加村集体经济收入，2016年，在村党支部的带领下，成立了潘寺村光伏发电专业合作社，整合贫困户产业扶贫到户资金90万元入股光伏扶贫电站，带动20户贫困户年户均增收600元，村集体年均增收2000元；2017年成立了全县首家"党支部+合作社+贫困户"的农机专业合作社，利用扶贫资金45万元，购置大型农机具2台，免费服务贫困户，优惠服务一般农户，收益的75%用于贫困户分红及其他公益事业，当年年底全村41户贫困户每户获得"农机红利"200元，村集体经济增收2700元。

扶志扶智　激发内力

精准扶贫贵在扶智扶志。脱贫攻坚以来，驻村工作队、第一书记和村两委干部认真贯彻落实习近平总书记精准扶贫思想，采取多种措施激发贫困户脱贫内生动力。2015年以来，村两委先后举办"农民夜校"33期，聘请农技专家、种田能手讲解农业种植技术，推广测土配方、旱作双垄玉米等适用技术，培训贫困户500多人次，推动全村3500多亩耕地成为科技田、机械田、高效田；运用农村"大喇叭"滚动宣传党的惠民政策、自主脱贫先进典型5000多期次，使全村贫困户树立了脱贫光荣、懒惰可耻的思想。现年60岁的张某，身体残疾，无法下地干活，多年来靠政府救济过日子。2016年，在包村县领导、驻村工作队和村两委干部的鼓励下，他发挥吹拉弹唱的特长，参加乐队为红白喜事演出，当年就挣了8000多元。脱了贫的张某尝到了勤劳致富的甜头，2017年他带领本村7户贫困户抱团组建起了红白喜事一条龙服务组织，带动贫困户户均年收入6000多元。张某常说："靠自己劳动挣钱很光荣，花起来也舒坦。"

改善基础设施　　建设宜居潘寺

在积极开展"输血"与"造血"扶贫的同时，驻村帮扶干部和村两委积极找项目、跑资金，千方百计补齐基础设施短板，着力改善群众生活环境。2017年以来，筹集各项资金800余万元，先后新打机井8眼，铺埋自来水管道1万米，安装80千伏安变电台2座，新增水浇地3000亩，实现了自来水入户全覆盖；硬化了村主街道和日光温室园区田间路11公里，街道两侧铺面包砖4000平方米，方便群众日常出行；改造危房101户，实现了全村危房"清零"；主干道路两侧栽植杨柳树3000余株，清运垃圾8000多吨，安装太阳能路灯40多盏，使整村绿化、净化、亮化程度得到全面提升。

如今的潘寺村村容整洁、人民富裕、和谐稳定。说起党的好政策，脱贫户高某某有说不完的话："现在我们不愁吃、不愁穿，生活质量有了很大提升，这好日子都是党和政府给的，我们贫困户要知党恩、听党话、跟党走，一定不拖脱贫攻坚的后腿。"

建设绿色家园　助推脱贫攻坚
——天镇县赵家沟乡夭沟村脱贫案例

夭沟村位于天镇县城南30公里，全村户籍人口340户726人，总面积9.3平方公里，耕地面积3380余亩。2014年识别建档立卡贫困户237户555人，贫困发生率76.4%，年人均收入2053元，村集体无任何经济收入。脱贫攻坚以来，夭沟村大力实施易地扶贫搬迁，稳步推进产业发展，全面改善村容村貌。到2017年底，全村贫困人口实现全部脱贫，年人均收入超过3800元，村集体经济收入突破10万元，一举摘掉了"贫困村"的帽子，使得这个远近闻名的经济落后村变成了人心凝聚、发展迅速的文明村、先进村。

搬迁搬出新气象　建设美丽新家园

"山沟沟、旮旯旯、土窑洞"，这是当年夭沟村留在老天镇人脑海中的印象。为了改变这一贫穷落后的面貌，2014年，在各级政府的大力支持下，村两委充分征求民意，决定实施易地扶贫搬迁工程。总投资2000万元，新建493套移民新房，整体搬迁贫困户172户396人。同时硬化街巷

2300米，安装太阳能路灯35盏，铺设污水管网3600米，完成河道整治1000多米，修筑护坡坝2300平方米，铺设饮水管道2.5公里，引入联通宽带。县政府还对全村"煤改电"项目给予80%的补贴，帮助贫困户用上了电暖气。通过易地扶贫搬迁，不仅从根本上改善了群众居住环境和住房条件，也为后续发展产业致富奠定了坚实的基础。贫困户李某某70多岁，年老体弱，家里十多亩土地流转给别人，收入微薄，再加上老伴儿患有高血压和糖尿病等多种疾病，每月仅药费支出就要400多元。尤其一到下雨天，家里就漏雨，日子过得十分艰难。2015年李某某仅掏了1万块钱就搬进了移民新村，看着三间朝阳大瓦房和整齐的小院，再加上养老金、惠农补贴等收入，老两口一年的收入达8000多元，就连老伴儿看病住院费都有医保报销。他逢人就说："党的政策好，村委落实得更好，没想到在有生之年还能住进这么好的房子，过上这么好的日子。"

多措并举施策　合力拔除"穷根"

为了尽快补齐村里特色产业短板，确保村民能够搬得出、稳得住、能致富，驻村干部和村两委主干立足本村传统种养殖实际情况，开拓创新，提出了"种植讲科学，养殖求效益，外出打工促增收"的致富新思路。志智双扶，培训先行。为了使贫困户有一技之长，增强内生动力，变"输血援助"为"造血帮扶"，夭沟村开办了"科技夜校"，聘请市县农业专家、技术人员来村讲授农业科技知识和实用技术，每年3期，惠及180户贫困户，大大提升了贫困户劳动技能和实用技术水平。"种子革命，科学种养"。在专家指导下，村里进行了"地膜覆盖玉米示范""病虫害防治示范"和"土豆制种"等科学试验，实行作物间作套种，提高复种指数。特别是对土豆、谷子等传统作物进行了"种子革命"。每年从内蒙古引进"晋薯16号"优质土豆新品种，种植面积800余亩，增产幅度达40%，带动60余户贫困户年户均增收900元。从沁县调回谷子新品种，亩产增收150元以上，带动70余户贫困户年户均增收1500元。这些天然无公害的绿色产品在"乐村淘"网站上供不应求。2017年以来,村里通过"企业+合作社+农户"的模式,与进出口企业通航粮贸公司签订种植合同,种植小杂粮英国红和小芸豆1300亩,产品远销欧美等国,带动80余户贫困户年户均增收1000元。贫困户从科学种田中尝到了甜头,看到了致富希望,学科技、用科技蔚然成风。为进一步拓宽增收渠道,使贫困户稳定脱贫,在驻村工作队的帮助下,先后从省农科院购回113只优质小尾寒羊,分发给9户贫困户养殖,年底每户可增收2000多元。在此项目的带动下,全村养羊规模已达1100多只。村党支部书记宋海旺自己掏腰包6000元,为贫困户购买鸡饲料,提高了贫困户养鸡的积极性,带动60多户有劳动能力的贫困户,年人均增收200多元。

通过产业结构调整和科学种养,极大地解放和发展了生产力。村委会又提出"农忙种田,农闲挣钱"的举措,组织全村30岁以下的劳力成立了劳务输出专业队,承揽县交通、林业等部门的生产任务,通过劳务输出,村民累计收入达30多万元。

新型产业引领　集体经济走强

为进一步壮大村集体经济实力,巩固脱贫成效,实现持续增收,夭沟村抓住国家大力推进光伏扶贫的有利时机,2017年,利用荒坡荒地资源优势,投资180万元,新建2座100千瓦光伏扶贫电站,再加上黑石梁山上的百村光伏电站,村集体经济年收入达10万多元。其中收益的60%用于支持深度贫困户兜底脱贫,40%用于村级公益事业。通过清洁村里卫生、护林用工等方式带动贫困户增收,激发了他们的内生动力,树立起劳动光荣、勤劳致富的好榜样!

现在的夭沟村生态宜居、乡风文明、产业兴旺、治理有效、生活富裕,早年外出谋生的几户村民又回到了村子里,因为他们觉得夭沟村今非昔比了。

多措并举谋发展 精准施策真脱贫
——广灵县壶泉镇赵庄村脱贫案例

赵庄村位于广灵县城北5公里处,全村户籍人口127户376人,总面积1.5平方公里,耕地面积1234亩。2014年,全村识别建档立卡贫困户31户82人,贫困发生率21.8%,村人均年收入1870元,村集体经济收入为零。脱贫攻坚以来,赵庄村大力发展循环高效种植、养殖产业,带动贫困户脱贫增收,推动全村各项事业全面发展。到2017年底,全村所有贫困人口全部脱贫,村人均年收入达3870元,村集体经济收入12万元,一举摘掉了"贫困村"的帽子。

依托产业发展 带动整村脱贫

贫困群众脱贫需要有稳定的产业支撑。2016年以来,村两委干部和驻村"三支队伍"在反复调研、认真听取群众意见和建议的基础上,制定了大力发展循环高效种植养殖园区的发展规划。2017年3月,赵庄村和临近的2个贫困村抓住广灵县作为全省资产收益试点县的有利契机,整合各类资金400万元,入股到广灵县带丰农牧有限公司,发展蔬菜日光温室大棚和生猪养殖产业。采取"公司+贫困户"的经营模式,每年按照8%的资产收益率为贫困户保底分红，同时吸收有劳动能力的贫困户到公司务工增加收入。到2017年底，建成10栋标准化日光温室大棚，种植西红柿、西瓜、架豆、黄瓜等反季节蔬菜；建成年出栏生猪3200头的规模养猪场一座，实现资产性收益12万元，31户贫困户人均增收1335元。公司还带动5名贫困群众劳动务工，年人均增收5000多元。贫困户赵富高兴地算了一笔收入账："2017年全家资产收益6675元，在大棚务工收入5000元，种植2亩架豆收入9800元，三轮车运输收入5600元，种植7亩玉米、谷子收入6200元，全家5口人年人均收入达到6655元，光荣地成为一户脱贫户。"同时，猪场产生的有机肥除了为蔬菜大棚提供肥料外，还改良了本村1000多亩农田的肥力。园区内的沼气池除为蔬菜大棚供暖外，还可为村民提供绿色燃料，极大地改善了农村生态环境。

致力乡村提升　改善人居环境

赵庄村大力实施乡村提升工程。2017年以来，全村投入资金300万元，共喷涂外墙4.4万平方米，彩绘文化墙138平方米，新建围墙508平方米，围墙补帽1255米，裱砖墙30平方米；新铺路沿石807.6米、人行道面包砖1352.48平方米，铺设沥青路面1951平方米、水泥路面7531平方米；新建垃圾池2个、垃圾箱15个；安装太阳能路灯51盏，新建文化广场1处，修缮文化广场1处；绿化植树1800余株；平整旧院落14处。通过两年的不懈努力，赵庄村彻底改变了村内脏、乱、差的面貌，建成了一个美丽、整洁、宜居的绿色村庄。

扶贫小额信贷　助力脱贫致富

赵庄村驻村"三支队伍"积极落实小额信贷金融扶贫政策。现年43岁的贫困户赵某某家中4口人，6亩水浇地，年人均收入仅2000多元，生活非常困难。2016年11月，驻村工作队帮他申请扶贫小额贴息贷款5万元购买肉牛3头，两年时间已繁育到6头，出售2头小牛收入1.4万元。另外种地收入9000余元，刨去生产经营成本，该户人均年收入达5200多元，实现了脱贫，成为自主脱贫的典型。

目前，在金融扶贫政策的支持下，赵庄村已有10余户贫困户申请了扶贫小额贷款，用于发展种植、养殖业，实现了从"输血扶贫"到"造血扶贫"的转变！

做好结对帮扶　助力脱贫攻坚

驻村帮扶是贫困户脱贫的主心骨。县委办驻村工作队多次进村入户走访，宣传扶贫惠民政策，解决贫困户生产、生活中的热点难点问题。2017年栽秧时节，驻村工作队免费发放茄子、西红柿、辣椒等秧苗4000多株；协调县残联，为赵庄村6名残疾人赠送了盲杖、音乐点播机、伸缩手杖等辅助器具。根据贫困户发展意愿和市场需求，通过远程网络培训平台、新型农民职业培训、邀请有关部门专业人员上门讲课等方式，组织了蔬菜种植、生猪及肉牛养殖、家政服务等实用技术培训班8期，累计培训贫困户120余人次。2016年还组建了20余人的赵庄村家政服务队，其中贫困群众6人，专门为城里人服务，每年春节每人就能收入1300余元。

脱贫攻坚这场战役，不仅需要贫困户自身的努力，更需要汇聚四面八方的合力。贫困户找不到脱贫方法，驻村工作队来找；贫困户凑不够资金，金融扶贫政策来助；贫困户没有专业技能，农民职业培训和专业人员来教。赵庄村的成功"摘帽"，正印证了贫困户的那句话"没有党的好政策、没有村委会和工作队的帮忙，咱们老百姓哪有这样的幸福生活啊！"

精准发力"拔穷根"　千年古村焕新生
——灵丘县壶泉镇曲回寺村脱贫案例

曲回寺村距县城75公里，地处深山，是一个有悠久历史和文化古迹的千年古村落，因建有唐代古寺曲回寺而得名。全村户籍人口283户616人，总面积16.92平方公里，耕地1300亩。2014年，全村识别建档立卡贫困户有136户372人，贫困发生率为46.3%，年人均收入不足2000元，村集体经济收入为零。脱贫攻坚以来，得益于扶贫政策和脱贫措施的精准给力，到2017年底，全村累计脱贫113户296人，贫困发生率降至1.95%，年人均收入达到4700元，村集体经济收入突破5万元，一举摘掉了"贫困村"的"帽子"。这个延续千年的古村落终于开始焕发新的生机。

因地制宜　多措并举谋发展

2015年以来，村委会与驻村干部紧紧抓住发展现代农业的有利契机，结合村民传统养殖习惯，挖掘旅游资源潜力，制定了"种植+养殖+特色旅游"的脱贫规划，走出了一条项目带产业、产业促增收的脱贫新路。依托曲回寺村优美的山水田园风光和丰富历史文化遗存，村两委将发展乡村游作为脱贫的首选产业。从项目考察论证到规划设计，从乡村环境提升到与邻村资源共享，人人都为村级发展出谋划策、献计出力。经过全村上下共同努力，2017年曲回寺村被大同市政府评为市级"美丽宜居乡村"，同时被纳入全乡108沿线乡村游整体规划。到2017年底，在乡政府和大同市慈善机构的支持帮助下，投资捐物共计10余万元，帮助8户贫困户开办了农家客栈，一年接待游客200余人次，户均增收2500元。贫困户邓某某高兴地说："2016年村里发展旅游，我是第一个响应的，赶上国庆黄金周一个月就挣了3000多块，快抵得上以前一年的收入了！"

曲回寺村年平均降水量150毫米，无霜期160天，坡耕地有800余亩，粮食产量低，但特别适宜中药材生长。2016年，驻村工作队在连翘试种成功的基础上，2017年又吸收17户贫困户成立了曲回寺村脱贫攻坚造林专业合作社，争取各类资金20余万元，发展连翘经济林300亩。其中5户贫困户在享受项目收益分红的同时，参与了种植、管护工作，每户一年还可得到工资收益近5000元。2017年，镇里申请产业扶贫资金150万元，投入顺鑫养殖专业合作社发展肉牛育肥项目，通过资产收益，带动120户贫困户户均年增收1000元。

凝心聚力　扶志扶智提动能

"'志穷'比'地少'更可怕。"当谈及致贫的原因时，村支书钟六君一针见血："山好水好，志穷地少。"曲回寺村土地少而贫瘠，人均耕地仅有1亩，由于偏远闭塞，大部分村民文化素质偏低，甚至读书看报都困难，脱贫能力普遍欠缺。更有一部分贫困群众"等靠要"思想严重，缺乏"劳动致富"的精气神，内生动力严重不足。

贫困户钟某某，患病多年，不能从事重体力劳动，妻子不愿忍受贫困生活，与其离异，丢下两个孩子。80多岁的老母亲体弱多病。一家四口生活的重担，压得他透不过气来，脾气越来越暴躁，经常找村干部麻烦，目的就是想着能多要点钱、要点粮，最好再要个低保。像他这样的贫困户还有十几家。针对这一情况，驻村干部将留守村里的"老弱病残"和妇女群体选定为突破口，实施振"心"计划，通过帮助贫困群众重建生活信心，把贫困家庭脱贫致富奔小康的信念拧成一股绳，激活全村自我发展的内生动力。

钟某某的转变是从村里大搞种植养殖项目开始的。2017年，该村争取到300亩连翘经济林种植项目。驻村干部多次找到钟某某做思想工作，劝说他加入造林专业合作社，鼓励其通过自己的劳动改善家庭生活。2017年，钟某某通过参加造林项目增收2300元。在"第一桶金"的鼓舞下，这位42岁的汉子参与村里项目的积极性高涨。听说村里要试种黑木耳，他每天陪着村干部绕村考察选址，还动员村里人参加黑木耳基地建设。当年12月，投资30万元的黑木耳种植示范项目正式启动，在钟某某的示范带动下，留守在村的60岁以上老人和妇女等80余人，主动参与到平整场地、搬运菌棒、生产管护工作中。2018年4月，10万菌棒在曲回寺山脚下生根，带动50余户贫困户年户均增收1500元，集体经济收益达到20万元以上。

人心齐了，干啥都有劲！村里请来市县种养殖和旅游方面的专业人才，村民纷纷主动接受技能培训，而部分长年扎在村里的贫困户也开始外出打工谋生。在穷困中挣扎的曲回寺人有了新坐标：自力更生，靠劳动致富！

八方来援　用活用足好政策

为打赢脱贫攻坚战，曲回寺村不仅在疏通"输血"与"造血"功能上加足马力，更是着力用足用好扶贫政策，广泛动员各方力量，确保政策精准扶在根子上。

驻村干部主动到市县农业、水利、旅游、扶贫办等相关部门汇报工作，争取资金和政策。2016年投资的村级光伏电站成功并网发电，20户孤寡老人贫困户户均年收益3000元。2017年，争取水利部门支持，投资65万元新建大口井、泵房、水源保护区、护管坝等工程，解决了全村人畜饮水难题，并实现了300亩连翘林和周边林地的浇灌。

截至目前，中国人寿保险山西分公司、大同市委市政府新闻中心两支驻村扶贫工作队单位出资94万元，村两委积极争取扶贫项目资金267万元，整合社会捐赠物资、资金折合10余万元，这些项目资金的注入，成为曲回寺村脱贫致富的强劲支撑。讲起政策受益，村民钟某某有说不完的话："村里给免费翻新了旧房，申请了低保，还主动把轻活儿协调给我干，医保政策更是大大减轻了看病买药的负担。"晨光照拂下，老人的笑脸格外生动，"没有党的好政策，没有村委会和驻村干部的帮助，咱哪能过上现在这好日子！"

下足"绣花"功夫　建设"小康"东庄
——浑源县王庄堡镇东庄村脱贫案例

东庄村距离浑源县城45公里，全村户籍人口109户249人，总面积6.6平方公里，耕地548亩。2014年全村建档立卡贫困户有55户136人，贫困发生率50.5%，年人均收入2300元，村集体经济没有任何收入。脱贫攻坚以来，通过第一书记、驻村工作队和村两委班子牵线搭桥、引资引智，积极拓宽东庄村脱贫增收的新路子，壮大集体经济，全村生产生活环境和贫困群众的生活质量得到明显改善。2017年底，全村贫困人口全部实现脱贫，年人均收入超过4200元，村集体经济收入突破5万元，成为全县脱贫攻坚示范村。

以思想扶贫为根　把干部群众精气神鼓起来

思想落后、信息闭塞导致东庄村村民长期处于贫困状态，少数青壮年村民即使有致富的想法，但也缺乏行动。为此，第一书记、驻村工作队和村两委班子成员多维度宣传发力，情景式、组团式、打包式推动精准扶贫知识进村入户，引导群众把志气强起来、干劲鼓起来、新风树起来，在全村上下形成决战贫困、决胜小康的强大合力。东庄村两委班子的凝聚力和向心力大大加强,村民的脱贫热情空前高涨。在村两委和帮扶人员的推动下,东庄人敢想敢干,于2017年8月,入驻浑源县旅游商贸一德街。两间门店分别命名为"东庄大队""东庄人家",集中展示和销售东庄村农特产品。2018年7月,"东庄胡油""东庄花肥"进驻浑源县佳家玛超市,市民购买一桶胡油、一袋花肥,就是为东庄贫困户献一份爱心;国庆长假前,东庄村在县城举办了"浑州大集、幸福东庄"脱贫攻坚农特产品、摄影展示文化周,吸引全县10多家小微商户参展,根雕、笼箩、剪纸、布艺、面塑、铜器、泥塑等农特产品摆满了100多米长的红色展台,同时展出东庄村脱贫攻坚相关摄影作品100多幅,并销售东庄村农特产品3000余元。"浑州大集、幸福东庄"脱贫攻坚农特产品、摄影展示文化周,不仅集中展示了浑源县脱贫攻坚的丰硕战果,还为更多的贫困村打通产业脱贫之路的"最后一百米"做出了榜样。

以基础扶贫为本　使群众生产生活条件好起来

东庄村常年缺水,人畜饮水是头号难题。2016年,东庄人着手实施人畜饮水工程,总投资12.356万元,新建集水井1眼、蓄水池1座,铺设引水管道820米,输配水管道1440米,维修水井2眼,实现了自来水入户全覆盖。同年5月,东庄村积极响应国家政策,对69户178间危旧房屋进行改造,11月改造工程全部完工,村容村貌焕然一新。2017年8月,投资17万元实施后街街巷硬化提标工程,硬化路面4100平方米,方便了村民的出行。9月,投资36万元新建了景观墙、文化墙,并进行了小广场硬化提质、前街街巷硬化提标、村容村貌美化工程。2018年9月,东庄环境提升工程正在进行中,预计10月底可以全部完工。东庄村的村容村貌发生了巨大的变化,2017年东庄村被浑源县精神文明建设指导委员会评为"文明村"。

以产业扶贫为重 让群众生活富起来

东庄村坡地瘠薄,耐旱性差,不适合粮食种植。第一书记、驻村工作队和村两委主干在多次考察调研和分析论证的基础上,通过数据检测,引种成活率极高的"辽宁1号"核桃树。从2017年4月开始,在县人民武装部和县扶贫办的帮扶下,建成优种核桃基地220亩7600余株,全村贫困户户均2亩,通过种植优质核桃,预计年人均增收2000余元。在第一书记的带领下,2017年3月,东庄村创办了"东庄传统编织布艺手工作坊",以手工鞋垫和"十二生肖"布艺娃娃为主打产品,采取"作坊经济"与"炕头经济"相结合的经营模式,村内搭建扶贫车间,将生产作坊搬到了农户炕头,带动村内妇女就近就业,还不耽误村民的农活,也能通过劳动增加收入。从建厂到现在已经实现销售收入6000余元,12家贫困户实现了增收。贫困户武某某说:"以前我做的鞋垫一直都是自家人用,不赚钱,在第一书记的带动下,自家的东西也能卖出好价钱,一年还能贴补4000多元家用。"为进一步拓宽增收渠道,保障稳定脱贫,根据东庄村山多坡广、饲草丰富的地理优势,村两委大力发展山羊养殖循环项目,依托东庄村富龙肉羊合作社,带动全村12户养殖户,其中有10户为贫困户,共养殖山羊2100多只,养殖肉牛25头。由帮扶单位浑源县人民武装部出资6.7万元,新建200平方米花肥厂,从贫困户手中回购山羊粪,进行深加工,使羊粪蛋儿变身花卉肥,带动5户贫困户增收脱贫。

凝心聚力驱穷魔　握指成拳拓富路
——左云县小京庄乡西碾头村脱贫案例

西碾头村位于左云县西南部，距县城15公里，全村总人口170户387人，总面积8.71平方公里，耕地面积4820多亩。2014年识别建档立卡贫困户86户141人，贫困发生率36.4%，年人均收入2200元，村集体无经济收入。开展脱贫攻坚以来，该村围绕"输血造血并举，短期长远同步"的总体思路，把培育优势产业作为脱贫致富的主攻方向，打出了特色种植、规模养殖、务工增收、乡村振兴等系列组合拳，凝心聚力、精准发力。到2016年底，实现贫困人口全部脱贫，年人均收入达到6500元，村集体经济收入突破8万元，一举摘掉了"贫困村"帽子。这个晋北山村从此焕发出干净整洁、耀眼亮丽、民富村强的勃勃生机。

小产业　发挥大效益

针对产业单一、基础脆弱、传统种植效益不佳、脱贫致富乏力的现状，村两委坚持因地制宜、精准施策的原则，充分发挥地域广、地质优的土地优势，配合乡农科站技术人员通过常年指导、免运费调优种、低价租农机具等方式，帮助种植户机械耕作，鼓励和扶持贫困户发展特色种植。目前，全村以豆类为主的特色农作物种植面积增加到了1500亩，31户贫困户通过特色种植脱贫，户均增收近万元；通过招商方式引进民间资金467万元，利用闲置多年的荒滩建设了年养殖量达4万只的"世贵"养鸡场，带动12名贫困人口通过务工脱贫，年人均增收2万多元；争取扶贫资金50万元，给26户贫困户免费发放种公羊20只、能繁母羊180只，补贴建成圈舍58间，帮助18户贫困村民落实金融扶贫贷款40万元作为启动资金，鼓励村民家家搞养殖，户户发"羊"财，年养殖量达到1000多只，仅养羊一项就带动贫困户户均增收3000多元。目前，全村的山地羊肉远销大同、太原、呼和浩特等地，不仅实现了整体脱贫，而且走上了致富路。村民冯某兴奋地说："养羊是咱脱贫致富的好路子，一家10只羊，生活有富余；一家百只羊，光景争上游。"

苦荞麦　撑起大产业

西碾头村村前村后滩地平坦，村东村西坡梁较为平缓，地质适合种植苦荞。为此，村两委主动与山西雁门清高食品有限公司对接，采取"公司+基地+农户"的模式，发展订单农业，聘请山西农大教授彭所堂做技术指导，短短几年间使全村苦荞产业发展呈现出集约化、规模化种植态势，全村苦荞种植面积达到2000多亩，成为全村种植产业一大支柱，仅此一项人均年收入可增加2000多元，带动25户贫困户脱贫。贫困户冯某某，父母因病失去劳动能力，两个孩子上学开销大，夫妻俩既要照顾老人，还得抚养孩子，仅靠种植10多亩土豆、莜麦难以维持生计，不得已外出打工挣钱，日子过得十分艰难。2015年，冯某某在村两委的帮助下回到家乡，承包土地150亩，流转土地300多亩，搞起了苦荞规模种植。2016年，冯某某一家年收入达到了15万元，不但还清了承包、流转费，而且实现了全家脱贫。眼看日子越来越红火，冯某某欣慰地说："以前在外打工，风餐露宿，一个月也就3500多元工资，除去房租、吃饭等日常开销，每月最多结余2000多元。现在,不离家就致了富,生活越来越红火,这可全靠了党的好政策。"

强基础　惠及大民生

为了改善村容村貌、提升居住环境质量,2016年以来筹集各类资金600万元,启动了街巷硬化、村容美化、村庄亮化、生态绿化、改善排水、饮水提质、改造升级七大农村提升工程,开工了民居式"窑洞居"旅游景点建设。累计建设村内街巷4条450米,整理路肩2350平方米,铺设入户管道4600米、污水排放管道2500米,建设日间照料中心110平方米,新建农村文化墙80平方米,安装了电视大屏,绿化环村山坡500亩,村民生产生活条件得到显著改善。

现在,坑洼不平的崎岖土路已被平坦整洁的柏油马路取而代之,村内街巷全部硬化,整齐亮丽的农村文化墙、崭新宽敞的日间照料中心和新建村民住房分外耀眼。在此基础上,村里争取农业综合开发专项投资,实施了国家农业综合开发生态治理工程,完成荒山造林3000多亩,向发展乡村生态旅游迈出坚实"步伐"。

脱贫攻坚抓产业　遍地黄花是金针
——云州区峰峪乡徐家堡村脱贫案例

徐家堡村位于峰峪乡东南部，距离区政府驻地35公里，全村户籍人口164户355人，耕地面积740亩。2014年识别建档立卡贫困户70户151人，贫困发生率41.4%，年人均收入5520元，村集体经济收入为零。脱贫攻坚工作开展以来，全村抢抓机遇，在驻村工作队和村两委班子的带领下，大力调整产业结构、改善基础设施、实施乡村美化，取得了明显成效。2016年底，累计脱贫67户145人，贫困发生率降到1.7%，年人均收入8750元，村集体经济收入3.4万元，实现脱贫"摘帽"。2017年被山西省精神文明建设委员会评为"文明村"。

大力发展产业　让贫困户的钱袋子鼓起来

长久以来传统的生产模式，加上自然灾害频发，让这个只有300多人的村落异常贫困。2014年8月，当时的大同县水利局工作队进驻徐家堡村后，在考察摸底和征求民意的基础上，确定将黄花作为全村的主导脱贫产业。但受传统思维的影响，部分贫困户担心第一年没有收入影响正常生活，为此，工作队员逐人逐户进行动员，从工作队经费中专门拿出5万元，在县里每亩补贴500元的基础上，再补贴300元，加上套种豆类等低秆作物，帮助贫困户顺利度过第一年。为调动村民积极性，村两委成员带头示范，每人种植2亩。2014年秋季，黄花规模种植全面铺开，工作队免费为贫困户提供化肥等农资，与村民同吃同住同劳动，用实际行动感召贫困户积极加入。到2017年，全村共种植黄花350亩，贫困户人均达到2亩以上，亩均收入达3500元，带动65户贫困户，人均增收7000元。为了进一步对接全国黄花市场，村委注册了"桑水"牌商标，建设电商平台1处，与35家超市签订直供协议，依托线上线下资源，将优质的黄花打包推向全国，不断增加贫困户收入。在黄花产业的带动下，贫困户实现了稳定脱贫。徐某某是村里一个普通的贫困户，家里种地收入少，为了两个孩子上学，欠了不少外债。通过种植黄花30亩，年收入达10万元以上，不仅还清了外债，还盖起了新房子，现在成了远近闻名的黄花种植能手。他主动担任了村里的产业宣传员，动员其他贫困户扩大种植规模，并且帮助解决管护、采摘、销售难题，带动8户贫困户种植黄花31亩，户增收3500元以上。2017年，徐某某荣获"大同市脱贫攻坚奋进奖"。

有效整合资源　让集体经济壮大起来

为更好地发挥集体的公益保障和引领带动作用，村集体通过平田整地项目，新增土地200亩用于种植高粱，除去支付农资、劳务等费用外，每年可获得4万多元收入。积极争取集体经济资产试点项目资金50万元，流转土地113.5亩种植黄花，委托合作社进行管理，收益归村集体所有，盛产期收益可达30万元以上，实现集体经济的持续稳定增长。为更好地发挥产业脱贫的主抓手作用，按照政府"除政策兜底外，贫困户'人头一亩'黄花"的精神，对于全村没有黄花产业的贫困户5户14人，由继跃黄花种植专业合作社统一种植14亩，收益的60%归贫困户所有，40%归村集体所有，既保障没有产业贫困户的收入，又壮大了村集体经济。村里还筹集扶贫资金80万元，建设了100千瓦光伏电站，村集体年收益达7万元以上。

改善基础设施　让村容村貌好起来

产业发展了，集体经济壮大了，村容村貌也不能落后。村委积极争取扶持资金574万元，硬化街道3300米，改造危房66户，新打机井2眼、安装喷灌100亩，修缮维护村委办公室，建设阳光浴室3间，建设老年活动中心1处、卫生室40平方米，新建街心公园1处、凉亭2座、公厕3座，打造了20孔旧窑洞主题民宿。使全村生产生活条件得到了明显的改善，实现了村容整洁、美丽宜居。2016年被评为全省"美丽宜居乡村"。

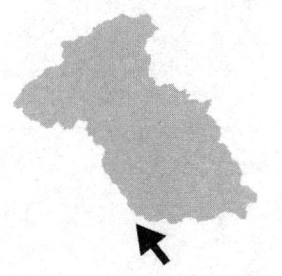

百村脱贫案例

阳泉市

扶志扶智发展产业　提质增效兴村富民
——阳泉市郊区西南舁乡东林尖村脱贫案例

东林尖村位于阳泉市郊区西北部，距市区20公里，全村户籍人口83户192人，总面积1.1平方公里，耕地497亩。2014年识别建档立卡贫困户35户73人，贫困发生率38%，年人均收入不足2300元，村集体无经济收入。脱贫攻坚实施以来，村两委在驻村工作队的帮助下，以激发脱贫内生动力为基础，以促进产业脱贫为抓手，以促进稳定增收为目标，依托农民专业合作社，建立长效发展机制。到2016年，全村所有贫困户全部实现了脱贫，年人均收入超过4400元，村集体经济收入突破3万元，并列入省级产业扶贫整村推进示范村和省级"一村一品"示范村。

"扶志扶智"　以人为本发展产业

建档立卡精准扶贫之初，如何实现"要我脱贫"为"我要脱贫"的转变，是东林尖村村两委一直在思考的问题。在帮扶单位区农委和村两委的多次考察调研下，确立了整村推进发展苹果种植产业的方向。因受传统惰性等思维的束缚，起初部分群众积极性并不高，为此，村干部和驻村工作队员逐户上门，了解贫困群众思想动态和脱贫需求；多次组织召开党员村民代表座谈会，宣传扶贫政策，对"为啥干、干什么、怎么干、咋干好"进行了深层次的大讨论；多次组织贫困户到山东、河北果品基地，山西农科院果树研究所进行实地考察论证发展果业的可行性，以解放群众思想、坚定脱贫信心。功夫不负有心人，最终产业定位得到了群众的认可。2015年8月，"整村推进果树种植项目"精准脱贫工作方案出台。

"为啥干，干什么"解决了，"怎么干"就摆上了议事日程。首要任务是果树种植技术的掌握，帮扶单位区农委积极发挥部门技术优势，在村里组织开展了果树种植技术大培训，果园农事做什么，培训课就讲什么，课堂讲理论、田间讲操作、外出参观学经验，回来总结找差距。3年来，共组织"引进来"和"走出去"培训40余次1300余人次，让果树种植户、贫困户拓宽了眼界，解放了思想，更新了观念，提高了能力。培训工作给东林尖村留下了一支带不走的专业技术队伍和致富产业，为打赢脱贫攻坚增添了强劲的工作动力。贫困户武某某说："党的扶贫惠农政策真是好，特别是驻村工作队的培训让我有了脱贫的真本事，我要不脱贫就对不起工作队的真心。"截至目前，全村果园种植面积397亩，其中新发展果树297亩，人均果树面积达到2亩，带动全村贫困户年户均增收15000多元。

提质增效　健全产业脱贫机制

群众有了动力，产业有了发展，"咋干好"就成了摆在村干部面前一道难题。村里首先开始整修田间道路、建设灌溉果园水洞、果树地围网等基础设施建设。虽然基础好了，但是以前单打独斗的管理模式，导致果品产量低、品质差，效益不好，果农有怨言。2015年11月，在驻村工作队帮助下，成立了阳泉市东兴富士种植专业合作社，吸纳种植户社员40户，其中贫困户31户64人，组建了20人的果树专业技术服务队，形成抱团作战模式，强化了对果园产前、产中、产后的服务指导。

产业发展初期，针对果树挂果周期长、见效慢的特点，合作社引导种植小杂粮、黄花菜、薯类等林下经济增加收入，通过"以老养小"方式，用老果树收入反哺小果树，确保贫困户收入稳定。积极推广"果树精细修剪、疏花疏果、夏季修剪、增施农家肥、深耕扩穴、集纳雨水"等有机旱作农业管理技术。采取"分级采收、分级包装、分级销售"的营销方式，对全村果品严格标准统一收购，优质优价供应市场，2016年、2017年两年生产果品68万斤、收入180余万元，果业成为全村已脱贫户、贫困户稳定增收的产业。合作社和果农之间建立了免费提供种植技术培训、免费提供果品生产的产前产中产后技术指导、免费提供果园生产用水、免费提供果品冷藏、免费提供果园围网和田间道路维修、免费提供果园农机用具，提供平价果品包装箱、提供临时性项目工程劳务用工就业岗位、提供统一收购上市销售平台，农户享受合作社效益盈利分红的"6免费3提供1享受"的10项服务承诺内容的利益联结方式。

多措并举　小山村实现大变样

"桃李不言，下自成蹊。"3年来，东林尖村围绕产业发展，在贫困村提升方面也没有落下脚步，公路建设、广场硬化、村容村貌改善、危房改造、健康扶贫、教育扶贫等政策全面落实到位。村里建起800立方米果品冷藏库、60平方米农业技术培训室、"清凌人家"农家乐、电商服务平台、400立方米蓄水池、10公里环村休闲旅游健身步道，完成了2公里果园机耕路建设工程、160亩果园围网工程。目前，东林尖村的村容村貌、路容路貌、户容户貌以及村民的精神面貌今非昔比，党群、干群关系更加和谐了。2017年合作社注册了"东兴源"商标，"东兴源"苹果进入了山西省农博会展销平台，大大提升了东林尖村苹果的知名度；村里每年举办"东林尖苹果嘉年华"吃苹果大赛活动，仅活动当日就吸引市民1500余人，前来参与活动、采摘果品。"市民休闲好去处，城市最美后花园"的名声不胫而走。

昔日的丑小鸭变成了金凤凰，昔日的小山村变成了现在的美丽宜居新农村，东林尖村村民脱贫奔小康的步伐更加自信和坚定了。

脱贫攻坚扎实干　贫困山村谱新章
——平定县柏井镇将军峪村脱贫案例

将军峪村位于平定县东南部，距县城43公里。全村共有户籍人口108户234人，总面积3.7平方公里，其中耕地面积580亩。2014年识别建档立卡贫困户39户89人，贫困发生率38.03%，村集体没有经济收入，是一个典型的纯农业贫困村。近年来，通过"抓党建、促产业、振村貌"等措施的精准落地，使将军峪村走上了一条以"党支部引领、合作社运营、贫困户参与、产业化发展"的可持续发展之路。到2017年底，全村累计脱贫36户80人，贫困发生率降至1.7%，年人均收入4200元，村集体收入超过2万元，实现了整村脱贫。

敢于担当　解决难题聚人心

"人心齐，泰山移。"村两委和驻村工作队多次进门入户，了解群众疾苦，将解决难点、热点问题作为凝集人心的重要抓手。多次和联通公司对接，打通了宽带进村入户难的渠道；帮助4名贫困老人申请了特困补助，明显改善了老人的生活条件；帮助5名在外就读的学生办理了"雨露计划"帮扶项目；帮助3名重疾群众办理了相关治疗补偿，缓解了家庭经济压力；逢年过节对贫困群众、老党员进行慰问，提升群众的幸福感；驻村工作队拿出工作经费2000元为村里添置了多功能广播系统，切实解决了村广播喇叭多年失修的问题；驻村第一书记李国贤积极争取农业科技项目资金6万元，支持引导贫困户发展鸡、鹅养殖项目。这一切都让贫困户看在眼里、记在心里，增进了干群关系，凝聚了脱贫合力，为实现稳定脱贫奠定了坚实的基础。

特色种养殖　　创新模式走出新路子

一直以来，将军峪村村民基本以种植玉米为生，收入来源单一。借助脱贫攻坚东风，帮扶工作队、第一书记和村两委在充分考虑自身实际的基础上，多次征求农业专家建议，并与村民代表反复商议，提出了以"合作社+基地+贫困户+扶贫资金"的新模式，大力发展养殖和种植产业。2017年初，将军峪村整合39户89人的贫困户扶贫互助金20万元作为股金，入股到平定县源聚元农业专业合作社，发展反季节蛋鹅5000余只，海兰褐鸡2000余只。由合作社经营管理，年底带动贫困户户均年分红500余元，村集体增加收入2万元。同时优先吸收贫困户入社打工，带动4名贫困户年户均增收3000元。

依托本地气候和土壤优势，村两委支持引导贫困户大力种植以连翘、柴胡、油牡丹为主的中药材650亩，按照每元300亩的补贴标准，带动5户贫困户年户均增收1200余元。进一步激发了贫困户的内生发展动力。实现了产业发展、生态建设和群众增收的有机结合、互促共进。

夯实基础　　乡村振兴焕出新面貌

为了改善基础设施建设，提升群众生产生活条件，村两委筹措资金260万元，修通了5公里通村路、硬化了1公里田间路，整治了800米的主干街道，改变了村民种地时肩扛驴驮的状况，也方便了与外界的沟通联系，为本村发展农业创造了有利条件。建成两个2900余立方米水窖，解决了全村人畜饮水难题；对村级卫生室进行了升级改造，方便了群众就医；安装路灯13盏，建设4个垃圾集中点，彻底解决了"垃圾乱倒、污水乱排、杂草乱堆、卫生不文明"的现象，建成并绿化300余平方米的村前小游园，植树500株，村容村貌得到明显改善；为打开产品销路，在平定县农委的帮助下建起了益农社，还与阳泉市驿拓电子商务产业园建立了网上销售平台，拓宽了农产品销售渠道。

  几年来，通过落实扶贫政策措施，村集体经济得到了有效保障，贫困户脱贫产业从无到有，基础设施不断完善，村容村貌得到了极大的改善，群众的思想观念发生了巨大的转变，按期完成了整村脱贫任务，从而为乡村振兴提供绵绵不绝的内生动力。

强基础　抓产业　踏实走稳脱贫路
——盂县上社镇外独头村脱贫案例

外独头村是一个位于两山之间的"独头沟"村，距离盂县城北20公里处，总面积4平方公里，耕地面积700亩，主要以种植玉米、土豆、谷子等为主，是典型的纯农业村。全村户籍人口110户212人，2014年识别建档立卡识别贫困户36户106人，贫困发生率50%，村集体收入为零。脱贫攻坚以来，通过肉牛养殖和光伏发电两大支柱性产业实现了村民稳定增收。到2017年，贫困人口全部脱贫，年人均收入达到了3762元，村集体经济突破5万元。

抓组织建设　以党建促脱贫

"火车跑得快，全凭车头带。"只有加强村级两委建设，加强对村干部的思想引导和教育，才能带领群众发展致富。阳泉市委办公厅驻村以来，对标施策、细研措施，采取2名党员帮扶1户贫困户的方式进行定点帮扶，实现了结对帮扶全覆盖。利用外独头村村两委换届时机，通过村民推荐选举，把真正"愿意干、能干好"的人才举荐到能够发挥作用的岗位上来，将能人大户吸纳到村两委班子，进一步激发了党员干部干事创业、参与脱贫攻坚的积极性。村第一书记卢晓刚为巩固村"党建+扶贫"的帮扶工作成果，积极开展对已脱贫户"回头看"活动，为每个贫困户量身定做《党员干部结对帮扶计划表》，摸清致贫原因，制定帮扶措施，明确实施时间，做到帮扶更精准、措施更合理。

抓产业扶贫　以项目促增收

外独头村坚持把扶贫增收重点放在扶贫产业培育上，不断建立健全利益连接机制，激发内生动力，促进贫困户持续稳定增收。在驻村工作队和村两委的多次调研考察和征求民意的基础上，决定将肉牛繁育和光伏产业作为推进精准脱贫、农民增收的主打产业。2016年，村集体筹集资金50万元，建成50头规模的肉牛繁育基地，年收益达9万元。按照"贫困户普惠3，奖补3，村集体2，非贫困户2"的产业利益分配模式，带动36贫困户户均年分红300余元，奖补自主创业、失能老人等21人，人均1200余元。增加村集体收入1.8万元。同时免费培训3名贫困劳动力担任饲养员，年人均增收2万元。采取同样的模式，筹集资金70万元，建成100千瓦屋顶分布式光伏发电站一座，年均发电量11万度左右，年收益8万元左右。带动全村贫困人口年人均增收270元，村集体经济增收近2万元，不但为贫困户分了红增了收，还实现了村集体收入破零。针对村里土地土层薄，作物产量低，帮扶单位和村两委把230亩土地进行了复垦，每亩可增产500余斤、增收400余元；协助符合条件的22户贫困户办理了扶贫小额信贷，并组织将其入股到新布衣合作社，实现年收红利3000—4000元。

抓惠民工程　以民生促和谐

为改善村民生产生活条件，提升村容村貌，2016年外独头村筹集资金80余万元，修建了连心石拱桥一座，解决了本村和临村老百姓跨河出行的交通安全问题，结束了外独头村需要蹚水过河没有桥的历史；打出150米深井一口，解决了村民生活和农田灌溉用水；栽植油松苗200株，书写标语10余条，粉刷墙面2300余平方米，清理垃圾270立方米等，有效改善了村民生产生活环境；维修村级医务室，配备村医1名，并开展了健康扶贫"双签约"活动，全村36户106人建档立卡贫困户全部完成签约，人人享有"136"政策；对村里的护田大坝进行维修加固，防止农田免自然灾害侵袭；新建385平方米的村老年日间照料中心1座，帮助孤寡老人老有所依。贫困户刘某某是精准扶贫的受益者之一。年过七旬的她，凭借好政策的扶持，享受了危房改造补贴和产业分红。说起这些，刘某某十分激动："感谢国家的好政策，感谢帮扶单位，让俺家脱了贫，相信日子一天比一天更好。"

长治市

百村脱贫案例

整体搬迁"挪穷窝" 精准发力"拔穷根"
——襄垣县西营镇马鞍山村脱贫案例

马鞍山村旧村位于襄垣县西营镇西南，属丘陵地带，距离镇域中心7.5公里，全村户籍人口17户52人，总面积1.88平方公里，耕地面积181.3亩，是一个以传统农业种植为主的贫困村。2014年识别建档立卡贫困户10户33人，贫困发生率58.8%，年人均收入2000元，村集体无经济收入。脱贫攻坚以来，在各级领导、第一书记、驻村工作队的共同帮助下，贯彻落实各项脱贫政策和措施，到2016年底，贫困人口全部实现脱贫，年人均收入达到4100元，村集体收入突破7万元，一举摘掉了贫困村的"帽子"。

易地搬迁换新颜

原马鞍山村沟壑纵横，土地贫瘠，自然环境恶劣，为给村民营造一个交通便利、安居乐业、环境优美的生活环境，2016年11月村两委带领村民从原马鞍山村搬迁到丰曲新村。新村距西营镇镇政府2公里，占地25亩，投入资金302万元，共修建独立2层庭院15套，搬迁15户44人，实现贫困户全部入住。村两委着力完善基础设施建设，全面创优村人居环境，先后投入扶贫资金145万元，新建村级活动场所7间，丰富了群众的文化生活；硬化乡村道路400米，安装太阳能路灯22盏，极大方便了群众的出行安全；安装水网300米，让家家户户都喝上了干净便捷的自来水，通网17户，通电17户等，让农户们足不出户，就能掌握各种信息。马鞍山村经过3年的不断努力，实现了水、电、路、网的全覆盖，终于将一个偏僻的穷山村，小山村，改造成了如今功能齐全、交通便利、环境优美的美丽新农村。

贫困户马某某说："我们村现在可好了，房子新了、路通了、集体流转了土地发展连翘种植，我们还可以参与管护打零工，再也不用靠天吃饭了，过上有盼头的日子了。"

产业发展促增收

实现了搬得出，如何稳得住、能致富成为眼前急需解决的问题。2016年，村两委与扶贫工作队紧紧抓住长治市大力发展中药材的有利契机，成立鞍扶经济合作社，采取订单销售的模式，统一提供农资、技术，统一管理，统一销售。目前，发展中药材181.5亩，年销售实现30万元，带动10户贫困户户均年增收2000元。并通过种植技术培训后提供岗位，优先安排贫困户参与管护，共带动10户贫困户户均年增收2000元。为提高土地利用率，村两委又带领贫困户在连翘基地套种尖椒20余亩，自产统销，年实现收入5万元，贫困户户均增收1500元，进一步提升了基地贫困户经济收益。2016年12月，村两委积极争取项目指标，整合资金350万元，引进光伏户用扶贫发电项目45千瓦，目前，光伏项目已经并网发电，可为全县提供清洁电力8万度以上，可带动贫困户9户32人人均增收2000余元。

全心全意办实事

针对贫困户反映的吃水难、看病难等热点问题，村两委和驻村工作队主动对接，合力解决。驻村队长刘谷瑜多次到县水利局反映问题，争取支持。在 2015 年 6 月，县水利局免费为马鞍山村接通了集体用水管道，使全村老百姓吃上了自来水。村两委和驻村工作队组织乡村医生为本村家庭特困户和五保户等进行免费体检，对患有高血压、糖尿病的患者帮助其及时办理慢性病证，使党的惠民政策真正得到了落实。还协调县妇幼保健计生服务中心免费为马鞍山村妇女进行了疾病筛查，查出1名患者李某某，并联系专家及时办理住院手续，使患者及时得到了有效治疗。李某某感动地说："感谢党的扶贫政策，给我们实实在在带来的帮助，让我们贫困户有了新的希望，真是从心里感谢党、感谢政府。"

今后的马鞍山村将进一步完善各项工作机制，发挥好村集体、工作队、合作社的带动作用，辐射每家每户，进一步推进发展产业，拓宽挣钱门路，带动贫困户在脱贫致富的路上越走越顺。

户均药材一亩半　小康路上众口赞
——平顺县龙溪镇南小沟村脱贫案例

南小沟村位于平顺县东南15公里处，全村总面积3.6平方公里，耕地面积238亩，76户210人，2014年识别建档立卡贫困户29户81人，贫困发生率38.6%，年人均收入2800元，村集体经济收入为零。脱贫攻坚开展以来，南小沟村按照习近平总书记"绿水青山就是金山银山"的科学理念，以产业发展为主导，聚焦道地党参产业，到2017年底，贫困人口全部脱贫，年人均收入超过5500元，村集体经济突破5万元。南小沟村从一个贫穷落后的小山村，变成了党参种植专业村、生态文明示范村、产业脱贫典型村。

立足村情实际　谋划产业促脱贫

过去，南小沟村经济产业单一，主要以种植玉米为主，虽然祖辈上也有种植和采挖中药材的传统，但由于没有主体带动和市场引导，药材的收购价格由小商小贩随意掌控，群众种药材的积极性不高，满山遍野的中药材自生自灭，广大群众守着宝山受贫困。为了破解这一难题，村两委通过"走出去、请进来"，召开党员、村民代表会议，在多次讨论研究，广泛听取民意的基础上，结合村情实际，制定了南小沟村产业发展"五年规划"，确定将中药材种植作为脱贫致富的主导产业。为激发更多群众搭上种植中药材的"顺风车"，对组织积极有力、种植规模较大、发展中药材产业成绩突出、带动作用明显的种植大户，每户给予2000至5000元不等的奖励；对贫困户种植党参、黄芩、黄芪、柴胡等草本中药材，每亩补贴200元；对种植连翘等木本中草药材，每亩补贴100元。贫困户张某某，一家3口全靠种玉米和马铃薯为生，日子"穷得叮当响"，家住破旧土坯房，妻子有病，常年吃药不断，孩子上学，一年开支7000元左右，经常靠村民接济生活。扶贫工作队入驻以后，主动上门做张某某的思想工作，宣传现在种植中药材补贴政策并算账对比，解除他的后顾之忧，鼓励他种植党参。2016年张某某家试种了0.5亩党参，收入5000多元。2017年他将党参种植扩大到一亩半，收入达到12000元，全年总收入较2016年前翻了两番。现如今的张某某家房屋敞亮，院落整齐，收入稳定，实现了从贫困户到脱贫户的转变。

创建合作组织　　抱团发展闯市场

为了解决贫困户种植中药材种植面积小、分布散、积极性低等难题，2017年，村党支部书记张良创办了张良种植专业合作社。按照统一规划种植、技术指导、质量标准、组织购销的"四统一"管理模式，组织引导全村力量种植中药材，形成了"支部管合作社、合作社抓产业、产业联结贫困户"的新型经营主体运行模式，增强了群众的组织化水平，形成了合作社带领农户抱团致富的运行模式。贫困户王某某，一户两人，妻子患有小儿麻痹，常年吃药，生活不能自理，全家就靠他种植玉米、马铃薯和在村内打零工为生，年收入不到4000元，日子过得十分艰难。2017年，在村委的关心和帮助下，让他加入了合作社，并免费给他提供化肥和种苗。按照种植计划，王某某抱着试试看的态度，种植了2亩党参，当年收入就达到1.6万元。目前，合作社吸纳农户50户，其中贫困户33户。在合作社的带动下，该村逐步规范党参种植和管理流程，确保党参的品质道地，在全县率先打响"南小沟党参"品牌。

联合龙头企业　　共享发展奔小康

南小沟村村两委紧紧抓住打造全国一流中药材基地特色县的机遇，主动对接长治振东集团，通过种苗预付、订单保底、免费技术服务等合作经营模式，确保群众稳定增收。1.实行种苗预付。由振东集团为合作社和种植户提前发放种苗，待采收收益后，再扣除种苗费用，实现贫困户与合作社的低成本增收。2017年振东集团共发放党参籽140斤、黄芩籽68斤、柴胡籽74斤、板蓝根籽12斤，使中药材种植面积增加到124.6亩，户均1.7亩，其中贫困户户均达到2亩。2.实施订单保底。脱贫攻坚期间，村民与振东集团达成中药材定点收购协议，根据年产量，收购合同每年一签，以近5年党参平均价兜底收购贫困户药材，有效规避了市场风险，建立起企业与贫困户之间稳固的利益联结机制。2014年党参的市场价格跌至每斤6元，为了避免"药贱伤农"，企业补贴4元，以每斤10元进行收购，仅党参收购4万斤左右，企业补贴16万余元；到2015年、2016年、2017年，党参价格平均涨至每斤25元，企业又以市场最高价收购合作社和种植户党参8万斤，仅党参一项就带动33户贫困户户均年增收4500多元。3.开展技术服务。村两委和驻村工作队多次协调振东集团选派技术人员进村入户开展党参标准化种植技术培训130人次。对育苗、移栽、病虫害防止、采收加工、存储管理等各环节进行实地指导和跟踪服务，从源头上保证党参等中药材的道地性。中药材产业已成为南小沟群众脱贫增收的主要渠道，真正富了一方百姓。

易地搬迁结硕果　产业筑起新希望
——黎城县洪井乡信社村脱贫案例

信社村由原南信村整村搬迁至南社村合并而成，位于黎城县中部，毗邻207国道，距县城3.5公里，全村户籍人口116户297人，总面积2.7平方公里，耕地面积700亩。2014年识别建档立卡贫困户14户44人，贫困发生率15%，年人均收入4200元，村集体无任何经济收入。通过实施易地搬迁、产业带动、融合发展，到2016年底，信社村贫困人口全部脱贫，年人均收入达到6078元，村集体收入突破4万元，被评为全县脱贫样板村。

易地搬迁　搬出一片新天地

原南信村地处山林深处，交通落后，村民以零散种植、养殖为主，经济条件差，院落多以土坯房、窑洞为主，且大多为坍塌、漏雨房屋，生产生活条件极差。为了摆脱"一方水土养不起一方人"的困境。2014年初，村两委按照"近距离、高起点、低成本"的原则，投入扶贫资金350余万元，在南社村村西新建了21栋砖瓦结构的新房。2015年10月，包括9户贫困户在内的21户南信村村民全部喜迁新居。为确保搬得出、稳得住，村里大力实施基础设施提升工程，先后投资110万元，为新村修建了2000米水路管网，自来水入村入户全覆盖；改扩建入村道路420米，方便了村民日常出行；建成200多平方米的老年日间照料中心、村红白理事会、便民服务店和澡堂，进一步提升了群众生活质量；将村级闲置办公用房200平方米进行维修改建，形成400平方米的教学区，解决了信社村和周边村庄贫困家庭适龄儿童入学难、上学贵的问题；利用闲置空地进行了绿化和硬化，既美化了环境，也满足了村民的文化活动场所需求。居住条件好了，服务设施跟上了，脱贫的信心更足了。

产业助推　村民走上致富路

搬得出、稳得住是基础，能致富才是目标。新居有了，如何脱贫致富成了现实问题。在各级扶贫工作队的帮扶下，村两委内引外联，动员各方力量，成功走出一条产业脱贫之路。1.发展日光温室大棚蔬菜种植。2016年初，投资200万元，发展日光温室大棚20个，种植北瓜（西葫芦）和西红柿。引进长子方兴公司，吸纳14户贫困户，组建了鸿信合作社。采取"公司+合作社+农户"的经营模式，由合作社统一提供农资、技术，组织社员进行蔬菜种植，企业负责管理和销售，每年向村集体上缴25万元大棚保底收益金，其中20%作为发展基金，用于发展村集体公益事业；剩余80%主要用于合作社经营管理和社员分红，实现14户贫困户户均年增收1616元。2.推广连翘种植和采摘。采用土地流转的形式，将原南信村140亩耕地流转给县林业局，实施荒山造林扶贫项目，其中60亩免费供贫困户种植连翘，林业局提供苗木，带动贫困人口6户20人，户均年增收2000元。每年向9户贫困户提供每亩300元的流转费。3.实施制衣扶贫车间项目。2018年初，成功引进山东沂水客商，注资100万元，建成信社制衣扶贫车间，不仅带动2户贫困户户均年增收18000元，而且还解决了本村和周边村民的就业问题。

因户施策　精准帮扶解民忧

　　信社村贫困户户情千差万别，帮扶单位针对各贫困户的贫困原因，精准把脉，对症下药，切中贫困户真正需求，确保帮扶工作真正帮在点子上、扶在关键处。对于想干事缺资金的贫困户，帮扶单位用足用活现有扶贫政策，为其协调解决资金问题。年过五旬的陈某某，妻子腿脚残疾，常年看病吃药，家庭开销很大。了解到他有养羊的想法后，驻村工作队帮助其争取到5万元扶贫小额贷款和2万元残联帮扶资金，利用这笔资金，陈某某先后养殖了150只羊，年收入3万元，成为脱贫致富带头人。针对因学致贫的贫困户，帮其子女享受教育扶贫政策，同时积极协调用人单位安排就业获得工资性收入，提供孩子读书开支的"源头活水"。贫困户程某某，女儿在外读研究生，儿子在县城上初中，家里没有稳定的收入，供孩子读书成了难题。经驻村单位多方协调，儿子享受了贫困家庭寄宿生生活补助每年1250元，并将程某某安排到附近的太行钢厂务工，年收入2万元，安排其妻在村里的制衣车间务工，年可增收1.5万元，程某某一家的生活问题和孩子的上学问题顺利解决。对于因病致贫的贫困户，由于看病支出较大，家里常年需要有人照顾，就近务工、解决家庭收入是他们最迫切、最现实的需求。为此，村里将同为妻子患病的贫困户陈某某、秦某某两人安排在村里担任保洁员，月工资收入450元，年增收5000余元。

　　如今的信社村，群众生活安康、产业发展有序、村庄美丽舒适、干群团结一心，正谱写一篇由贫困走向幸福、由落后走向希望的华丽篇章！

抓班子聚民心　兴产业促脱贫
——壶关县五龙山乡刘寨村脱贫案例

刘寨村位于壶关县东部山区，全村由4个自然村组成，总面积4平方公里，耕地面积1300亩，总人口260户658人，2014年建档立卡贫困人口114户244人，年人均收入1500元，贫困发生率45.8%，村集体经济收入为零。脱贫攻坚以来，村两委把"带民风、抓项目、聚人心"作为脱贫攻坚的重中之重，按照坚持"近期脱贫抓就业、长远脱贫抓产业"的思路，到2016年底，贫困人口全部脱贫，年人均收入增加到5100元，村集体经济收入突破20万元，一举摘掉贫困的"帽子"。

抓班子　凝聚民心带民风

刘寨村村两委把提升党组织的凝聚力、战斗力作为打赢脱贫攻坚战的重要抓手，在狠抓"两学一做"，加强"三基"建设的基础上，多次召开议事会、"诸葛会"，让群众提建议，让党员亮态度。党员承诺每年为村民办3—5件好事实事，目前已落实群众意见建议50条。坚持从改变老百姓的心态和思想入手，确立了以诚立信、以孝兴村的治村理念，先后投资170万元，建起了养老院、老年活动室、配备了健身器材，为常年居住的

20多位老年人提供维权服务、农忙服务、家政服务、医疗服务、精神慰藉等服务。在村支书程玉珍的倡议下，每年的重阳节，村委都要把全村60岁以上的老人集中起来，吃长寿面、观看文艺节目。每逢村中有老人过生日，程玉珍都会送上生日蛋糕和祝福，她的真心付出取得了老人们的信任、全村人的信服。2016年村民李某患脑出血没钱住院治疗，程玉珍主动垫付了8000元住院费，使其及时进行了救治。康复后，老人常说的一句话是："现在的干部是真心实意为群众服务，干部玉珍比亲闺女还亲呀。"

抓项目 产业带动促脱贫

村两委干部为增加贫困群众收入，因地制宜谋划发展主导产业，牵头成立了新天地、新世纪两个专业合作社，先后投资300多万元大力发展设施蔬菜种植产业。建设蔬菜大棚98座，年销售收入达到300多万元，采取"合作社+贫困户"的模式，合作社负责统一建设、统一贷款、统一育苗、统一培训、统一管理、统一销售，"六统一"的模式解决了贫困户抵抗市场风险能力弱的问题，带动60余户贫困户户均增收3000元。同时在合作社的带动下发展旱地蔬菜种植300余亩，年销售收入240余万元，吸纳30余户贫困户70余人在基地务工，年人均增收2800多元。此外村两委干部还积极组织贫困户参加美容美发、厨艺、汽车修理各类技能培训10余场500多人次，介绍15户35人外出务工，实现了一人务工、全家致富的目标。2017年，生活困难的贫困户王某某在村两委干部的大力支持下承包了8座大棚，当年收入超过10万元，现在日子过得红红火火，王某某今年还在县城定购了商品房。她逢人就说："党的扶贫政策是真的好，就是要让贫困群众过上幸福的好生活，到城里买楼房是以前想都不敢想的。"现在刘寨村有劳动能力的贫困人口都变成了产业工人，实现了户户有产业项目、人人有增收门路。

抓基础　改善设施惠民生

千方百计改善生产生活条件，增加群众的获得感。近年来，针对村里房不安、路不畅、水不通、灯不亮的情况，累计争取上级资金800余万元，大力拆旧建新、移民搬迁，在村中心规划建设移民安置小区，将4个自然村44户109名群众全部搬到主村，其中涉及建档立卡贫困户12户38人，实现了4村并1村，群众住上了宽敞安全的楼房；投资440万元，改造了出村公路4.8公里，彻底解决了群众出行难题；安装路灯37盏，方便了群众夜间出行；铺设了通户自来水管网，告别了吃旱井水的历史；硬化绿化广场1200平方米，建成了农家书屋60平方米，添置了声乐器材、服装道具，丰富了群众的文化生活氛围；通过基础设施改造，刘寨村的新房多了、路通了、街亮了、环境美了，实现了旧貌换新颜。

产业铺开脱贫路　旅游筑牢致富梦
——壶关县石坡乡南平头坞村脱贫案例

南平头坞村处于壶关县东北部35公里处,全村户籍人口399户1170人,总面积7.9平方公里,耕地面积357亩。2014年识别建档立卡贫困户226户626人,贫困发生率54%,年人均收入1700元,村集体无经济收入。脱贫攻坚以来,在省、市、县各级干部的帮扶和全村群众的共同努力下,到2016年底,贫困人口全部脱贫,年人均收入达到4800元,村集体经济收入突破20万元,实现了整村脱贫。中央电视台、山西省电视台、《山西日报》对南平头坞村"七彩村庄"脱贫典型进行了多次宣传报道。

旅游引领　拓宽群众增收渠道

借助太行山大峡谷旅游专线穿村而过的交通优势和良好的生态环境,南平头坞村村两委在充分调研、广泛征求群众意见的基础上,制定了发展乡村旅游,带动脱贫致富的发展规划。投资200多万元将全村500多栋依山布局、错落有致的旧民房全部涂成彩色的,在公路沿线种植油葵400余亩,开发了杜则沟养生观光园,建成了集农家乐、民宿、民俗表演、潞绣、山货、旅游产品销售为一体的旅游服务体系,吸引过往游客2万余人次驻足拍照、就餐住宿，带动100余家贫困户发展农家乐、农家客栈、农家小超市、农家土特产店，户均年增收3000余元。贫困户郭某某感慨地说："以前村里没有产业，年轻人都外出打工，一年下来攒不了几个钱。现在政策好了，政府帮助我们发展旅游了，足不出户就可以挣到钱了，城里人喜欢这里没有污染的优美环境和原汁原味的农家饭，我现在搞农家乐年收入已超过5万元，比以前外出打工强多了。"

多业并举　带动群众稳定增收

村两委充分依托南平头坞村良好的生态环境优势，进一步发展农副产品加工业，提高农副产品的附加值，增加贫困群众收入。村集体筹集80万元创办了烽火专业合作社，采取"合作社+农户"的模式，在村里开发黄花茶加工和农家土酿高粱原浆酒，年销售收入30多万元。到黄花茶采收季节，仅茶叶采收一项可带动40多户贫困户户均增收3000余元；通过订单种植高粱可带动40余户贫困户户均增收2000元。村两委依托当地潞绣的传统优势，注资300万元成立长治市潞洲飞蕾手工绣品有限公司，发展民俗特色刺绣产业，累计培训绣工1200余人，带动周边村贫困户40余户80余人年产各类刺绣产品2万余件，年人均增收近5000余元，实现了文化传承和农民增收的双赢。借助国家大力支持发展清洁能源的机遇，投资80万元，建成100千瓦村级光伏电站1座，当年实现收益34000元。通过设置集体公益岗位、发展集体公益事业等方式，带动贫困户40户80人户均增收700余元，此举既盘活了闲置资源，又增加了贫困群众的收入。同时在村两委的推动下，引进了强强种植专业合作社，吸纳全村25户贫困户入社，流转土地1000余亩发展连翘、党参、桔梗等中药材种植项目，其中流转80户贫困户土地480余亩，贫困户户均年增收3000元；优先吸收30户贫困户到合作社基地务工，贫困户户均增收3000元。

固本强基 大力改善基础设施

为改善南平头坞村基础设施和公共服务设施，提升群众生产生活条件，村两委筹集资金700多万元，实施移民搬迁40户150余人，把深山里的贫困户搬到了大峡谷的"门口"；改造饮水管网4.2公里，结束了长期饮用旱井水的历史，让家家户户都喝上了梦寐以求的自来水；升级村级公路、硬化巷道，扩建田间道路9000米，安装路灯98盏，改善了群众日常出行条件。建设14个垃圾集中点、4座污水池、铺设污水管道3900米，改造旱厕13座，解决了"垃圾乱倒、污水乱排、杂草乱堆"卫生不文明现象；对村级卫生室进行了升级改造，方便了群众就医看病；实施了幼儿园、小学亮化美化工程，改善学生就读条件环境；新建了文化大院、民俗大院、休闲场所、文化墙等等，整修活动室350平方米，丰富了群众的精神文化生活需求；依山修建了三亭一阁，增添了文化品位，基础设施明显改善，村容村貌明显改观。

如今的南平头坞村已经成为一个远近闻名、人人称羡的"产业兴旺、生态宜居、乡风文明、治理有效"的"省级美丽乡村""省级文明村"，昔日贫困的小山村正在乡村振兴的康庄大道上阔步前进……

因村制宜谋发展　精准施策促脱贫
——武乡县故县乡五村脱贫案例

五村位于武乡县东部，距离县城10公里，由前沟、小庄、崔家庄、李家坪、白草站5个自然村组成，全村总面积3.1平方公里，耕地面积600亩，户籍人口78户226人。2014年识别建档立卡贫困户42户113人，贫困发生率50%，人均收入2300元，村集体经济收入为零。脱贫攻坚以来，五村党支部以农业为基础、农村为平台、农民为主体，壮大集体经济推动，发展乡村旅游拉动，落实惠民政策撬动，2017年村贫困人口全部脱贫，年人均收入达到4500元，村集体收入突破10万元，如期实现了整村脱贫。

围绕集体经济做文章　因地制宜谋发展

村党支部紧紧围绕"一村一品一主体"精心谋划、精准施策，发展壮大集体经济，村委会牵头成立了武乡县翔宇养殖有限公司，筹集资金150多万元，其中贫困户入股资金12.6万元，建成年出栏3000头生猪的养殖基地，采取"公司+贫困户"合作的模式，实行集体管理、集体经营，带动42户贫困户户均增收1100元，村集体增收7万元。一业壮带来百业兴，随着猪场的全面投产，贫困户赵玉兵、李文平等4人被聘为饲养员，月工资稳定在2500元；3000头生猪年产猪粪3000吨，全部施入田间，玉米亩均增产40斤，带动全村贫困户户均增收400元；村里每年40万斤玉米就地实现了粮转饲，贫困户户均增收500元。

围绕旅游做文章　乡村振兴可持续

在省委宣传部《映像》杂志总编辑、驻村第一书记张国田的帮助下，引进了禾田旅游开发有限公司，投资300万元，发展休闲度假、旅游观光、养生养老、创意农业、农耕体验等多种形式的乡村休闲旅游。15户贫困户通过到禾田旅游公司务工，户均增收1000元；同北京电影学院、沈阳城市学院、晋中学院签订了摄影采风合作协议，7户贫困户接待大学生餐饮住宿200余人次，户均增收1000多元；成功举办了两届"五村播种节"，吸引周边省市游客2800多人次，18户贫困户通过销售土特产户均增收1000元。随着来五村的游客逐渐增多，通过发展旅游促进农民增收的"小康计划"也在紧锣密鼓地进行：100亩水果采摘园已初具雏形，90亩有机小米、30亩油葵体验种植基地已建成，小庄摄影创作培训基地一期工程已结束，集装箱禾田小镇即将开工建设……蓬勃发展的旅游经济不仅带富了五村人，而且吸引了在外打工人员纷纷返乡创业。贫困户李某，常年在外打工奔波，2017年听说村里发展旅游就回到村里，依托"五村播种节"的影响力和五村发展旅游的契机，向来五村观光的游客销售小米、土鸡蛋等土特产品，足不出户便增收3000元。

围绕政策做文章　靶向施策均受益

村两委以全市"一户一项"政策落实为契机，因人因户精准施策，28户贫困户购买了农机具，在改进自己生产方式的同时还为周边村民提供有偿服务，户均增收600元；5户贫困户购买5头黄牛；3户贫困户发展养羊，到目前存栏50多只。贫困户武某某，妻子早逝，除种几亩地外没有任何收入，在"一户一项"的政策扶持下，购买了农用三轮车，跑起了运输，年增收10000元，彻底摆脱了贫困。

与此同时，五村全面落实金融扶贫、教育扶贫、健康扶贫等各项惠民政策，25户贫困户享受到了金融小额信贷扶持，每户贷款5万元委托当地龙头企业通过经营收益，每年能分红4000元；全村19名中小学生和5名大学生分别享受了教育扶贫政策，读书难、上学难的问题迎刃而解；有25人享受到了健康扶贫"双签约"服务，解决了看病难的问题。贫困户赵某某的女儿去年接到大学录取通知书时，一家人一筹莫展，几度产生退学的念头。在"雨露计划"和爱心企业的帮扶下，他的女儿顺利走进了大学校园。

"五村真的变了，变富了、变美了，这全是党的好政策呀！"贫困户冯某某逢人就说。

乡村旅游促脱贫　电商助力"拔穷根"

——武乡县上司乡岭头村脱贫案例

岭头村位于武乡县中南部丘陵山区，辖3个自然村，总面积4平方公里，耕地面积1385亩，全村户籍人口190户494人。2014年识别建档立卡贫困户52户145人，贫困发生率27%，年人均收入5970元，村集体经济收入为零。脱贫攻坚以来，在各级各部门的大力支持和帮助下，岭头村充分依托自身资源禀赋，走出了一条"互联网+乡村旅游脱贫"的新路子。2016年，被国务院扶贫办、国家旅游局确定为全国乡村旅游重点扶持村。"整村微商扶贫模式"在全省推广，被县委、县政府表彰为"脱贫攻坚模范村"，被誉为"三晋微商第一村"。2016年底，贫困人口全部脱贫，年人均收入超过6900元，村集体经济收入突破7.8万元，实现整村脱贫。

培育电商脱贫"主心骨"

村两委在多方考察学习的基础上，创建了"一户一店带全家、整村微商带脱贫"的"支部+电商"带脱贫新模式。协调县政府投资100余万元，实施了水、电、路、网改造民心工程，建设电商综合服务中心1座，配备邮政三轮1台，增设信号塔2座，100米wifi覆盖区1个，在全县率先打通了电商发展在物流和网络上的痛点；协调县电商办投入50余万元，扶持10户贫困户建设创客小院、开展网络接入、品牌打造、微商培训、网红培育等；特邀中国电商专家汪向东、微店总裁王珂等一批专家、学者、电商大咖来村开展电商培训20余次，涉及贫困户45户103人。创建了微信公众号，电商创业群、农产品营销群、乡村网红群为主要内容的"一号三群"；创造性开展"第一书记带动、能人带头、品台带动、免费培训、免费推广，支部扶持"的"三带两免一扶持"的帮扶模式。在党支部带动下，贫困户足不出户就能在手机上将自家小米、核桃等土特产卖到北京、上海、广州等大城市，激发起广大贫困户发展微商脱贫的内生动力，涌现出一批如魏宝玉、张晓英、张青春等年销售8—10万元的贫困户微商达人。目前，全村开微店的人数已达到109人，带动贫困户21户56人户均年增收达2000余元。2017年，全村微商线上线下销售突破100万元，微商成为岭头村脱贫增收新的渠道。2017年5月，《新华每日电讯》《人民日报》、央视《新闻联播》和12家媒体对岭头村电商脱贫模式进行了报道。

打造旅游脱贫"顶梁柱"

村党支部因地制宜，依托岭头村生态环境好，千余株百年老梨树等资源禀赋，深度挖掘旅游资源，先后投入270万元，修筑石头护坡350米，绿化道路2.5公里，新修村巷道路1条，开发了百年梨王园，修缮了造雷英雄郭大海故居、焦爷庙和抗战地道等景点，为全村发展旅游业提供了必要条件。2016年以来，岭头村连续三年成功举办了"中国·武乡岭头梨花节"，吸引各地游客万余名，旅游综合收入达到100万元。10户贫困户搭乘旅游"快车"，通过办农家乐餐馆，销售土特产户均年增收2000余元。在村两委的大力支持下，组建成立了玉锦盛乡村旅游合作社，合作社与上海迁思集团达成合作协议，发展养生艾草种植，以资产性收益的模式，吸收贫困户贷款105万元，带动21户贫困户年底可分红4000元；以每亩每年600元流转土地500多亩，其中涉及贫困户52户145人，人均年增收900

元。村两委积极与晋黄羊肥公司合作，开发休闲农旅体验项目，种植有机小米300亩，实现种植、销售、溯源、观光一体化管理模式，带动31户贫困户每亩增收500余元，全村村民收入增收30余万元。2017年6月，新华社以《岭头村的美丽经济》为题，对岭头村依托乡村旅游脱贫进行深度报道。

依靠龙头企业"压舱石"

岭头村紧紧抓住发展清洁能源的有利契机，投入资金45万元，建成50千瓦村级光伏扶贫电站1座，年收益7万元，其中60%主要用于深度贫困人口兜底脱贫，40%用于增加村集体经济收入。此外岭头村依托省级农业龙头企业大山禽业有限公司，大力发展生态牧养鸡，采取"公司+农户"的模式，充分利用"一户一项资金"，免费提供土鸡1000多只，带动16户贫困户户均增收2000元；提供黄牛6头，带动6户贫困户户均年增收5000元，提供肉羊200多只，带动3户贫困户户均年增收1万元。

岭头村依托资源禀赋发展乡村旅游，依托互联网销售优质农产品，有效实现了高质量脱贫。脱贫户魏某某感慨地说："过去一年到头舍不得添置一件衣物，去年我家收入突破了5万元，家里人人从里到外穿新衣像过大年，感谢国家精准扶贫的好政策，感谢互联网给农民带来的便捷和实惠！"

多措并举促增收　稳步脱贫建奇功
——沁县段柳乡芦家岭村脱贫案例

芦家岭村位于沁县县城西南4公里处，总面积1.2平方公里，耕地面积478亩，主要以传统种植为主。全村56户156人，2014年识别建档立卡贫困户25户78人，贫困发生率42.95%，年人均收入2300元，村集体收入为零。近年来，芦家岭村以调整种植结构为主攻，以发展乡村旅游为突破，多措并举拓富路，实现了脱贫成效和乡村面貌双提升。2016年实现贫困人口全部脱贫，年人均收入达到5100元，村集体收入突破2万元。

多措并举　力促增收

采取"合作社+基地+贫困户"的模式，依托申氏种养殖专业合作社发展旱地葱、沁州黄等特色种植和奶牛、绵羊等特色养殖项目。种植旱地大葱50亩、沁州黄100亩，依托"电商"、沁州黄小米集团等扶贫龙头企业，将贫困户自有产品推向市场，带动贫困户25户78人，年人均增收8717元；发展奶牛20头、绵羊200只，推行牛奶进小区、进超市，羊肉进饭店等，多举措拓宽外销渠道，带动贫困户4户10人年人均增收1万元；利用产业扶贫资金15万元，在村级卫生室屋顶，新建13千瓦光伏发电站，带动贫困户25户78人，户均增收500元。此外，还积极争取县林业局退耕还林政策，带动贫困户25户78人种植花椒、25户77人种植连翘，户均增收800元。村两委结合村情民意，种植中药材50余亩，户均增收达到400元，为稳定脱贫进一步夯实基础。贫困户王某某过电商服务，卖出村里各户产的小米、花椒、大葱等土特产，还利用金融扶贫小额贷款办起了高标准的理发店，年收入在3万元以上，成为全村妇女创业的标兵。村民申政伟自己不是贫困户，但积极投身扶贫事业，通过发展贫困户加盟自己的奶牛产业，带动5户贫困户，户均增收5000元。通过村两委不断地做思想工作，贫困户申某某坚定了发展养殖的信心，由原来的一两头，发展到现在的百头养羊规模，家庭人均年收入达到了1.3万元。

乡村旅游　再立新功

该村依托毗邻莱茵湖郡、二郎山森林公园、南涅水石刻馆的优势，挖掘自身特色与亮点，多渠道筹集整合资金100万元，重点打造望夫石、情人谷等古情古景。为满足广大自驾游游客停车的需要，村委还投资5万元，建设3000平方米的停车场，项目建成后，通过看护、管理等方式，带动贫困户10户20人年人均增收800余元。支持引导5户贫困户开办农家乐，现已初步具备接待能力，年户均增收3000元。2017年至今已接待全国各方游客8000人，带动全村村民实现了人均旅游收入1000元以上。贫困户申某某一家，依靠旅游景区的优势，去年仅靠向游客出售黑小米一项增收1550元。申某某高兴地说："党的扶贫政策好呀，以前出门打工都没人要，现在靠着周边旅游景区，竟也当上了老板，就像习总书记说的那样，绿水青山就是金山银山。"

群策群力　基建先行

为改善村民生产生活条件，适应乡村旅游发展需要，村两委积极完善基础设施建设，提升公共服务设施。先后投资200余万元，实施了互联网改造工程，实现户户通光纤宽带；改造村级公路2公里，全村基本实现巷巷通；扩建田间道路500余米，实施1.9公里"四好"道路建设，在道路两侧进行了绿化；新建1所标准化卫生室，完成护坡200米、小型综合性文化广场350平方米，并安装各类健身器材，对村级组织活动场所、党建服务站、文化活动室、图书室等进行了维护修缮。

兴产业　真帮扶　换新颜
——沁县定昌镇烟立村脱贫案例

烟立村位于沁县县城西南2.5公里处，辖烟立、何家庄2个自然村，总面积1.9平方公里，耕地面积1313亩，全村人口153户396人。2014年识别建档立卡贫困户77户175人，贫困发生率43.4%，年人均收入1500元，村集体无经济收入。在长治市委办公厅的精准帮扶下，充分发挥村支部引领推动和党员示范带动作用，走出了一条"龙头引领、基地带动、能人示范、全民参与"的特色脱贫之路，到2017年底，烟立村贫困户全部如期脱贫，集体收入突破8万元，年人均收入超过6700元，实现了整村脱贫。

发展产业　促增收

过去的烟立村，小农小户分散经营，形不成规模、应对市场风险能力弱，2017年烟立村村委与驻村工作队创新产业脱贫模式，采取资产性收益的方式，将86万元产业扶持资金变股金，入股吉达食用菌种植合作社，采取"合作社+贫困户"的形式，由合作社统一管理、组织种植，贫困户年底分红。现已建成双孢菇大棚7个，带动贫困人口77户175人，年人均分红1000多元，村集体收益突破8万元，一举实现了集体经济破零和贫困户产业收益的"双赢"。同时优先安排13名贫困户入社打工，年可增收1万余元。贫困户王某某通过双孢菇实现稳定脱贫，高兴地说："没想到扶贫政策这么好，村里帮助我们贫困户发展了产业，一年多就实现了脱贫，按照这样的速度，在城里买房也有盼头。"为稳定拓宽贫困户增收渠道，实现稳定脱贫，村两委借助国家发展光伏扶贫的大好时机，筹集资金100万元，建成100千瓦光伏发电站1座，年收入达10万元，收益的30%用于发展集体公共事业，70%用于无劳动力贫困户分红，可带动贫困户32户68人每年每人增收1000元。

党建帮扶　暖人心

烟立村从抓好党员"挂牌亮诺"入手，着力构建"智力帮扶"新路径。要求每个党员公开承诺办3至5件实事好事，现已在解读惠民政策、调解村民纠纷等方面取得一定成效：落实驻村帮扶工作，长治市委办公厅42名驻村工作队员，帮助25户贫困户销售南瓜、大豆、土豆等土特产，户均增收1000元；第一书记柴建勋主动帮助村里的3户贫困户进行了"13685"医疗报销，让贫困户实实在在地享受到了政策，从而提升了群众对帮扶工作的满意度；村党支部还成功举办了烟立村第一届农民趣味运动会，在丰富群众生活的同时，还增进了干群关系，提升了群众凝聚力；党员赵庆云带头，成立了烟立村爱心美德超市，通过开展孝老敬亲、大学生爱心教育礼包活动进行积分兑换，激发了贫困户脱贫主动性，实现了"物质"脱贫和"精神"脱贫双赢；在全村开展评选"脱贫光荣户""致富光荣户"活动，通过评选活动，营造了人人争先脱贫的良好氛围。

乡村旧貌　换新颜

村两委针对烟立村居住环境差、基础设施差、环境卫生差等情况，2017年村两委和驻村工作队通过多方努力，在村级活动场所西侧建设移民安置点1033平方米，安置贫困户20户41人。投资130余万元，铺设柏油马路1.4公里，修通水泥道路1.16公里，硬化巷道800米，铺设入户道路1500米，方便了群众日常出行。白化亮化墙壁3000平方米，绿化裸地500平方米，安装路灯6盏，修筑排水渠440米，砌石墙护坡75米，美化了村容村貌。修建60平方米村级卫生所1座，实现23户42人健康"双签约"，解决了群众看病难的问题。建成了健身娱乐场1所，丰富群众精神生活。投资30余万元，在全村进行"厕所革命"，改造农村清洁厕所90个。

近年来，在各项扶贫措施的精准帮扶下，烟立村各项工作均取得积极进展，脱贫产业从无到有，基础设施不断完善，呈现出团结发展、积极向上的新气象。下一步，将依托现有基础，坚持产业发展为重点，大力发展食用菌种植，延伸产业链条，提高产品附加值，为进一步实现产业持续稳定发展、贫困群众稳定增收打下坚实的基础。

多业并举铺就脱贫路　多点发力建设新家园
——沁源县官滩乡紫红村脱贫案例

紫红村位于沁源县东北部，距县城45公里，总面积1.5平方公里，耕地面积840亩，全村共有91户267人，2014年识别建档立卡贫困人口46户118人，贫困发生率44%，年人均收入2300元，集体经济为零。在县委、县政府的正确领导和大力支持下，倾力脱贫攻坚，大力开展移民新村、旅游新村、光伏新村、文明新村的"四村联创"建设，走出了一条"村集体+合作社+农户"的扶贫发展之路。2017年底，全村贫困人口全部脱贫，年人均收入达到6650元，村集体收入达到9万余元，实现整村脱贫。

多措并举发展产业　实现增收促脱贫

紫红村属于纯农业村，村民靠天吃饭、增收乏力，村集体经济一直停滞不前，如何解决这一问题，是村两委急需解决的难题。2014年抓住全县发展设施农业的有利契机，村集体筹集资金25万元，建成日光温室大棚3座，年产白灵菇共计8400余斤，销售额达6万余元。带动全村31户贫困户实现固定分红498元，11名有劳动能力的贫困人口务工增收3000元左右；积极开展招商引资。2017年与沁丰薯业公司合作建设了200亩的一级种薯繁育基地，由公司免费为贫困户提供种子、服务和技术，并对农产品进行保底价格收购，有效带动全村30户贫困户76人户均增收1500元左右；充分利用紫红村荒坡荒山、弃耕撂荒地大力发展苦参种植产业。采用"村集体+合作社+农户"的模式，村集体将村级产业扶贫资金作为股金，和沁源县虮园种植专业合作社共同种植苦参170亩，可带动31户贫困户实现户均收益分红290元，两年后实现户均收益4000元以上。

围绕易地移民搬迁　打造幸福宜居乡村

曾经的紫红村有"三难"：吃水难、种地难、出行难，乡亲们住了几十年的土坯房，其中有一半是危房。为了改变这一现象，2017年，结合群众意愿，紫红村启动实施了易地扶贫搬迁工作，项目总投资约600万元，主要用于移民房主体建设，涉及农户89户235人，其中贫困户31户82人。后期筹集资金2200余万元，打深井一眼，安装自来水管道1600余米，彻底解决了村民安全用水问题；安装了300千伏的变压器，接通了入户电路，解决了村民生产生活用电问题；拓宽了3公里长、6米宽的县乡过村公路，铺设了村内户户通环形柏油路9534平方米，彻底改变了全村百姓的出行条件；安装双向供热管道1653米，供热井21座，解决了84套房内老百姓的冬季取暖问题；协调移动、联通公司安装了36米高的移动信号塔，接通了入户官网2000余米，解决了村民通信入网的问题；新村绿化2000余平方米，改变了以往灰蒙的景象。如今的紫红村，基础设施建设全面提升，人居环境极大改善，全体村民已喜迁新居，村容村貌焕然一新。贫困户胡某某一家五口人，原来挤住在20平方米左右的危房里，生活过得非常清苦。通过整村移民搬迁，住上了125平方米的新居室，居住环境得到了彻底的改善。胡某某本人加入了村内组建的施工工程队，妻子也在村内温室大棚打工，夫妻两人年增收1万元以上，他高兴的见人就说："以前想也不敢想能住上这样的大房子，感谢共产党，感谢习主席，让我们住上了这么好的新房，还给我们创造了就业条件，使我们真正摆脱了贫困。"

扑下身子办实事　真情实意暖人心

为协调解决群众热点、难点问题，驻村工作队和村两委采取驻村蹲点、结对帮扶的方式，深入贫困户家中，实地了解情况，解决实际问题。将全村符合农村低保标准的13户25人纳入低保范围，符合五保标准的2人纳入五保范围，做到应保尽保；实现教育扶贫"手拉手"结对帮扶，该村适龄儿童学前入园率达100%，九年义务教育教育阶段无因贫辍学学生，14名贫困在校学生全部得到资助，资助金额共计7500元，2名二本B类以上贫困大学生还分别享受一次性资助5000元，1名贫困学生享受"雨露计划"2000元；协调意通公司崔斌经理为4个上高中的贫困户子女每月提供350元的生活费，直至高中毕业；争取爱心人士为低保户贫困大学生两人各提供2000元资助，帮助他们完成大学学业。

晋城市

百村脱贫案例

治乱治业治村　铺就脱贫致富路
——沁水县端氏镇必底村脱贫案例

必底村原是必底乡政府所在地,但在2002年撤乡并入端氏镇后,就只留下了135户297人。全村耕地1770.7亩,退耕还林117.5亩,公益林6000亩。地下无资源,地上无企业,村中无劳动力,必底村是典型的贫困村。2014年识别建档立卡贫困人口29户56人,贫困发生率18.9%,年人均收入5100元,村集体经济收入为零。3年来,在包村单位的大力支持下,在"三支队伍"及村两委的共同努力下,广大群众自力更生增收致富。到2017年底,全村累计脱贫28户54人,贫困发生率下降到0.7%,年人均收入达8000元,村集体收入突破8万元,一举摘掉了贫困的"帽子"。

治乱　建强脱贫指挥部

必底村党支部软弱涣散多年,近年来就没有一届村两委班子连任过。第一书记闫哲峰坚信:"想脱贫就得有一个强有力的支部,要想打赢这一场脱贫硬仗,就必须得有冲锋在前的脱贫指挥部。"第一书记向原单位争取了4万元,为支部室粉刷了墙面,换装了门窗,购买了办公电脑、桌椅，终于开会能坐下来了。将党员誓词、三会一课、党务公开、民主生活会等制度全部上墙，会前进行宣誓，会上发言记录，会后全部签字，终于会上不乱哄哄吵了。从干部讲规矩、讲纪律深入，以"两学一做"学习教育为契机，定期开展主题党日活动，邀请县委党校、镇党务、纪检干部讲党课，"四讲四有"送学上门，干部党员意识、规矩意识逐步增强。第一书记还多次往返移民局，申请到了总投资102万元的文化活动广场和护村坝工程项目。2017年第11届村两委换届中，必底村的支部书记、村委主任双双实现了连任。党支部终于扎下了根，成为必底村脱贫致富的桥头堡、指挥部。

治业　注入脱贫致富血

种玉米、收玉米、卖玉米，这就是必底村老百姓生活的全部，也是他们收入的主要来源。靠天吃饭，收入单一，扎下了贫穷的根。发展产业是脱贫致富的根本。为了选择合适的、信得过、做得成的产业，第一书记、驻村工作队、村委干部跑遍了周边市县。发展设施养羊，环评手续没批下来。发展规模养蜂，村民没有技术。发展辣椒种植，前几年被收购商骗得害怕了。在充分的考查、论证、研究的基础上，他们通过招商引资与山西新大象集团合作发展万头生猪养殖。采取"村集体+企业+银行+贫困户"的"1+1+1+1"合作模式。村集体负责三通一平，企业负责建设、生产、销售和银行贷款担保，银行负责发放"五位一体"扶贫贴息贷款，贫困户参与经营增加收入。这样的模式既避免了村里没有资金建设，没有技术饲养的难题，也避免了市场经营风险，贫困户没钱入股的窘境。但是一穷二白的村集体，面对企业提出的"三通一平"前提条件，仍然是犯了难。"绝不能错失这样千载难逢的发展机会。"帮扶干部与村干部跑遍大小山头选地址，再请林业、国土、环保部门实地查看，向有关部门报资料。经常是白天跑手续，晚上商量着谁来平整土地的事。在镇党委的大力支持下，与中石油驻地企业搭上了线，大战七十余天，挖掘土石方1万余方，28亩的场地终于有了雏形。他们又先后向水利局、供电公司、发改局申请，水、电、路项目。就这样从不可能到可能,从荒山到平地,投资1200万元的万头猪场在全村老百姓一天天的注视下拔地而起。2017年,贫困户半年分红就拿到了3750元。村民郑某某数着分红的钱,激动地说:"我这么个残疾人,一年到头也干不了什么活,现在能有这样的好事,想都不敢想。"村集体也将申请来的75万元产业扶持资金入股公司,加上土地租金和每年获得分红6.9万元,当年村集体就突破8万余元。村支书贾学强说:"村里终于不用再过紧巴巴的日子了,必底村的好日子也终于来了。"

治村　打造脱贫家乡美

驻村工作队长崔奇清楚地记得初到必底村的景象:村委大院门口就是荒草地,厕所是危房,路窄坡陡,墙上还留着20世纪斑驳的标语。他说:"就算村民有了钱,脱了贫,生活在这样的环境里怕是待不住,也不会幸福呀。"近两年村里建起了2000平方米村级文化广场,安装了健身器材;垒起了长320米、高4米的护村坝;改造了2个自然庄的饮水工程,彻底解决了饮水安全问题;社会主义核心价值观文化墙、扶贫政策宣讲牌、党务政务公开栏树了起来;村民的房屋粉刷整洁了,6个垃圾池修好了,2个新公厕更方便了;村庄绿化工程正在进行,处处有绿树,处处有花香……在第一书记、驻村工作队、村两委干部的精准帮扶下,郭某某的两个上大学的女儿获得了"雨露计划"补贴;住危房的贾某某通过易地扶贫搬迁住进了新房;严重口吃、没有活干的贾某成为护林员。深度贫困户史某某老两口快70岁了,都患有脑血栓,膝下有一个养女,曾经绝望的他们如今都吃上了低保,办理了基本医疗,签订了健康扶贫双签约。史某某激动地说:"过去是老了老了活不下去了,现在养老金、残疾补贴、产业分红、低保,一年收入1万多元,年轻的时候也不敢想的事,现在是党的好政策、党的好干部让这一切成了真。"

精准扶贫巧施策　拔净"穷根"奔小康
——沁水县张村乡张村村脱贫案例

张村村位于沁水县城西南15公里处，总面积9平方公里，辖9个自然庄8个村民组，户籍人口268户703人，耕地面积3381亩。2014年识别建档立卡贫困人口70户134人，贫困发生率19.1%，年人均收入6237元，无村集体经济收入。张村村以玉米种植、传统养蚕为主产，集体产业单一、基础薄弱，村民靠天吃饭，旱涝减半，是山区典型的农业村。脱贫攻坚以来，在乡党委、政府的倾力支持下，村两委、驻村工作队结合村情实际，落实各项扶贫政策，实现了产业发展、村民增收和张村的变迁。到2017年底，全村累计脱贫62户123人，贫困发生率降至1.6%，年人均收入达11000元，村集体收入突破6万元，实现了整村脱贫。

龙头企业带动　传统产业再造

养蚕一直以来就是张村村的传统产业有着悠久的历史。为发扬蚕桑养殖的传统优势，乡村干部外出学习考察，决定在张村村投资打造蚕桑文化产业园，采取"市场+公司+基地+农户"的经营方式，辐射带动群众参与市场经营，实现脱贫共赢，用市场效应产生更大的社会效应。项目先期投资500万元，当前已投入306万元，流转土地180亩，栽植普桑140亩、果桑40亩，完成场地规划平整、围栏三通等基础园区建设，建成工厂化四季养蚕棚1000平方米、多功能智能调控棚1800平方米。2017年通过土地流转带动贫困户8户19人，每亩每年流转费600元，户均增收2000余元；务工优先使用贫困户和易地搬迁户，吸纳劳动力14户32人，人均收入900余元；扶贫资金135万元注入项目促进发展,每年村集体分红2.2万元，带动贫困户70户134人，做到户户有带动、户户有增收。张村村现有地塄桑10000余株，桑园80余亩，每年养蚕80余张，蚕桑专业合作社1个，全部都在丰沁公司的带动范围内。贫困户安某某，十几年来坚持栽桑养蚕，现栽植桑园5亩，每年养蚕5至6张，年均收入10000余元。他介绍说："养蚕是我们村的优良传统，这一根本不能丢。像我年纪大了，外出打工没人要，过去养蚕只能混个油盐酱醋钱，现在公司就是我的靠山，只要肯付出，肯用心，栽桑养蚕这条致富路会越走越宽。"

多措并举施策　尽享扶贫"红利"

"两不愁三保障"是我们扶贫工作的底线要求，但张村村并不仅仅满足于此，作为乡政府所在地，村民的人居生活环境是全乡的脸面。在易地搬迁项目实施过程中，张村村优先保证贫困户劳力在工程中的输入，村内对今后贫困户选择理发、超市、餐饮等服务业项目提供了优厚条件。在张村村文化广场东侧，建成张村乡张村村易地扶贫搬迁周转宿舍楼，占地5554平方米，建筑面积3455平方米，安置低保、五保等贫困户66户78人。在张村村南河滩建成10排20套张村乡张村村易地扶贫搬迁住宅房，占地6330平方米，建筑面积1960平方米，用于安置贫困户15户55人。南河滩住宅房搬迁户刘某某激动地说："我现在住上了这么好的新房子，用上了煤层气，一人一间卧室，儿子也就近找到了工作，一家人的生活一天比一天好。如果没有党的好政策，就没有我们今天的美好生活，感谢党，感谢政府！"村里为符合条件的14户贫困户办理扶贫小额贷款70万元，每户安装10千瓦屋顶分布式光伏发电站，户均增收3000元。村集体利用光伏扶贫资金30万元，建成50千瓦光伏发电站，年收入5万元。2015年以来，村内多方筹资200万元铺设村级道路12公里；投资15万元安装路灯100盏；投资10万元修建过水桥2座；投资40万元打机井1眼，铺设管道600米。目前村内道路平整宽敞，街道整洁亮丽，群众进地劳作、夜间出行安全便利，人畜饮水问题得到解决。为巩固提升攻坚成果，张村村充分利用大病医疗、社会保险和民政救助手段，降低群众医疗花费，并通过丰沁农业开发有限公司提高参股分红比例，加大福利性资助，解决因病致贫问题；充分发挥集体资产经营管理中心职能，完善与山西丰沁农业开发有限公司带动机制，推开农村产权制度改革，盘活村集体资产资源，妥善管理光伏发电项目，村集体经济收入突破8万元。

张村村集体已经开出了今后的工作清单，对新建村级卫生室进行硬件配套、软件提升，确保发挥真正作用。张村人也将牢记总书记的嘱托，撸起袖子加油干，干出一个新张村！

"三扶三帮"移穷山　携手岭东奔小康
——沁水县土沃乡岭东村脱贫案例

土沃乡岭东村位于美丽而神奇的历山脚下，户籍人口92户247人，耕地面积969亩。山给了岭东自然秀美的风光，却又让岭东陷入交通封闭、信息闭塞的困境。2014年识别建档立卡贫困人口44户116人，贫困发生率47%，年人均收入4200元，村集体经济收入为零。驻村帮扶的沁水县中小企业局工作队拿出愚公移山的精神，用3年时间，在历山脚下书写出"三扶三帮"的"岭东模式"，移走了压在群众心头多年的穷山，搬来了产业山、致富山，朝着全面小康的顶峰发起冲刺，到2017年底，全村累计脱贫42户113人，贫困发生率降至1.3%，年人均收入达到9600元，村集体经济收入突破6万元，实现了整村脱贫。

扶自信　从改变思想观念帮

"我也不想戴这个贫困户的帽子，但……"一个"但"字背后是大多数贫困户的无奈，无技术、缺资金、不懂政策、不善经营，如同一条条锁链捆住了手脚，让向往美好生活的心变得自卑沉默。"扶贫先扶志"，中小企业局工作队从进村的第一天起,就一直把这句话牢牢记在心里。守着甜蜜事业却还带着"贫困帽"的杨某某本不该是贫困户,殊不知,沁水蜂蜜已是线上线下抢手的品牌,长期与企业打交道的队员王斗林想破除这个怪圈。经过入户走访才知道,杨某某因为养殖经验不足,效益一直不好,缩手缩脚不敢放开干。讲经营策略、扶持政策是王斗林最擅长的,但是光嘴上说,似乎还是提不起杨某某的斗志。直到王斗林从县畜牧为他领回免费蜂箱、叫来技术指导员,杨某某的自信被点燃了,"这样帮助我,我再不敢干真的是脸红。"短短两年内,杨某某的蜜蜂从20箱发展到70箱,养蜂年收入达1.2万元。而没有其他技术和门路的贫困户柳某某,就想着弄台脱粒机,但购机需要两三万元,怕投资大收不回成本赔钱,难住了柳某某。王斗林采取迂回包抄战术,他先详细分析了岭东村及周边地区玉米种植规模、产量,把支出和收入两笔账算得明明白白。再找柳某某聊时,他如释重负豁然开朗,立马借钱买回了脱粒机,当年冬天就收回了成本。

扶增收　从发展产业项目帮

脱贫攻坚,产业先行。驻村工作队一心想为全村的贫困户谋一个可持续的"金饭碗"。作为村里的能人,养鸡失败的党支部书记王月龙苦寻二次创业的方向,驻村工作队员王斗林亲自考察、测算成本、分析效益,并争取单位领导帮助,落实启动资金,帮助王月龙实现了养鸡亏损到鹌鹑盈利的创业转型。他的脚步没有停,他的心还惦记着全村的贫困户,于是,把自己的鹌鹑养殖场"升级"为月龙鹌鹑养殖专业合作社,吸引贫困户入股分红,5户贫困户户均每年增收近3000元。"升级"带来了新的工作岗位,杨某某供养两个孩子上大学,费用高、负担重,在合作社每月3000元的工资,再加上种地年收入可达4万元,大大减轻了经济负担。李某某以前在煤矿打工受了伤,不能干重活,在合作社干起了装卸工。活不重,工作稳,年收入超过2万余元。小小的鹌鹑共带动全村16户46人贫困人口增收脱贫。为把大自然的好山好水变成人人夸的金山银山,驻村工作队在不断向前探索——岭东村盛产谷子、高粱等小杂粮,很受市场青睐,工作队组织种植户成立传名小杂粮种植专业合作社,运行后带动成效显著,连续两年为9户贫困户每户每年分红700元。乘着乡村旅游的东风,驻村工作队跑资金、要政策,让怡心休闲渔场在全域旅游时代获得重生,一个集垂钓、农家乐、采摘园的旅游综合体正现雏形。废弃的养牛场变身养猪场,驻村工作队的智慧帮助贫困户柳某某成立了合作社,实现了养猪致富梦。

扶人心　从真心真情办事帮

老有所养是每个人梦寐以求的。67岁的退役军人李某某在缴纳养老保险上一直有个心结,担心缴纳后领不了几年。在入户走访中,工作队王斗林下决心要替李老解开心结,从部队的往事聊起,王斗林和李老谈人生、讲政策、算健康账,还主动为他们联系社保部门。日子一天一天过去,心结一点一点解开,说通老人后,王斗林替老人家跑腿缴纳保险。李某某老人感慨地说:"比起王干部给咱跑的路,这几百块保险真不算什么,正是这样的好干部才能让咱享受到国家的好政策。"对贫困户来说,住有所居是脱贫最基本的保障。面对易地搬迁这样的喜事,贫困户孙某某一直纠结着申报面积,起初,先报了75平方米的住房,后又感觉4口人住有点小,但申报期已过,孙某某急得团团转。工作队了解情况后,积极与村里联系,向乡镇反映,在乡村两级干部的努力下,孙某某申报的住房调整成了100平方米。从陌生人到亲戚,再到把自己当作岭东人,三年多来,县中小企业驻村工作队真真切切体会了群众的疾苦,也实实在在化解了群众的愁容,同吃同住,同心同向,付出的是汗水,收获的是民心。

旅游扶贫促发展　筑就富民增收路
——陵川县夺火乡勤泉村脱贫案例

　　勤泉村位于夺火乡东南10公里处，户籍人口81户236人，有夹沟掌、大坝上、石板坡、窑边、知生掌、庄上、焦掌、谷窑、外荒、大掌、西尾水11个自然村，辖区面积16.8平方公里，首尾相距16公里，耕地面积454亩，林坡面积22000余亩。尽管勤泉村与世界地质公园、国家5A级旅游景区、国家级风景名胜区河南省云台山属同一山系水脉，植被覆盖率达95%以上，植物种类达200多种，但守着金山没发展。2014年识别建档立卡贫困人口52户185人，贫困发生率78.4%，年人均仅1726元，无村集体经济收入。得益于习近平总书记倡导和提倡的"绿水青山就是金山银山"的两山发展理念，依托自然地理禀赋，变旅游资源为发展优势。到2017年底，全村累计脱贫51户183人，贫困发生率降至0.88%，年人均收入达到7100元，村集体经济收入突破万元，已实现整村退出贫困。

加强支部建设　激发内生动力

　　2014年以来党支部带领全村干部群众紧紧围绕"三基建设"开展工

作。在县委组织部，夺火乡党委政府和帮扶单位晋城市旅游发展委员会的大力帮助下，筹措近13万元资金，积极推进实施拆除原有安全隐患旧房，新建了120平方米的支部阵地并兼作村委日常办公用房，建设土特产销售中心、河道景观等。综合运用帮扶单位旅游政策帮扶、乡村旅游培训、职业农民培育等方式，累计培训支村两委、乡村能人、有劳动能力的贫困人口85人次，极大提升了党员干部的思想观念、乡村旅游的发展理念、困难群众的致富技能。结对帮扶以来，帮扶单位结合该村实际，着力推进"精准扶贫"方法论中的乡村旅游扶贫，不断提升干部群众旅游扶贫促发展、富民增收奔小康的内涵和外延，以"山水太行、闲适清凉"八字长远发展目标，推动了全村由乡村旅游向观光旅游、休闲度假转变，提升了旅游发展水平。

乡村旅游促发展　一方群众有盼头

2014年以前，村民们主要靠伐木、养殖、山货、打工谋生计，收入不稳定，守着大美景色却没考虑过发展。为带动乡亲们依托山水旅游资源优势脱贫致富，村两委、驻村工作队、包村干部结合毗邻云台山的地理优势，不遗余力地宣传推介乡村旅游的各地成功样板，激励乡亲们积极发展农旅融合式的乡村旅游产业。2014年至2017年，依托乡村旅游产业全村的农家乐从9家增加到了16家，床位340张，每年接待游客1.5万人次，收入达60余万元。此外，土鸡蛋、野兔、蒲公英、木耳、蜂蜜、香菇等绿色林下产品也依托旅游产业卖出了好价钱。2017年全村的人均纯收入从2014年的1726元，增至7100元。贫困户宰某某全家4口人，2014年人均收入1700元，2015年在村两委和驻村工作队的支持下开办起了103平方米、15张床位的桂连农家乐，既有餐饮又可住宿，平时也可兼顾务农、上山采药、养殖等副业。在自身努力下，2017年的人均纯收入达到8155元，与2014年相比增加了5倍，家庭的物质面貌和精神面貌明显改观。

集体来带动　大家共同富

村两委、驻村工作队，立足实际积极发展集体公共事业，以更好地利用集体力量带动乡亲们共同致富。在这样的方针指引下，2014至2016年全村把党和政府投入的95万元资金用于谋长远、打基础的乡村旅游基础工作。2016年至2017年，修建起了兼具餐饮、住宿等功能的土特产销售中心，不仅仅方便了游客，也可以增加村集体收入。此外，还整饬了勤泉河的河道景观、积极培育梨园产业发展等。村集体经济收入由2014年的500元，增加至2017年的15500元，增加了30倍。土特产销售中心带动23户贫困户增收，2017年实现人均收入4910元。

2018年以来，为了更好地推进勤泉村发展，在村党支部带领下全村以发展美丽乡村为目标，积极推进县级文明村、市级美丽宜居乡村、省级旅游扶贫示范村建设，加快中国慢生活休闲体验区申报工作，激活一方山水、造福一方百姓，使脱贫后的贫困户早日奔向小康。

干部齐心谋发展　多措并举促脱贫
——陵川县夺火乡圪台河村脱贫案例

圪台河村位于陵川县城东南30公里处、全村户籍人口78户258口人，辖区面积14.6平方公里，其中耕地586亩，林坡1.38万亩，牧坡4000亩。2014年识别建档立卡贫困人口38户136人，贫困发生率53.1%，年人均收入5100元，无集体经济收入。脱贫攻坚以来，圪台河村狠抓主导产业发展、公共服务提升、基础设施完善和易地扶贫搬迁，到2017年底，累计脱贫37户135人，贫困发生率下降到0.78%，年人均收入达到7200元,村集体经济收入破万元，实现了整村脱贫。

产业发展重实效　人均收入连年增

圪台河村充分发挥当地资源禀赋，把发展连翘、养蜂等特色产业作为本村脱贫攻坚的主攻方向，实施大田连翘种植150亩，占到耕地面积的四分之一，新增野生连翘抚育面积200亩，全村连翘种植面积达到6000亩左右，人均采摘连翘年收入达4000余元，加之丰富的蝉蜕资源，仅农副产品采集一项可带动农户实现年增收7000余元。与此同时，积极支持和鼓励有种养经验的贫困户发展中蜂养殖、核桃经济林提质增效，建成了11家农家旅游客栈和圪台河村秸秆炭新能源加工点，初步形成了以连翘种植为主导，中蜂养殖、农家旅游、秸秆炭新能源循环发展的产业新格局。贫困户秦某某高兴地说："如今咱农民不出门打工收入也不错，不但连翘种植有分红，而且发展了中蜂养殖，有人送技术上门，政府有补助资金，越干越有信心，去年养蜂收入3000元，连翘分红4000元，卖蝉蜕收入3000元。"

易地搬迁挪穷窝　精准发力拔穷根

2002年，圪台河村小学撤并，适龄儿童被迫外出上学，村子里少了孩子们朗朗的读书声，少了孩子们追逐的打闹声，整个村庄变得安寂下来。外出上学租房、路费等成了广大村民的一笔不小的额外开支。2016年以来，村两委抓住国家出台易地搬迁新政策的机遇，广泛宣传和动员广大贫困户开展易地搬迁，分散居住在山梁沟岔里的23户贫困户在2017年底全部搬进新居。通过实施易地搬迁，生产生活条件、上学就医等公共服务水平都得到显著提升，彻底斩断了贫困户代际相传的穷根。搬迁户薛某某笑着说："现在我们冬天有暖气、做饭有煤气、学校医院离得近、出门还有公交坐，生产生活方便多了，子女上学不用愁了，我们要感谢党和政府。"

基础设施抓完善　脱贫攻坚信心足

圪台河村把基础设施建设作为脱贫攻坚的有效保障，与帮扶单位一道规划村级基础设施、谋划项目布局，筹集339.6万元资金，完成圪台河至凤凰8公里以工代赈道路工程、圪台河村至段家庄3.5公里道路拓宽改造工程、农村安全饮水提质改造工程和溢洪道修复工程，全村基础设施有了进一步改善，有效提振了广大贫困户脱贫致富的信心和决心。村民薛国亮是一名村医，由于工作原因，常年奔波于圪台河村与乡政府两地，自圪台河至凤凰以工代赈道路通车后，他每次往返乡政府至少少跑8公里。村民们都说,以工代赈路不仅很大程度上方便了村民出行,更是一条暖民心的致富路,也是未来发展旅游产业的希望路。

公共服务补短板　增强群众获得感

圪台河村委高度重视公共服务提升和改善,多方协调资金13.5万元,建成了村级卫生室,安装了太阳能路灯,完成村庄绿化工程、防洪渠护岸工程和村委环境整治美化绿化工程,累计栽植景观树600余棵,修复道路边沟护岸263米,清理积存垃圾40余吨,人工硬化死角60平方米,村容村貌焕然一新,群众获得感进一步提升。每当漫步在圪台河村乡间小路上,看到一排排整齐的杨柳树,一盏盏节能路灯,一片片黄色的连翘花,再配上整洁卫生的村级环境,每每让人仿佛置身于世外桃源而流连忘返。每每看到这些,村民都说,近年来村里的变化确实大,这要是放在以前想都不敢想。

精准施策到户　夯实脱贫基础
——陵川县西河底镇冯山村脱贫案例

冯山村是陵川县西河底镇的一个传统农业村，全村有2个自然村，4个村民小组，户籍人口231户728人，耕地面积1600亩，林地面积480亩。因为地理位置偏僻，种植结构单一，集体经济薄弱，内生动力不足，2014年识别建档立卡贫困户106户414人，贫困发生率56.8%，年人均收入2300元。精准脱贫以来，冯山村紧紧扭住精准施策这个"牛鼻子"，依靠帮扶单位、驻村工作队和第一书记狠抓政策落实、产业培育、设施改善、环境整治、人心凝聚等关键环节，到2017年底，全村累计脱贫104户410人，贫困发生率降至1%，年人均收入达5300元，村集体经济收入突破4万元。冯山村扭转了长期以来的贫困落后面貌，铺平了稳定脱贫奔小康的康庄大道。

访民情　定好脱贫路线图

2015年8月，兰花集团北岩煤矿派出的驻村工作队和市商务粮食局派出的第一书记进驻冯山村后，遇到的首要问题就是脱贫攻坚无从下手。村干部想脱贫没思路，贫困户要脱贫没办法，村集体账面收入为零，村里的环境脏乱不堪，村民的精神状态萎靡不振。为了尽快打开脱贫攻坚的突破口，第一书记、驻村工作队会同镇包村领导和支村两委干部，连续召开党员会、干部会、村民会、贫困户座谈会，听取各方面对脱贫攻坚的意见和建议，同时，分别深入到建档立卡贫困户，紧紧围绕"两不愁三保障"的标准，看产业、算收入、看生活、找短板、看精神、订措施。经过一轮又一轮走访调查，找到了"穷根"，摸清了"穷因"，也理清了摆脱贫困的思路和出路。针对产业基础薄弱、基础设施落后、环境脏乱无序、精神状态不佳的突出问题，制定了一户一策兴产业，改善条件打基础，环境整治聚人心，党建引领增信心的脱贫思路，并具体制定了每个贫困户、每个脱贫项目的实施规划、责任人和时间表，确保全村的脱贫攻坚战按照既定目标稳步推进。

兴产业　一户一策促增收

产业是稳定脱贫的基础，也是致富达小康的希望。冯山村在发展脱贫产业过程中，坚持了农户选项目、村级搞服务、政策全覆盖、效益落到户的原则，力求把每一个脱贫产业、每一户增收项目落到实处。村里统一与当地有技术、品牌和市场优势的龙头企业——喜禾金小米专业合作社签订订单，采取统一供种、统一供肥、统一模式、统一技术、统一标准、统一收购、保底收购的办法，按照无公害的标准进行全程化机械作业，全村种植优质谷子400亩，亩均增收1500元。贫困户冯苏胜家有6亩地，过去种玉米，年收入2000元，去年种植了2亩无公害谷子，收入达到4200元。驻村工作队主动联系光伏发电安装企业，全村68户村民装光伏534千瓦,其中18户贫困户安装140千瓦，户均年增收8000元。对10个劳动能力较弱的贫困户，村里与县慈善总会、养蜂协会取得联系，给他们每户争取到10口蜂箱的扶持，并全程提供技术服务，户均年增收5000元。对有外出务工意愿的贫困户，工作队和第一书记帮助落实培训机构，联系务工地点，共转移输出贫困户劳动力约60余人。与此同时,健康扶贫、教育扶贫、易地搬迁等各项政策也一户不落地落到实处,直接受益户达到61户。

补短板　发展条件大改善

说起脱贫攻坚以来的变化,冯山村的干部群众对基础设施和公共服务的改善是众口称赞,通过基础设施的改善,也为村里的长远发展创造了条件。2016年以来,在帮扶单位和扶贫政策的支持下,累计投资300余万元,更换了年久失修深井提水管道设施及线路,彻底解决了村民饮水供应不正常的问题;完成全村电网线路升级改造,变压器增容到800千瓦,为发展光伏发电及农产品加工项目奠定了基础;环境整治方面,硬化路面1500多平方米、修建花池11个、路边花墙2公里,主要街道建成了以德孝文化教育为主要内容的文化墙,道路两边进行了绿化,村容村貌得到彻底改善,村民们的精神面貌也随之发生了根本变化;村里还建立了电子商务服务站、完成了乡村卫生室的改造扩建、对坍塌多年的大礼堂进行了修缮,农家书屋、文化活动广场、党员活动室、村委办公场所也全部修葺一新;公交入村、公共场所路灯覆盖率、电话、网络、广播电视"三网"通户率均达到了100%。村民们高兴地说,是党和政府的好政策,是帮扶单位的真情义,是脱贫攻坚的好机遇,给冯山村带来的翻天覆地的变化,让身处偏远的村里人也过上的城里人一样的幸福生活。

在脱贫攻坚的征程中,冯山村通过强化基层组织建设,强化干部的服务意识,强化民主管理制度建设,强化扶贫扶志、扶智、扶德相结合的各项措施,使村民获得了更多的幸福感。2017年底,冯山村顺利通过贫困村退出评估验收,并被陵川县委、县政府授予"脱贫攻坚优秀集体"。

扶贫出实招　脱贫见成效
——陵川县古郊乡马圈村脱贫案例

马圈村距县城20公里，距乡政府10公里。2014年识别建档立卡贫困户104户259人，贫困发生率70.6%。村民以种植马铃薯、玉米等传统作物为主，年人均收入2600元，村集体经济收入为零。2015年，晋城市交通运输局委派扶贫工作队和第一书记进驻该村，与村两委带领广大村民大打脱贫攻坚战。截至2017年底，累计脱贫103户257人，贫困发生率降至0.5%，年人均收入达5560元，村集体经济收入突破万元。2018年3月，马圈村被陵川县委、县政府表彰为"脱贫攻坚功勋集体"。

基础设施快速完善　发展前景令人鼓舞

从三交口进入马圈村，黑虎玄坛庙、观音庙、玉皇庙静静地矗立在几个显要位置，墙上镶嵌着排列整齐的"拴马石"，但是马圈村昔日的辉煌抵挡不住现实的贫穷。村里贫困原因是多方面的，但基础设施薄弱当属诸因之首，特别是出入道路破烂不堪，严重制约着与外界的经济文化交流。鉴于此，扶贫工作队首先从基础设施建设入手，第一书记充分发挥自身专长，绘制了村里与县道赵马线的道路鸟瞰图，使广大村民建路更加心切。

这条道路全长8.4公里，其中马圈村6.45公里，邻村1.95公里。工程建设中，广大村民热情高涨，有的主动让地，有的砍掉自家的树木，有的往工地送水送菜。对于交通条件的改善，村民申法林更是难以掩饰喜悦之情："在城里打工下了班想回来就回来，走的时候还能捎点自家的菜、鸡蛋什么的出去卖点钱，现在打工每月都比过去挣得多。"在道路条件改善的同时，村里还进行了水网改造，建起了日间照料中心、文化活动中心、特困户安置点，目前文化广场正在建设。2017年春节前，帮扶单位还为村民集体拍摄和制作了"全村福"和"全家福"，建起了文化墙，村容村貌变好了，基础设施完善了，广大村民建设家乡的信心更足了。

充分发挥气候优势　大力发展药材产业

发展产业是变"输血"式扶贫为"造血"式脱贫的根本途径，扶贫工作队将此作为战略工程来抓。在陵川，清凉高寒和昼夜温差大的特殊气候是中药材质量上乘的天然条件，当地生长的好多药材都驰名中外。但在马圈村，外出打工目前仍然是村民收入的主要来源，青壮年常年在外奔波，家里多是留守老人和妇女。为此，工作队进行了大量市场调查，走访业内人士，根据收益和市场销路等综合因素，决定种植连翘，这样不仅眼下省工省力，而且作为多年生木本植物还能长期受益。村里积极利用国家的专项补贴18.82万元，选择坡度大、土质好、不宜种粮的土地270亩，建起了的规范化连翘种植区。

同时，村里发展生态园产业，晋城德睿农业科技开发有限公司承包荒地102亩，通过土地流转安排贫困户就业增收。对此村民苏秀儿说："去年除干家务还在生态园挣了6000块钱，这是过去从没遇到过的好事。"

树立绿色发展理念　大力发展光伏发电

光伏发电是国家大力倡导和支持的绿色产业，马圈村充分利用党和国家的扶贫政策和产业政策,大力推进光伏发电开发。光伏发电产业不仅见效快收益好,而且受益时间长,但政策性很强。马圈村是水电供应区,本不在发展光伏范围,扶贫工作队便全力与省、市、县国网供电部门沟通,终于在2016年开始对村里的供电线路进行升级改造,新增400千伏安变压器1台,新建和改造10千伏线路3公里,0.4千伏线路1.1公里,不仅保证了村里的用电安全,而且为发展光伏发电具备了必要条件。2017年底,马圈村100千瓦光伏电站建成投产。仅7个月就收入8万多元,按村里的受益分配方案,发电收益的58%用于建档立卡贫困人口分红,人均增收近300元;21%作为村合作社分红,用于光伏设备看护和维修开支等;21%作为村集体收入,使村集体收入当年实现破零目标。村民们高兴地说,光伏发电是他们脱贫攻坚的新产业,更是大家实现全面小康的新起点新希望。

因户施策精准扶持　提升村民造血功能

驻村工作队把易地搬迁作为解决贫困的重要途径,积极扶持贫困户迁出大山。截至2017年底,马圈村易地搬迁33户87口人。48岁的徐某某,搬迁到东毕村移民安置小区后,由于患有脑梗不能从事重体力劳动,驻村工作队就给他争取到了小区保安的工作,他的妻子也在小区做了保洁员,两人2017年收入1万元,他们一再说要感谢党的好政策,感谢驻村工作队的关心和帮助。

精准扶贫尝甜头　　脱贫路上有奔头
——阳城县河北镇六甲村脱贫案例

六甲村位于阳城县城南18公里，是一个地处深山，土地贫瘠，地下无资源，地上无企业的建档立卡贫困村，全村辖5个自然村，户籍人口138户257人，耕地面积565亩。2014年，识别建档立卡贫困户50户105人，贫困发生率42%，年人均收入1800元左右，村集体经济收入为零。近年来，在党的脱贫攻坚政策鼓舞支持下，在市、县两级帮扶单位的努力下，村两委坚持扶贫工作精准规划、精准发力，脱贫攻坚工作取得明显成效。到2017年底，全村贫困人口稳定脱贫，年人均收入超过5500元，村集体经济收入突破3万元，一举摘掉了贫困村的"帽子"。

扶贫先扶志　　靠精准二字破题

六甲村地处偏僻，四周环山，仅有的565亩土地全部是山坡地，种庄稼仅能糊口。长期以来，村内老百姓穷惯了，更可怕的是许多人也穷懒了，如何解决思想问题成了摆在村两委面前的首要课题。为改变村内的贫困现状，村两委连着走出两步"妙棋"：一是在选准项目上下功夫。六甲村山多坡广，灌木丛生，自然生长的荆条非常适合编制帮扶单位晶鑫煤业公司井下采煤所需的荆笆，经村两委和帮扶单位讨论研究，决定将编制荆笆作为村内精准扶贫帮扶项目。二是在选好带头人上做文章。在逐户逐人做工作的基础上，村两委决定将劳动能力弱、有编制技能基础的原某某和茹某某两位老年贫困人口作为项目带头示范人。两位老人不负所望，踊跃带头编制荆笆。半年时间，茹某某编制荆笆800多个，收入5600余元；原某某编制荆笆200多个，收入近1500元。村内50户贫困户在两位带头人的示范下，积极主动参加编制荆笆项目，村委会和晶鑫煤业公司经沟通达成协议：贫困户每年为公司编制荆笆3万个，按每个7元收购。该项目不投一分钱，不论男女均可编制，实属鼓励贫困户增收的一条好路子，仅此一项，贫困户户均每年增收近4000元。

抓好产业扶贫　靠精准二字发力

产业扶贫是根本，项目精准是关键。村两委和帮扶单位经过多方调研筛选，立足村情、民情和行情，确立了"种、养、加、电"为主体的产业扶贫模式。"种"就是种植业，主要以种植油用牡丹和中药材为主。其中，50户贫困户种植油用牡丹80余亩，目前长势良好，成熟后预计年人均收入1500元左右。种植连翘500亩，贫困户户均10亩，按目前市场价每斤3.5元计算，每亩每年可增收500元左右；"养"就是养殖业，包括养蜂、养猪、养羊等。其中，有4户贫困户养蜂，每户养殖土蜂20箱，户均年收入2万元左右。贫困户许某某，夫妻俩都是四级残疾，儿子在外读书，家庭异常困难，就是通过养殖21箱土蜂脱了贫。贫困户元某某养猪80多头，年收入在5万元上下。许某某养羊80多只，年收入3万以上；"加"就是小杂粮加工，投资120多万元建起了小杂粮加工基地，以石碾小米、石磨面粉、牡丹油、葵花油、菜籽油以及土蜂蜜、核桃等土特产品的加工、包装、销售为主。目前，石碾、石磨、榨油机、真空包装机等成套加工设备已到位，2018年11月即可开张运行，预计年收入30万元左右；"电"就是光伏发电，村集体安装了30千瓦的光伏发电太阳能板，2016年并网发电,年增收3万元左右,实现了村集体经济收入"破零"。

建设美好家园　靠精准二字圆梦

通过精准扶贫摆脱了贫困的村民,随着收入的增加、日子的改善,想法也多了起来。近年来,村里努力争取上级有关部门支持,先后投资160余万元改善村内基础设施:改建了6公里柏油公路,对村内道路和入户道路进行了提质改造;重修了王沟、杨岭两个饮用水池,对全村地下水管和自来水表进行了更新更换,从根本上解决了村民在枯水期无水吃的老大难问题;建立了卫生医务室,在人口密集地修建了公共厕所,在5个自然村设立了垃圾集中收集处理站;制定了村规民约,建立了文化活动室、图书室,新建了400平方米的文化广场,安装了体育健身器材;在主村和5个自然村安装了太阳能路灯。与此同时,村里按照相关政策,帮助22户贫困户实现了易地搬迁,住上了新房。此外,晶鑫煤业公司每年还为每户村民免费提供1吨生活、取暖用煤,极大地温暖了人心。

精准扶贫使贫困户摆脱了贫困,人居环境明显改善,村民的满意度、幸福感不断提升。"这样发展下去,美好的中国梦一定会在我们村开花结果。"村支书自信而坚定地道出了全体村民的心声!

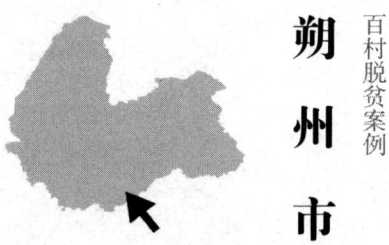

百村脱贫案例

朔州市

乡村振兴暖民心　康庄大道奔小康
——平鲁区凤凰城镇六百户村脱贫案例

六百户村位于平鲁区北部21公里处，全村耕地90%为山坡地。多年来，村民们依靠传统的原始耕作广种薄收靠天吃饭，守着大片的土地却过着贫穷的生活。近年来，由于地质变化导致机井水位日趋下降，吃水困难，年轻人大量外流，让这座村庄更披上了一种绝望的贫穷。2014年全村识别建档立卡贫困户43户107人，年人均收入不足2500元，村集体经济无收入，贫困发生率26%。在新一届村两委班子的带领下，通过创新产业发展模式，开展环境整治，到2017年底全村贫困人口实现稳定脱贫，年人均收入达到5286元，村集体经济收入超过3万元，摘掉了贫困村的"帽子"。

强化党建聚民心　政策落地惠民生

2014年以前，村党员队伍年龄严重老化，村两委班子表率作用差，问题堆积，党员争先创优意识不强，工作放任自流，对政策把握不准、贯彻不到位，村民对党支部的信任度低。为从根本上解决这一状况，真正让村党支部肩负起脱贫攻坚责任，凤凰城镇党委、政府吸引村内大学生刘馨

"回流"，返乡创业，从支部副书记做起，在换届选举时被选为支部书记。刘馨带领支部一班人从狠抓工作作风转变入手，凝心聚气，要求每名党员与5户贫困户结对，听取意见，根据每户致贫原因制定帮扶措施，唤醒村民奋发图强的意识。贫困户张某就是个典型的例子，因妻子患有精神疾病、两个儿子在上大学，生活的重压让张某失去了战胜贫困的斗志。在了解到这一情况后，村与乡镇、驻村工作队及时对接，为张某争取扶贫资金1.5万元，为其购置农用四轮车，有了农作耕具，张某共耕种180亩杂粮及薯类，一年内家庭的人均收入均大于3600元。村民重新建立起了与支部一班人脱贫致富、建设美丽家乡的信心，全村形成带动和主动同步发展的新格局。

产业创新谋发展　小康路上奔波忙

六百户村自然条件恶劣，土地贫瘠，靠天吃饭，村民广种薄收。为增强农民的致富能力，村两委与驻村工作队在研究后决定从引进新品种入手，提升马铃薯、大豆等特色农作物基地种植水平，打造优质马铃薯和优质大豆种植基地，采取"村集体+公司+贫困户"的模式，带领全体村民增收。2017年，在镇党委、政府的支持下，为村民免费发放350亩无公害、绿色马铃薯种子、发放100亩绿芯大豆试验田种子，以往亩产1500斤左右的土豆，今年亩产达到了3000斤，全村土豆产量达160多吨。年底签约公司全部回收，且单价均高于市场价格，仅马铃薯种植一项，户均增收1920元。为了进一步拓宽农民致富路径，村两委组织村民代表赴山东省平邑县实地考察，了解到金银花具有较高药用及观赏价值，种植条件符合村内地域环境，且亩产收益高、收益期长，采摘模式完全符合村内现有劳力水平，采摘时间与农忙时间相互交错的特点，经过认真调研，2018年开始小规模试验种植金银花，经抗寒、抗旱试验后，采取"村集体+公司+脱贫户"的模式规模化种植，形成又一个长效的增收渠道。规模种植不仅增加了农民收入而且增加了社会效益，大规模连片种植马铃薯、大豆，把六百户村衬托得分外美丽，再加上村内有500多年历史的大榆树，吸引了大量的游客前来驻足照相留念，从而带动了农业观光旅游，使村民不出村就能销售绿色农产品，脱贫户经营的农家乐由于价格实惠，且饭菜极具本地特色，很受游客欢迎，大大提升了脱贫成效。

村貌整治家乡美　大爷大妈笑开怀

为提高生活水平，改善旅游环境，2017年六百户村从村容村貌整治入手，进行庭院整治工程，投入资金83万元进行村容村貌整治；政府及村集体共同投资约130万元提质重修进村硬化路3.24公里、清运陈年垃圾约20吨；从水利局申请约20万元为村内常住户新建20立方米规格蓄水池28个，这些举措，使全村人的精神面貌、村内的环境容貌达到双改善。同时，中共朔州市委组织部驻村工作队、朔州市园林局一起对村内进行绿化，植树132棵，村里的大妈大爷见人就夸："现在我们村比城市的环境还要好，外出的部分年轻人也回来了，我们有接班人了，村庄更有希望了。"现在的六百户村，窑美、家净，村容整治促精神提振，这让美丽的乡村更增加了无限生机。

提振精神添信心　富民产业助脱贫
——平鲁区双碾乡大有平村脱贫案例

大有平村位于县城西北13公里处，是2006年移民搬迁村，全村90%的土地实施了退耕还林，除小面积杂粮种植外，没有其他任何产业收入，青壮年劳力几乎全部外出打工，集体经济没有收入，在村常住人口多为老弱病残，仅靠退耕还林补偿款维持生活。2014年全村识别建档立卡贫困人口115户278人，贫困发生率42.7%，年人均收入4386元。近年来，全村积极发展光伏项目，打造农作物连片种植基地，发展特色养殖，改善村容村貌，到2017年底，贫困人口实现稳定脱贫，年人均收入5188元，村集体经济收入4.56万元，实现整村脱贫。

缀亮乡村容颜　增添村民信心

以前的大有平村由于村集体没钱，环境卫生无人管，村里污水横流、垃圾乱堆乱放，臭气熏天。驻村工作队进村后，感到要脱贫首先要从环境整治做起，让在村的人住着舒心，让来村的人看着顺心。在整治村容村貌的同时，对农户制定了"户户庭院干净整洁，进得了门、上得了炕、端得起碗"的精神提振要求。先后筹集资金156万元，硬化街巷1万平方米，整理残墙断壁630平方米，喷涂外墙院墙1.2万平方米，修建彩画文化墙1500平方米，为19户贫困户进行了庭院整治。同时，清理了大街小巷垃圾、修缮了村级文化活动室。改造后的大有平村面貌整洁美观，村民生活得到了极大改善。贫困户杨某某患有心脏病，平日不太关心村里的事，自开展农村环境集中整治行动以来，在驻村工作队的帮助下，杨某某的家换了一个样，院里铺了一条整洁的水泥路，屋里屋外都整理得干净整洁。现在的她经常讲："人啊，就得有心劲，政府下这么大力气帮我们脱贫，我们自己也得往前奔。现在，我也不能干坐着了，得寻思着学门技术，让生活过得更好一点。"

秉承产业发展　实现农民增收

2017年，大有平村因地制宜，结合得天独厚的自然优势，加大农业产业结构调整步伐，大力打造马铃薯种植基地。包村单位平鲁教育局给村里免费提供了4万多斤籽种和15吨化肥，由玉梅种植专业合作社组织连片种植马铃薯200亩。为确保销路，包村单位平鲁教育局联系中学食堂全部收购。仅此一项带动5户贫困户，户均增收2000元。2016年村里通过招商引资，引入王玉英养殖专业合作社，年存栏生猪5000多头，带动了20多名贫困群众脱贫增收。同时还针对有养殖意愿但没有技术的散养户，实施托管养殖，分红收益。2016年、2017年全村累计投入帮扶资金9万元购买127只能繁母羊，入股到合作社进行托管养殖，18户贫困户，两年户均分红收入分别为689元和650元。为解决深度贫困户兜底保障问题，村里为65岁以上丧失劳动能力的5户在村贫困户每户建设3.2千瓦分户光伏电站，每户可实现年收入3400元。在金融扶贫上，帮助4户贫困户获得贷款，发展种养业，年收益均在3000元以上。在解决集体经济收入方面，村委会房顶铺设了20千瓦光伏太阳能电池板，年收益达3.24万元；出租集体周转土地，年收益1.32万元，一举实现了村集体经济破零目标。

涵养淳朴民风 激发内生动力

扶贫要同扶志、扶智结合起来。若无强劲的内在动力,外部帮扶再多,也无法从根本上解决问题。为激发群众内生动力,村两委和驻村工作队把村级文化活动室打造成扶志、扶智基地。2016年以来,先后组织开展文明家庭评选,种植、养殖、文化知识培训等活动30余次。针对农村婆媳矛盾多的问题,每季度组织开展一次文明家庭创建、好媳妇、好婆婆等评选活动,弘扬敬老、爱幼、养老、助老的传统美德,激发更多的村民内心向善的力量,不断涌现出文明家庭示范户,助人为乐、敬老爱老等先进典型。

"梦想在远方,美好在路上。"这里,正在向"产业新旺、生态宜居、乡风文明、生活富裕"的目标奔去;这里,也必将以新的风貌展现在世人面前。这里的乡亲们,未来的日子会越来越好。

明代古村换新颜　现代新村奔小康
——平鲁区阻虎乡迎恩堡村脱贫案例

平鲁区阻虎乡迎恩堡村始建于明嘉靖二十三年（1544年），是明代大同镇重要关隘，古代隆庆议和始发地，明清两代蒙汉交融的贸易互市，这里历史底蕴深厚，民风古朴典雅。迎恩堡村位于阻虎乡政府西北部，距离乡政府13公里，全村户籍人口61户196人，2014年识别建档立卡贫困人口17户47人，年人均收入仅2500元，贫困发生率19.8%，村里水井污染、房屋破旧不堪、道路坑洼不平、集体经济收入除占地补偿款外几乎为零。脱贫攻坚以来，迎恩堡村以发展小杂粮种植和乡村旅游为抓手，到2017年底，年人均收入达到5875元，村集体收入3000元，全部贫困人口实现稳定脱贫，昔日的古村落终于摘掉了贫困的"帽子"。

明代古村　换新貌

作为贫困村的迎恩堡，平鲁区委、区政府挖掘其深刻的历史内涵，对明代古村落进行修复，户均投资超过了2万元。村委会、百姓住宅全部按照晋蒙风格统一打造，适当融入长城元素和平鲁民居特色。此外，还投资超过了100万元用于街巷整修硬化、陈年垃圾清运，维修了6间村集活动场所，包括党员活动室、村级卫生室，对3户贫困户进行了危房改造和户容户貌整治。如今的迎恩堡村，旗杆指引、路牌明显，村前一片浓密大树林，凉亭古朴典雅，再加上笔直干净的村道旁，一家家绿色农产品的经营店铺，都是当地有劳动能力的脱贫户和贫困户所经营，改造后的迎恩堡村厚重而有内涵，深深地打动了这里的百姓，也让这里的百姓感悟到它的变化给自己带来的商机。

多措并举　谋发展

迎恩堡村有着自身历史内涵和得天独厚的地理气候特点，村两委和驻村工作队在区党委、区政府的支持下，决定从特有种植优势入手，依托良好的生态环境、底蕴深厚的边塞文化、古朴典雅的民风等旅游资源优势，积极开发小杂粮种植、旅游扶贫等产业项目。从2016年开始，以迎恩堡村为中心，带动周边村大规模连片种植油菜花30000亩、胡麻10000亩、荞麦3000亩、向日葵5000亩、文冠果20000亩，集中连片创意布局的彩色种植带，在长城和交通沿线形成7月看绿、7月看白、8月看黄、9月看花儿、10月采摘的农业观光盛景。不仅使小杂粮种植成为经济发展新的增长点，更是上演了一出旅游扶贫的"大戏"。迎恩堡村品牌小杂粮种植基地带动了当地旅游的发展，实现了绿水青山和民俗文化转化为休闲农业与乡村旅游。特别是平鲁区"塞北长城美、油菜花儿香"的文化旅游季在迎恩堡村隆重启动，有力推动迎恩堡村实现全面振兴和脱贫攻坚的良性互动，实现贫困人口的持续增收，促进农民的全面发展。迎恩堡村村支书感慨地说："我们村大规模连片种植小杂粮，特别是单种植黄芥这一项作物，就带动17户贫困户户均增收3000元左右，再加上村里的环境干净整洁，是一个生态休闲养生的好地方。现在前来旅游的人越来越多，村民不出村就可以把绿色农产品、手工编制的产品销售出去了，不仅增加了贫困户和脱贫户的收入，而且给当地村民形成了一条长效的增收之路。"

扶志扶智　提动能

迎恩堡村大部分村民文化素质偏低，脱贫能力普遍欠缺。更有一部分贫困群众"等靠要"思想严重，缺乏"劳动致富"的精气神。贫困户王某，患有脉管炎，妻子是外省人，她不愿忍受贫困生活，18年前离家出走，丢下两个儿子，一家三口生活的重担，使王某变得脾气越来越暴躁，经常是喝得酩酊大醉，生活过得一塌糊涂，失去了生活的信心。针对他这一情况，驻村工作队将扶贫扶志为突破口，实施振"心"计划，切实从思想上、精神上帮助贫困群众"站起来"，燃起对生活的希望。王某的转变是从村里大搞油菜花种植开始的。2017年初，乡党委政府为全村免费发放油菜花籽种。驻村工作队队长苏福多次找到王六做思想工作，鼓励其通过自己的劳动改善家庭生活。王某去年种植油菜花收益3165元，在"创收"的鼓舞下，现在的王某已经成为村里的种植大户，酒也喝少了，他发自肺腑地表示"政府拉我一把，我要自己立起来！"

现在的迎恩堡村厚重而有内涵，农民也找到了劳动致富的新坐标，迎恩堡摘掉了贫困的"帽子"，这个延续千年的明代古村落终于开始焕发新的生机。

开对精准药方"拔穷根" 共谋乡村振兴同致富
——山阴县吴马营乡黄草梁村脱贫案例

黄草梁村位于吴马营乡南部，距离县城48公里，全村版图面积6.2平方公里，现有耕地3459亩，以种植业为主导产业，是一个典型的纯农业山区村庄，在册户籍人口136户305人，其中农业人口293人，建档立卡贫困户41户89人。据2014年统计，全村年人均收入4200元，贫困发生率30.4%。脱贫攻坚战期间，黄草梁村把发展产业作为壮大集体经济、增加农民收入、实现稳定脱贫的根本之策，创新思路举措，因户施策、精准滴灌、整村推进，走出了一条脱贫增收致富的新路径。2017年底，累计脱贫41户89人，贫困发生率降为0，年人均收入达到9878元，村集体经济收入达到10万元，实现贫困村退出。

发展"三大"特色产业 补齐产业短板

以"产业扶贫、整村推进、巩固提高、全面发展"为指导，按照"龙头带村、能人带户、两头激励、共同致富"的基本思路，重点发展特色种植、规模养殖、光伏发电三大产业。2017年，驻村工作队帮助找到了山阴县文鲜农业专业合作社，以合作社为带动主体，带动34户贫困户集中连片种植牛膝、苦参、防风三种中草药525亩，其中11户贫困户利用贴息贷款45万元参与直接经营，34户贫困户流转土地503亩，支付土地流转金4.4万元，到年底每户贫困户平均每亩收益超过1000元。2016年，利用扶贫专项资金42.8万元，建起了黄草梁村生猪养殖场，由贫困户王某以每年2万元的承包费承包经营该养殖场，成为拓宽贫困户增收和集体增收的另一渠道产业。2016年，黄草梁村又利用国家光伏产业扶贫政策，争取到资金305万元，用于建设340千瓦村级屋顶分布式光伏发电项目，优先帮扶生活困难的贫困户，给予农户屋顶租赁费每年500元。2017年6月，该项目正式并网发电，到年底收益达到了20万元，通过建立光伏扶贫收益分配机制，不仅让贫困人口脱了贫，也让村集体增了收。

实施"三大"民生工程 筑牢民生保障

把基础设施建设和农村环境整治作为贫困村提升的先决条件，打通贫困村基础设施建设"最后一公里"，切实改善农村生产生活环境。2016年，争取资金50万元实施引水进村工程，铺设引水管道2950米，新建100立方米蓄水池1座，维修水池1座，配备200QJ10—210/12潜水泵1套，22千瓦自耦降压启动柜1台，低压电缆40米，400安培石板闸1座及其他配套设施；2017年，在引水入村的基础上引水入户，完成村内42户居民的自来水管道铺设和检修井建设，进一步改善村民饮水条件，彻底解决人畜饮水困难。实施村容村貌整治工程，按照"因地制宜，就地取材"原则，围绕"干净整洁、精致宜居"和"有文化、有品位、有审美"为目标，实施村容村貌整治，共铺设石板路5条；修建篱笆墙、土板墙、石头墙3种类型的墙体并绘制大型文化彩图；种植樟子松、侧柏、丁香、油松等树木4000余株；新建不同风格的门楼3座、景观凉亭1处、文化广场1座；对所有住户的石窑院落进行了统一粉刷修缮。为了提高老年人幸福指数，2017年在村内建设养老院，新建房屋30间，并配套相应的生活、医疗、娱乐设施，为70周岁以上老人免费提供食宿、医疗卫生服务和文化娱乐等，确保实现老年人"老有所养、老有所医、老有所乐"。

强化"三大"惠民服务　拓宽增收渠道

按照"扶贫先扶志，扶贫必扶智"工作要求，坚持"输血"和"造血"并重，最大限度激发贫困人群内生动力，变"要脱贫"为"要致富"。把劳务经济作为增加农民非农收入的一项支柱产业，2016年底组建成立了山阴县黄草梁脱贫工程公司，以此为平台和带动主体，吸纳本村劳动力参与村容村貌整治和其他项目建设，把有专业技能的列入长期用工范围，普通劳动力参与零时务工，确保全村有劳动能力的群众人人有活干，个个有钱赚，有效拓宽增收致富渠道。截至目前，已进行劳务输出46人，人均增收约4000元。针对贫困人口技能单一、谋生手段不足的问题，村两委和驻村工作队坚持培训与技能鉴定相结合、培训与输出相结合，组织人社局、扶贫办、农机中心等部门开展实用技术培训，不断增强农民的科技意识和专业技能水平。现已培训18人次，其中4人在周边企业安排就业，使得农村劳动力从事二产、三产业人数比例有所提高。强化保障兜底服务，让符合条件的贫困群众享受到各项强农惠农政策，对贫困残疾人、患大病人员、贫困老人、在校贫困大学生等特殊贫困人口进行动态掌握，对符合兜底保障条件的贫困群众，全部纳入保障范围。2017年以来，共申办符合条件的残疾人3名、五保供养对象1名，大病医疗救助6人，贫困学生"雨露计划"补贴5人，实现了政策兜底全保障。

精准施策"拔穷根"　多产联动铺富路
——山阴县吴马营乡西短川村脱贫案例

西短川村地处洪涛山麓腹地,距县城约30公里,全村户籍人口数489户1121人,耕地面积7403亩,其中退耕还林2971亩,种植面积4432亩。2014年识别建档立卡贫困人口115户285人,贫困发生率23.9%,年人均收入仅1800元。西短川村立足本村实际,牢牢抓住产业发展这个"牛鼻子",努力增加贫困群众收入。2017年底,全村累计脱贫109户273人,贫困发生率降至1%,年人均收入突破7800元,村集体收入超过2万元,如期实现贫困村退出目标。

抓特色　破解致富"瓶颈"

西短川村位于北纬38°—39°,这一区域是国际公认的黄金杂粮带。一直以来,杂粮产业是当地的特色产业,也是群众赖以为生的传统产业。但是,受籽种、水土和种植技术的制约,长期面临"广种薄收"的局面,特别是遇到大旱年景,更是"春种一袋粮,秋收一箩筐"。对于杂粮,当地群众有着特殊的感情,因长期从事杂粮种植具有一定的生产基础。村两委干部和驻村工作队队员在深入走访、广泛征求群众意愿的基础上,决定从破解难题入手,将杂粮产业做大做强。2016年,全村以有机旱作农业为重点,示范种植旱地谷子1000亩,当年亩产达到300斤以上,亩均增收500元左右。贫困户胡玉宝是一名有30多年党龄的老党员,他积极响应村支部号召,带头示范种植10亩,当年增收6300元。可观的产出效益,激发了当地群众的种植热情。2017年,全村推广扩大旱地谷子,种植面积比上年翻了一番,仅此一项种植收入就达到了126万元,户均增收1800元以上。

抓带动　拓宽致富"门路"

新型经营主体是脱贫攻坚的生力军、带头人,也是致富奔小康的重要基础。村两委和驻村工作队积极借鉴全省脱贫先进经验,决定成立养殖专业合作社。2017年,贫困户王某某在村两委、驻村工作队的鼓励和支持下,组织6户贫困户成立了"晋誉"农牧专业合作社,重点发展肉牛和生猪养殖。村两委积极争取扶贫专项资金100万元,按照"村两委监管、贫困户监督、合作社经营"的模式,以"委托经营、折股量化"的资产收益模式,将资金注入该合作社。同时,通过合作社担保,6户贫困户贷款30万元加入合作社合伙经营。目前,该合作已有存栏母猪50头、小猪120头、肉牛30头,去年出栏生猪20头、肉牛10头。2017年,合作社拿出5.7万元为全村115户贫困户分红,户均500元;6户参与合作社员的贫困户户均增收2300元。

抓长远　补齐致富"短板"

西短川村在脱贫攻坚过程中发现要想补齐致富的"短板",既要有短期收益,更要有长期有效的产业,这样才能把最后一块"短板"补起来。2016年,村两委和驻村工作队积极争取电力、扶贫等部门支持,利用全年日照时间长达2580小时的比较优势,申请国家扶贫专项资金88万元,新建100千瓦光伏扶贫电站1座，2017年5月14日并网发电。2017年，半年发电8万余度，省电力部门兑现收益金3.36万元，贫困户户均收入292元。2018年，预计全年发电16万度，年收益可达12万元，带动村集体年收入4.8万元，贫困户户均增收600元。为了鼓励通过自身努力脱贫，经村两委议定和村民监督委员会审定，从光伏电站集体收益中拿出1.5万元用于全村日常保洁人员工资支出。贾某某是特困户，村里将她聘请为保洁人员，年收入3000元。

抓扶智　解决思想"贫困"

要彻底告别贫困，必须先解决思想上的贫困。驻村工作队、第一书记和村干部通过"量身定制""一村一案、一户一策"的扶智措施，发动农技人员献策献力，对贫困人口进行技术指导和技能培训，让他们找到脱贫之"术"。贫困户郭某，爱人患有轻度精神病，家中3个孩子一个上大学、两个上高中，只会种田的他，在巨大的家庭开支面前，束手无策，对脱贫没有任何信心。帮扶单位负责人郭东申主动提出帮扶他家，反复给他讲解政策，宣传科技信息，鼓励其改种优质旱地谷子，还给他送来了化肥，组织村里农机免费帮助其耕地。2017年，郭某改种优质旱地谷子20余亩，其他小杂粮30余亩，加上农闲时出去打零工，当年收入突破2万元。郭某说："感谢工作队的帮助，脱贫要靠自己，现在我对脱贫更有信心了。"产业扶贫让大家找到了脱贫路径，有事可干让大家认识到自身价值，增加了脱贫奔小康的信心。

人居环境与脱贫攻坚"两全其美"
——右玉县白头里乡赵官屯村脱贫案例

赵官屯村位于右玉县白头里乡，北距县城10公里，户籍人口112户270人。受制于农业、产业基础落后，靠天吃饭的状况多年来一直以来没有改变。2014年识别建档立卡贫困人口66户91人，年人均收入不足3000元，贫困发生率33.7%，村集体经济更是一穷二白。精准扶贫工作开展以来，在村两委和"三支队伍"的带领下，全村上下围绕全面奔小康的奋斗目标，抓重点、补短板，村容村貌、基础设施、公共服务得到了全面改善提升。2017年底全村贫困人口实现稳定脱贫，年人均收入达到7161元，村集体经济收入超过2万元，顺利实现贫困村退出。

产业扶贫引领百姓　走上致富路

赵官屯村按照全县产业发展布局，紧紧抓住便捷的区位优势和耕地集中连片的立地优势，在彩色种植和生态羊养殖两个方面重点发力。在落实农业补贴政策的基础上，对种植黄芥、胡麻等花期长、经济效益高的油料作物每亩再补贴40元，连续4年全村2000多亩耕地全部实施了彩色种植，年实现增收50万元。其中，11户贫困户属于受益对象，户均增收3000元以上。紧紧围绕右玉羊肉全产业链的定位和发展，对4户有养殖发展愿望的农户给予了重点帮扶，每户按照5000元的标准，免费发放生产性母羊6只，并对配套建设的标准化圈舍每平方米补助200元，全村羊饲养量达到1200多只，年增收70万元。积极探索发展设施农业，争取上级资金20万元，建成了2座智能温室大棚，与京玉电厂后勤管理处签订定向种植合同，专门为京玉电厂提供果蔬，每年为村集体经济创收4万元。

环境整治扮靓人居环境

破旧低矮的土砖瓦房，泥泞狭窄的羊肠小道，是赵官屯村以前人居环境的真实写照。精准扶贫工作开展以来，赵官屯村坚持脱贫攻坚与提升农村人居环境两手抓、两手都要硬的原则，以绿化、硬化、亮化、净化、美化、改水、改厕的"五化两改"为工作重点，累计投入资金120万元，实现了水、电、路、电视、网络"五通"，新建了休闲活动场所和村委会办公场所，村主要街道和居民巷道实现了水泥路硬化，建起了1000平方米休闲公园1处，配套了健身器材。在主街道旁栽植各类树种1500余株，对沿街墙体进行了粉刷，围砌了花池，栽植了各类花草，完成了环村绿化。2018年，继续投资200万元，实施了户户通下水工程，新建村级污水处理厂和垃圾分类储存厂，完善了农村公共服务运维管理制度，形成了清洁保洁相结合、管理监督相配套的长效机制。2017年以来赵官屯村作为环境整治样板村，先后接受了省、市、县三级检查、观摩。作为一个贫困村，在短短的两年内发生如此巨大的变化，村孤寡老人宋某某感慨声中道出个缘由："感谢党的好政策，我们村里才有了这么大变化，才有了现在这样的好日子。我一个老人，领着低保，不愁吃、不愁穿。政府还给我修了房、铺了院，这光景，好活死啦！"

发展集体经济保障脱贫工作成效

村两委和"三支队伍"把村集体经济发展作为巩固脱贫成效的有力抓手,积极争取县资产收益扶贫政策支持。2016年,以村集体名义与"塞上绿洲"饮料食品有限公司、山西国新晋药集团朔州药业有限公司两家企业签订协议,将财政资金入股两家企业,收益部分直接归村集体经济所有,每年为村集体创收1.6万元;2017年,争取上级光伏扶贫资金20万元,利用村集体资源发展村级光伏发电项目,建成了15.39千瓦村级光伏电站,每年为村集体年收益2.5万元。村集体经济有了保障,村两委为此专门制订了集体经济使用管理办法。每年拿出1.5万元,通过聘用保洁员和维修员方式,安排5名贫困户从事公共服务运维,对村里的环境卫生和公共设施进行管护维修;对失去劳动能力的3户兜底户,每户每年给予3000元的直接救助。

产业托起致富梦　古堡焕发新生机
——右玉县牛心堡乡牛心堡村脱贫案例

牛心堡村为牛心堡乡政府所在地，位于孙右高速旁，牛心山脚下，距右玉县城10公里，全村户籍人口数314户650人，耕地面积3500亩。2014年识别建档立卡贫困人口64户98人，贫困发生率15%，年人均收入3270元，村集体经济收入为零。脱贫攻坚工作开展以来，牛心堡村通过发展乡村旅游、发展光伏扶贫项目、改善基础设施环境等途径实现增收致富，截至2017年底，全村累计脱贫63户96人，贫困发生率降到1%以下，年人均收入达到5967元，集体经济收入突破6.6万元，实现整村脱贫。

乡村旅游和脱贫攻坚融合发展

牛心堡村历史文化底蕴厚重、自然环境条件良好，发展乡村旅游优势突出。在县、乡两级党委政府的大力支持下，2016年以来，累计投入资金1300万元，栽植180亩杏树、新建20栋蔬菜大棚、新建100亩生态观光园；开挖鱼塘3个，形成水面2万平方米，养殖鲤鱼、鲫鱼、鲢鱼2万多尾；村南的牛心山景区完成了山顶古建、盘山道路、景区绿化、戏台山门、山下停车场、服务区、游泳池、管理处修建，目前牛心堡村已成为全县乡村旅游样板村。为进一步延伸景点景区产业链条，牛心堡村成规模种植油菜花、胡麻等彩色作物1560亩，年增收47万元，同时吸引大量游客观光拍照。村两委积极推进乡村旅游和脱贫攻坚融合发展，鼓励扶持有劳动能力的贫困户参与乡村旅游实现增收致富。目前，20户贫困户直接从事与旅游相关的服务，农家乐，民俗纪念品制作、销售，景区小吃铺。在乡党委、乡政府的大力支持下，牛心堡村连续举办了三届"牛心孕璞文化节"，节庆期间平均每天吸引3万多人来此休闲观光，进一步提升乡村旅游影响力；同时，引进一家投资1500多万元的海荣大农园，建成了集吃、住、行、游、购、娱等为一体的农家庄园，雇佣6名建档立卡贫困人口长期在园区管护，人均年收入超过1万元。

全面夯实产业发展基础

为实现稳定脱贫，牛心堡村为每户贫困户量身制定脱贫规划，将光伏扶贫产业和集体经济优势充分发挥出来。2017年，为5户缺劳动力的社会兜底保障户，每户争取到5万元小额扶贫贷款，发展户用光伏电站，实现了稳定增收脱贫。贫困户李某某安装了5千瓦分户式电站，每年还贷6000元，还能剩下2500元，保障了家庭日常开支。村两委积极探索资产收益扶贫方式，把60万元产业扶贫资金入股图远公司，并将受益资金作为集体经济，通过雇用贫困户开展村级运维管理、对特困户专项救助以及对产业扶贫户激励补助的形式，将6.3万元收益全部用到32户贫困户脱贫增收上。

全面加快基础设施建设

"垃圾靠风刮、污水靠蒸发，晴天一身土、雨天一身泥"是牛心堡村过去的真实写照，也是制约该村发展的瓶颈和短板。精准扶贫工作开展以来，村两委班子和派驻的"三支队伍"坚持把加快基础设施建设作为改善贫困群众生产生活条件的重中之重，累计投入资金200万元，启动实施了村容村貌整治攻坚行动和水、电、路、讯、房等基础设施建设以及医疗、养老等公共服务配套提升工程，先后拆除残垣断壁8处，新砌花栏墙1800米，维修院墙1200平方米，抹墙6500平方米，新砌垃圾池6个，维修人行道花砖900平方米，平整场地950平方米，硬化街巷300米，安装路侧石230米，平整村级活动场地500平方米；环村补植1米樟子松5000株，栽植卫矛球4200株，丁香4100株，粉刷墙体立面和林木10万平方米；实施完成了安全饮水提升工程，实现了自来水入户全覆盖；实施危房改造9户；建设垃圾集中存放点3处、并配置了1辆垃圾清运车和3名卫生保洁员；完善了老年日间照料中心配套功能，配备了厨房、卫生间、洗澡间，使老年人的生活有了新的变化；新建了红白宴会场地。2017年在贫困村退出验收中，牛心堡村率先达到"五有、三无、一通、一统"标准。

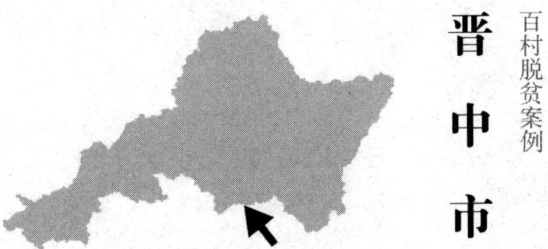

晋中市

百村脱贫案例

产业撑起一片天　柳滩农户笑开颜
——榆社县箕城镇柳滩村脱贫案例

柳滩村位于榆社县县城东北部，距县城4公里。全村户籍人口118户314人，总面积3.7平方公里，耕地面积552.8亩。2014年识别建档立卡贫困户60户164人，贫困发生率为52.2%，年人均收入为1600元，村集体无经济收入。在镇、村及第一书记、驻村工作队的共同努力下，柳滩村集众智、聚群力，团结一心，攻坚克难，到2017年底，全村累计脱贫58户159人，贫困发生率降至1.59%，年人均收入达到4300元，村集体收入突破12万元，实现了整村脱贫。

党建引领　凝心聚力助脱贫

过去的柳滩村村级组织不健全，班子凝聚力差，不能充分发挥基层战斗堡垒、先锋模范带头作用，工作难以正常开展。2016年，晋中第一人民医院帮扶工作队驻村以来，面对柳滩村的这种局面，与村两委研究制订"一建、一亮、一培、一评"工作模式，推动党员干部在脱贫攻坚中发挥率先垂范、开路先锋作用。一建：完善档案，建立健全党员基本信息资料。一亮：在全村22名党员家门口安放"光荣牌"，亮出党员身份。一培：以"两学一做"主题教育活动为契机，补足党员"精神之钙"，培养带头致富能力；组织全体党员赴西柏坡进行红色教育活动，从思想上坚定了党员干部的理想信念和脱贫致富的信心。一评：邀请群众代表和贫困群众参加支部会议开展民主评议，对党员带头学习提高、带领贫困户致富等几个方面的表现进行测评，将测评结果记录在党员档案中，并对评选出的五星党员给予一定奖励。通过"一建、一亮、一培、一评"一系列组织活动的开展，使柳滩村党支部在脱贫攻坚的决胜时期，重新树立了"我是党员我担当"的责任感和使命感，推动了基层组织战斗堡垒、先锋模范带头作用，为脱贫攻坚插上了"硬翅膀"。

因地制宜　精准发展特色产业

在推进农业产业扶贫进程中，柳滩村因地制宜，积极探索，通过发展光伏扶贫、特色种养产业扶贫，走出了一条具有柳滩特色的脱贫致富之路。一是实施光伏扶贫项目。驻村工作队和村两委积极争取扶持资金79万元，建成100千瓦村级光伏发电站1座，带动20户贫困户户均年增收600元。村集体增收8万余元。二是发展特色种植。村集体与兰田农业有限公司合作，建设占地150亩的兰田柳滩无公害蔬菜生产示范基地，现已建成日光温室31栋，拱棚32栋，年销售达100余万元。采取"公司+基地+贫困户"的模式，由贫困户承包种植，公司统一管理，统一技术，统一销售，带动23户贫困户。通过销售蔬菜，户均增收2万元。三是发展特色养殖。村集体出资与兰田牧业有限公司进行股份合作，建立种驴育肥示范基地，目前已饲养种驴300余头，村集体每年分红4万元。此外，柳滩村村委和驻村工作队筹集资金10万元，购买212只绵羊，免费发放给贫困户养殖，带动53户贫困户户均年增收2000余元。

此外，驻村工作队投资15万元，帮助柳滩村建起晋中第一医院定点被服加工厂，吸收12名贫困户妇女就业，每人年均增收1.5万元；在医院建起"农产品销售超市",帮助村民销售小杂粮、有机小米等农特产品。

转变观念　增强发展活力后劲

　　由于受传统观念影响,大部分贫困户思想封闭、保守,"穷日子穷过,富日子富过""等、靠、要"思想十分严重。为此,村两委和驻村扶贫工作队以农村精神文明建设为抓手,积极推进"精神扶贫"工程。定期为村民放映《建国伟业》《大棚西红柿种植技术》《种驴养殖技术》等露天电影100余场次,寓教于乐,提高了他们致富的信心和种养技术水平;组织山西民乐晋剧团到村里进行为期3天的慰问演出,丰富村民的精神文化生活;利用村内广播每天为村民宣传各级扶贫政策和相关精神,使扶贫政策和脱贫致富观念深入人心,家喻户晓。贫困户巩某某,家有4口人,两个儿子都在上高中,自己又无一技之长,因学致贫,负担沉重,等靠思想严重。经过工作队几次三番的上门耐心讲解政策,并协助他承包了村里2个温室大棚1个拱棚,并聘请技术人员定期上门指导,仅2017年他家纯收入达到4万余元;同时还吸收其爱人到被服加工厂工作,年收入达到1.5万余元,彻底摘掉了贫困户"帽子"。两个儿子也都金榜题名,如愿以偿。

　　短短一年多时间,柳滩村发生了翻天覆地的变化,实现了整村脱贫,走在了全县前列。在今后的乡村振兴进程中,柳滩村将始终坚定目标,砥砺前行,同全国人民一道昂首阔步迈进全面小康社会!

忠诚担当苦干　脱贫战场显身手
改革创新拼搏　小康路上勇作为
——左权县龙泉乡连壁村脱贫案例

连壁村位于左权县城南20公里处,户籍人口162户388人,总面积10.67平方公里,耕地面积1800亩,是一个以传统种植业为主的纯农业村。2014年识别建档立卡贫困人口96户235人,贫困发生率49.3%,年人均收入3100元,村集体收入为零。脱贫攻坚以来,在省、市、县各级干部精准帮扶和全村群众的共同努力下,到2016年,全村累计脱贫94户228人,贫困发生率降至1.8%,年人均收入超过6000元,村集体收入突破30万元,实现整村脱贫。2016年7月被中共山西省委授予全省"先进基层党组织"。

发挥优势产业　实现增收脱贫

连壁村地上无工业,地下无矿藏,集体经济停滞不前,贫困群众收入低下,如何实现集体经济和贫困人口增收双赢,是党支部面临的一个重大课题。依托连壁村山大坡广、人少地多、气候温和、水源充足等优势,2014年,村两委紧紧抓住县委、县政府建设核桃大县的有利契机,开发荒山3000亩打造了千亩核桃种植示范基地，并进一步提升土地利用率，因地制宜在林下种植中药材2000亩，带动全村188个贫困劳动力通过在核桃园季节性务工，年人均增收8000元。2017年，村集体通过核桃园产业收入实现集体经济增收近30万元。同时在党支部的直接推动下，利用环保部命名的"全国有机杂粮生产基地"的金字招牌，创办了龙鑫农民种植专业合作社，吸纳全村80%的贫困户入社，合作社统一为社员提供农资、技术、收购等一条龙服务。目前，发展有机杂粮2600亩，年加工杂粮200万斤，年实现销售收入1000万元，贫困户年均增收1000元，走出了一条"党支部+合作社+市场"的经济发展新模式。

新型产业引领　壮大集体经济

为进一步壮大村集体经济收入，巩固脱贫成效，实现持续增收，连壁村抓住国家大力推进光伏扶贫的有利时机，2017年，村两委充分利用荒坡资源优势，通过积极争取，成功引进28.8兆瓦大型光伏电站项目。以每年30万元的价格租赁村集体荒山1300亩，租赁期限为25年。租赁收益的70%用于本村贫困户分红，30%用于增加村集体经济收入。目前，光伏扶贫电站现已并网发电，可为全县提供清洁电力4500万度以上，年收入超过4000万元，创造利税超过400万元。发电收益主要用于全县129个贫困村增加集体经济收入和深度贫困群体兜底脱贫。

发挥"堡垒"作用　建设美丽乡村

为了加强村内基础设施建设，提升公共服务水平，改善村容村貌，村两委班子成员和村民发扬"情系群众、甘于奉献、艰苦奋斗、求实创新"的连壁精神，树立"村民干部一条心，敢叫荒山变成金"的信念。近三年，办成了大事实事好事10多件，每年都有新工程，每年都有新变化。2014年，投资140余万建设核桃基地林间道路10公里；投资25万元修建了党员活动室、村卫生所和农家书屋；投资24万元修建了灌溉塘坝，街道全部安装了太阳能路灯。2015年，实施民生改善"八普及一创建"工程，投资9万元建起了太阳能公共浴室；投资20万元建起了红白理事场所；投资13万元建起了老年人日间照料中心。2016年，投资1200万元修通了长10公里的通村公路。经过不懈努力，终于将原来偏僻的小山村、穷山村，变成了如今环境美、功能全、交通好，宜居宜业的美丽新农村。

  下一步，连壁村将继续发扬"连壁精神"，巩固脱贫成果，靠勤劳的双手创造更加美好的生活，加大核桃园管理，积极发展核桃树林下经济项目，实现农业生态立体效益。依托本村青山绿水、气候宜人、环境优美的天然优势，打造成特色生态旅游度假村。

创新"村党支部+" 走好"三条新路子"
——和顺县青城镇大川口村脱贫案例

大川口村位于和顺县东部,距离县城45公里,全村户籍人口149户350人,总面积6589亩,耕地面积1177亩。2014年识别建档立卡贫困人口97户241人,贫困发生率68.1%,年人均收入2500元,村集体经济收入为零。2014年以来,全面实施"村党支部+"的脱贫模式,创新抓党建促脱贫新路子,脱贫攻坚取得显著成效。到2017年底,全村累计脱贫94户236人,贫困发生率降至1.4%,年人均收入超过4500元,村集体经济收入突破5万元,成为全县远近闻名的小康建设示范村。

突出党建引领 强化产业富村 走好增收脱贫新路子

产业发展是脱贫根本之策。近年来,大川口村突出党建引领,创新实施"村党支部+"发展模式,通过发展产业项目,促进贫困户稳定增收。一是创新"村党支部+合作社+贫困户"发展模式。在村党支部的带领下,吸纳36户贫困户,成立了和顺县宝育丰养殖合作社、和顺县和丰蔬菜种植合作社,大力发展规模养牛和大棚蔬菜产业。养牛132头,惠及10户贫困户,户均年增收3万元;发展拱棚蔬菜45亩,带动26户贫困户,户均年增收4.5万元。贫困户赵某某,原来靠种玉米和打零工,年收入不足5000元,去年种植2个蔬菜大棚,年收入达到2万元。他高兴地说:"有了党的脱贫政策,有了村党支部引来的产业项目,只要肯出力,脱贫就没问题。"二是创新"村党支部+贫困户"发展模式。请来农科院专家,帮助制订特色产业发展计划,引导村民调整种植结构,推广种植优质毛谷102亩,带动52户贫困户,户均年增收4000元。三是创新"村党支部+集体经济+收益分配"模式。筹资300万元,大力发展实体经济,建成年存栏500头的养猪场和占地2000平方米的蔬菜集散市场,不仅给村集体带来收益,还带动97户贫困户,户均年增收1000元以上。

突出民生改善　加强基础建设　走好稳定脱贫的新路子

基础设施完善是贫困村退出的基本保障。村党支部把加强基础设施建设作为推进改善民生的突破口,大力巩固党建活动阵地。一是加强基础建设。筹集资金20万元,新建村级组织活动场所和村民文体活动场所180平方米,建起了党员活动室、文化阅览室,村民健身广场,在满足党建工作开展的同时,极大地丰富了村民的精神文化生活。二是着力完善公共服务设施。投资6万元,建起60平方米的达标卫生所,并配备1名专职村医;投资18万元建起村红白理事会、老年日间照料中心;开通了8212348法律服务热线,成立了公共法律服务工作室,为村民法律服务咨询、民间纠纷调解、困难群众维权和法律服务指引提供了方便。三是全力落实社会保障。全村低保户21户29人、五保户6户6人,实现应保尽保;实施危房改造15户48人,实现住房安全100%;医疗双签28户78人,实现就医双签率100%;贫困户"五保险,三救助"保障全覆盖,从根本上解了决因病造成的支出性贫困问题。

突出脱贫扶志　激发内生动力　走好本质脱贫的新路子

激发群众内生动力是打赢脱贫攻坚的关键之举。村党支部充分发挥基层组织的战斗堡垒和先锋模范作用，党员干部带头示范，积极调动贫困户脱贫的主观能动性，激发贫困户自力更生的内在动力，着力实现全体村民本质脱贫。一是开展扶贫政策培训。采取驻村帮扶工作队员进村入户并聘请扶贫业务骨干到村集中宣讲的方式，对12项特惠政策和24项普惠政策进行详细宣讲，入户对接420余人次，极大地激发了贫困户自我发展的潜能。二是开展实用技术培训。按照"村村有产业、户户能增收、人人可致富"的总要求，聘请省、市、县农业专家到村讲授拱棚蔬菜种植技术和科学养牛技术5次，参加人数达330人次。组织部分村民到太谷、榆次等地实地参观学习拱棚蔬菜种植3次，为产业发展提供了智力支持。三是开展政治思想教育。组织干部群众认真学习党的十九大精神和习近平总书记关于脱贫攻坚系列讲话精神，用脱贫攻坚的典型事例鼓舞士气，用身边的先进人物教育村民，让他们摒弃"等、靠、要"的思想，改变"好吃懒做、粗放经营"的习惯，增强凝聚力和向心力。四是开展"五洁净，六要六有"专项行动。引导和动员广大贫困户深入开展环境卫生整治工作，新改建厕所67户，刷新门窗37户，安装窗纱42户，新建围墙60米，拆除破旧房屋30余间，做到了"人净、户洁、村干净"，提升了贫困群众的精神面貌，奏响了全面建设小康社会的最强音。

党建引领　增强干群凝聚力
多业并举　筑牢脱贫致富路
——昔阳县赵壁乡东平原村脱贫案例

　　东平原村距离县城25公里，全村户籍人口238户482人，总面积3.8平方公里，耕地2736亩。2014年识别建档立卡贫困人口107户236人，贫困发生率49%，年人均收入不足3000元。脱贫攻坚开展以来，村两委牢记脱贫使命，把握精准要求，带领党员群众拧成脱贫"一股劲"、下活产业"一盘棋"，走出了"支部引路、党员带路、产业铺路"的脱贫致富路。2017年，村民年人均收入超过5000元，村集体经济收入突破3万余元，全村贫困人口全部脱贫，顺利实现整村退出。

做实农村党建　建强一线指挥部

　　东平原村把建强支部堡垒作为工作开展的第一要务，持续强化党组织建设在脱贫攻坚中的作用。依托党建网格化管理，每周三定期组织全体党员进行党性教育和理论学习，召开脱贫研讨会、问题查摆会30多场次，深入学习领会脱贫攻坚新政策新精神；村两委主要干部带头将"四议两公开"等民主决策制度落到实处，"办事多沟通，遇事常商量，大事讲原则，小事讲风格"成为常态，书记、主任、会计成为带领全村人致富奔小康的三驾马车。帮扶单位县示范初中与村两委班子团结协作，开展"机关+农村"党支部联建活动，建立了"党员+帮扶责任人+贫困户"的责任体系。39名党员带头结对帮扶，实现结对帮扶贫困户全覆盖。开展七一送党恩，元旦、春节送温暖活动，制作明白卡、政策牌和扶贫年画，在田间炕头逐户宣讲惠农惠民好政策，传播党的好声音，让群众通过浅显易懂的宣讲，不仅扶志"富脑袋"，而且扶业"富口袋"，实现了精神和物质双提升。支部有力量，脱贫就有希望。在党支部的带领下，两委班子的素质提升了、战斗力加强了，精神面貌焕然一新，摩拳擦掌打赢脱贫攻坚战的劲头更足了。

做强富民产业　精准铺设脱贫路

　　发展产业是实现脱贫致富的硬支撑。村两委班子和驻村工作队紧紧围绕建立长效产业做文章、下功夫，提出了以"一菇一果一药一链条"特色农业为主的发展思路，全村产业活力迸发。东平原村紧紧抓住赵壁乡打造"双孢菇种植基地"的有利契机，组织34户贫困户成立峰东种植合作社，投资96万元，改扩建双孢菇大棚达1.8万平方米，新建蔬菜烘干厂1座，形成了集种植、加工、销售为一体的固定产业链。带动34户贫困户通过入股分红户均年增收800元；通过企业用工，带动13户贫困户户均年增收1万多元。立足本村种植干鲜水果的传统产业基础，村集体筹集资金100万，建成核桃、苹果经济林500亩，委托惠东种植专业合作社进行经营管理，收益主要用于贫困户分红，实现全村贫困户户均年增收500元。利用中药材每亩400元的补贴标准，村集体培育连翘苗40亩，引导21户贫困户种植板蓝根、决明子等中药材111亩，实现村集体增收2万元，户均年收入1600元。

做活培训文章　培育致富领头雁

抓培训也是抓扶贫。村两委把脱贫致富的着力点放在扶智扶脑上,抓培训、强技能、促就业,大力提升贫困劳动力的技能素质。2015以来,东平原村积极联系人社局、农委、扶贫办等部门,开展厨师、农机、刺绣和仿真花制作、经济林种植等多项专业技术培训20多期,实现贫困劳动力技能培训全覆盖,让不少贫困户带着一技之长走出了小村落,走进了大城市,圆了自己的"都市梦"。"以前啥也不会,门也不敢出。现在有了手艺,心里有底了,想去哪儿去哪儿!"村里的贫困户韩爱良高兴地说道。为了提高合作社组织化程度和管理水平,村里还聘请县农经办和农广校老师,专门进行合作社管理培训。目前,村里成立的6个合作社运营良好,发展前景广阔。绣梦阁刺绣专业合作社经过多年的经营,由原先的19人发展到现在的56人,累计培训贫困妇女750余人次,参与剪纸、刺绣等纯手工艺制作,作品多次在北京、杭州、山东等地展出,成为全县最大的民间传统手工艺制作和培训基地。峰东、惠东种植合作社直接带动80余户贫困户就业,2017年底54户入社贫困户累计分红3万余元。益农、鳌鑫、明维3个农机和种植合作社,季节性雇用贫困户进行土地深松、播种、收割等农耕作业,为20多名贫困户提供就业岗位,年人均增收8000元,同时还能为农户提供农资和技术服务,使全村老百姓受益。

做好民生文章　建设幸福新乡村

脱贫不是目标,小康才是方向。村两委紧抓全县"百村示范"双创有利契机,大力开展环境治理、完善基础设施、提升公共服务、打造宜居美丽乡村,不断提升群众幸福指数。投资300多万元,新建文化广场3个、小公园2个、公厕2个、集中垃圾点15个,安装了监控系统1套、太阳能路灯13个、休闲座椅20条、垃圾箱20个,硬化道路8.5公里、活动场地

3000平方米。投资40多万元，维修改扩建舞台，粉刷喷绘文化墙。逐步构建起以村级组织场所为中心，村级卫生室、大众食堂、活动室、日间照料中心、村民议事厅、街心公园、活动广场、文化服务中心等为一体的"1+8"便民服务体系，村级养老中心成为全省日间照料中心的推广原型。村里还成立了妇女柔力球队和舞蹈队，安装了健身器材、篮球架、乒乓球台，购置了音响系统。建起了群众阅览室，购置图书5000多册，丰富了村民的日常文化生活。对村里绿地小公园和路旁湿地进行了植被标准更新，全村绿化率达25%，村容村貌焕然一新。村里老百姓自豪地说："俺们村都赶上县城了，过上了城里人的日子。"

能人带动脱困境　统筹扶贫破难题
——昔阳县大寨镇安家沟村脱贫案例

安家沟村距县城7.5公里，全村户籍人口154户391人，总面积1.02平方公里，耕地551亩。2014年识别建档立卡贫困人口69户181人，贫困发生率46%，年人均收入2600元，村集体无经济收入。脱贫攻坚开展以来，安家沟村通过"选贤任能建强班子，创新模式夯实产业，强化基础改善民生"等举措，彻底改变了落后面貌，摘掉了贫困"帽子"。截至2017年底，全村建档立卡贫困户全部脱贫，年人均收入超过8000元，村集体收入突破3万元，产业发展也走上了"快车道"。

能人效应　强化引领

只有"头雁"领航，"群雁"才能齐飞。以前的安家沟村由于缺少带头人，村里人心涣散。再加上土地贫瘠，资源匮乏，老百姓广种薄收，生活艰难。看着村里的老乡过着面朝黄土背朝天的日子，在外发展的农民企业家宋以斌，有了回乡创业改变贫困落后面貌的念头。2015年，宋以斌担任村支部书记，挑起了带领群众脱贫致富的重担。上任后，带领支部一班人走访贫困户，广泛征求群众意见建议，针对村产业单一，收入低下，设施落后等问题，和村两委、帮扶单位共同研究对策措施，精准制定脱贫规划。充分发挥自身资金、技术优势大力发展产业。2016年，牵头成立了乔儿沟农牧合作社，种植26亩核桃，养殖肉鸡3万只，采取劳务输出和土地入股方式，带动64户贫困户户均年增收1500元。2017年又出资100万元，吸纳贫困户股金6.9万元，成立了鹿泉神养殖专业合作社，发展肉牛和肉鸡养殖，稳定带动69户贫困户户均增收2000元。村会计张军军对未来发展充满信心："仅发展养殖一项就让全村贫困户每年获得2000元稳定收益，非贫困户也可增收1000元。在夯实产业扶贫根基的同时，下一步我们还规划发展生态旅游和农家乐，带动全村群众持续稳定增收。"

统筹互助　共享红利

在村两委和帮扶单位的有力带动下，2017年，引进山西厚基伟业农牧科技有限公司投资2900万元，在安家沟村建立了130亩标准化养殖基地，探索实施"企业+合作社+基地+贫困户"的发展模式。项目打破地域区划限制，吸纳周边3个乡镇17个贫困村的17个养殖合作社入驻基地，1194户贫困户以土地、资金等方式入股到合作社，并与厚基伟业集团签订合作协议，由企业为社员提供鸡苗、饲料、技术、防疫、管理、销售等扶贫措施，有效克服了贫困户无技术、无场地、无市场的障碍，解决了贫困村由于受土地、水源、人才等因素制约产业发展缓慢的难题，实现贫困户户均年增收1000元。60多岁的贫困户赵某某，妻子早逝，女儿远嫁外地，自己常年患有腿疾，还得照顾瘫痪在床的80多岁老母亲，唯一的生活来源就是家中的一亩半耕地，一年到头没多少收入，通过合作社分红，实现稳定增收脱贫。老人逢人便说："要不是合作社的帮助，让咱入驻了基地，这样的好事哪敢想？县里头是实心实意帮咱哩！"

真抓实干　凝聚人心

民生即民心,做好民生才能赢得民心。近年来,村两委和帮扶工作队利用县里"六个一"惠民政策,翻修了村民活动场所600多平方米,建起了图书室、活动室和卫生室,丰富了村民文化生活,解决了村民看病难题;通过水毁扶贫项目修复坍塌石塄500多立方米,并进行了绿化和美化,既改善了村容村貌,又防止了水土流失;新修直达县城的柏油路,拆除村内违章建筑60多平方米,全村环境面貌焕然一新。为激发贫困户的内生动力,2017年10月,由安家沟村两委与驻村帮扶工作队共同组织,从全村贫困户中评选出5名"脱贫争先示范户"、5名"孝心之家示范户"、10名"卫生家庭标兵",通过培养挖掘推介贫困群众身边的先进典型,用身边人、身边事教育引导贫困群众主动脱贫,进一步增强了贫困户脱贫致富的信心,激发起他们自主创业的强烈愿望。今日的安家沟村正信心满满地走在乡村振兴的康庄大道上。

致富产业引活水　红色古村又一春
——昔阳县三都乡西峪村脱贫案例

西峪村位于昔阳县东南部，距县城25公里。全村户籍人口286户646人，总面积1.2平方公里，耕地面积1315亩。2014年识别建档立卡贫困户174户383人，贫困发生率60%，年人均收入不足2500元，村集体无经济收入。脱贫攻坚工作开展以来，村两委在帮扶单位晋中市审计局的倾力帮扶下，团结带领党员干部，充分调动村民的积极性和主动性，依托本地资源，打造小杂粮加工基地，打响红色文化旅游牌，收到良好的经济效益和社会效益。到2017年底，全村累计脱贫170户374人，贫困发生率降到2.3%。年人均收入超过6000元，村集体收入突破4万元，顺利实现整村脱贫，承载着厚重历史的文化古村重新焕发出勃勃生机。

发挥典型示范　焕发脱贫斗志

"扶贫先扶志，帮困先帮心。"贫困"贫"在观念，"困"在精神，为改变贫困户"等要靠"的思想和儿女不孝敬父母、村民不讲卫生的陋习，村两委和帮扶单位创新性地开展"两示范一标兵"评选表彰活动，对5名

"脱贫争先示范户"、5名"孝心之家示范户"、10名"卫生家庭标兵"进行了表彰。按表彰活动规定,"脱贫争先示范户"每户奖励500元,"孝心之家示范户"每户奖励200元,"卫生家庭标兵"每户奖励200元。勤勤恳恳、靠种地脱贫致富的王某某,不离不弃、悉心照料患病妻子的刘某某,为村里拆违治乱做出贡献的王万国等20名村民脱颖而出。"靠天靠地不如靠自己!党的政策这么好,自己还不努力脱贫,始终戴着'穷帽子',我还不敢往人跟前站哩。"光荣当选"脱贫争先示范户"的王东鹏说。在这些模范的示范引领下,村民提振起发展产业、自主脱贫的信心。这一做法,不仅在西峪村产生了积极引导作用,还被县委、县政府作为典型经验在全县推广。"贫困户有志气,脱贫才会有动力。我们在西峪村举办'两示范一标兵'的活动,就是要树立脱贫攻坚先进典型,激发群众脱贫致富的热情,逐步提高村民的道德文明水平和爱护环境卫生的意识,努力实现脱贫攻坚和环境整治双达标、双示范的效果。"西峪村驻村工作队长李朝龙充满信心地说。

发展杂粮加工　开辟富民新路

西峪村过去是一个典型的山区农业村,主要产业以种植玉米、杂粮为主,但由于种植零散、产品单一、附加值低,没有形成规模和品牌,群众无法享受到杂粮市场的巨大效益。2016年,西峪村紧紧抓住县政府打造杂粮大县的机遇,筹资200余万元,上马了小杂粮加工项目。建成年加工生产能力50万斤的加工厂1座。申请了有机产品标志。项目由村两委委托本村的申帮强峪种植加工合作社经营管理,村委以贫困户名义将杂粮加工厂房、农机设备折股量化给合作社,并与加工厂签订杂粮订购协议,解决了老百姓有"粮"无"路"的销售难题,带动全村小米种植规模达到400亩。实现全村174户贫困户户均年增收1000元,同时年底户均享受分红500元。脱贫攻坚期满,合作社将30%的利润留给村集体,70%的利润分配给全村农户,使群众利益得到了长期稳定保障。贫困户王福棠感慨地说:

"一样样都是卖小米,以前一亩地能落1500元就不错了,现在加工一下就能卖2500多元,看来开加工厂这个路子是走对了。"

发展红色旅游　拓宽增收渠道

西峪村是抗日战争时"西峪惨案"的发生地,在争取民族独立解放的斗争过程中形成了独特的历史人文资源,积淀了独树一帜的红色文化底蕴。村两委在帮扶单位晋中市审计局的支持下,筹集资金240多万元,修缮了烈士纪念碑,建起烈士纪念馆和红色纪念广场,将西峪村打造成全县的红色教育基地。同时立足村里红色文化资源,投资50多万元,打造了一条长约10公里的旅游精品线路,开发"重温红色历史,重走红色线路,重燃爱国之情"的红色主题游,带动全村餐饮、住宿、购物等农村旅游产业同步发展。村两委和帮扶单位积极扶持贫困户建设"农家乐",并与人社局联系,对有意愿的贫困户进行厨师、餐饮服务等相关培训。目前,有3户贫户建成3家一星级农家乐,每家享受3000元旅游扶贫资金扶持,每户年收入4000元。有6名贫困户到农家客栈务工,旅游旺季每人每月可获得3000元工资性收入,还有13户贫困户在景区出售旅游纪念品和手工艺品,每户年增收3000元。老百姓纷纷点赞,认识到发展旅游是一项一本万利的好项目,足不出村就能赚钱。

提档村级设施　激活发展潜力

为了给村民营造一个安全舒适的生活环境,村委整合各类资金85万元,进一步改善基础设施和公共服务设施。建起了日间照料中心和村卫生室,解决了村里五保户和孤寡老人的就餐和看病问题。管道引水入村,实现了饮水安全。发动群众盖起两个小公园,使村民有了休憩和娱乐场所。在通村公路靠山一侧用石头垒起2000余米的大堰,村口树起了红色主题标语景观墙,既可防止水土流失,又美化了环境。

百村脱贫案例 >>>

　　西峪村，在这片浸满了英雄鲜血的土地上，西峪人民不屈不挠、前赴后继、浴血奋战，用热血和生命为争取民族独立谱写出气壮山河的英雄赞歌。如今，在脱贫攻坚的大决战中，西峪人发扬自力更生、艰苦奋斗的精神甩掉"穷帽"，昂首阔步走在乡村振兴的大路上！

发展绿色产业 带动增收致富
——寿阳县西洛镇南河村脱贫案例

南河村位于寿阳县西洛镇北部,由南河、河家庄、北长岭、林家坡4个小组组成,与榆次区交界,距高速公路18公里,距太原武宿机场35公里,有着便捷的交通条件,但却过着清贫的日子。全村户籍人口253户648人,总面积4.8平方公里,耕地面积3500亩。2014年识别建档立卡贫困户137户363人,贫困发生率56%,年人均收入2500元,村集体无经济收入。脱贫攻坚以来,围绕做活产业、改善环境下苦功,经过多方施策,精准发力,到2017年底,累计脱贫131户355人,贫困发生率降到1.2%,年人均收入达到5000元,村集体经济收入实现破零,一举摘掉了贫困村的"帽子"。

因地制宜 夯实绿色发展理念

一直以来,南河村村民以种植玉米为主要收入来源,靠天吃饭,结构单一、产量低、收入少,老百姓过着清贫的日子。2015年以来,驻村工作队、第一书记和村两委班子在多次深入调研的基础上,结合本村自然资源丰富、出入交通便利、水源矿物质含量高、农产品营养丰富等特点，制订了调整种植结构，发展特色蔬菜、林果和小杂粮的产业脱贫思路。为充分激发贫困户种植蔬菜积极性，村两委筹集资金50万，新建了3座100立方米水塔、铺设了7000米管道灌溉设施，解决了旱地浇灌问题。与此同时，利用政府鼓励发展蔬菜、林果产业的政策，对大田蔬菜和设施蔬菜种植分别给予每亩100元、每亩300元的补贴支持，带动20户贫困户种植豆角和西红柿等应季蔬菜100亩，户均年增收6000余元。对新发展的林果产业每亩补助400元，连续补助5年。带动35户贫困户种植玉露香梨200亩，杏树、核桃树600余亩，年人均增收500元。为提高土地利用率，引导80多户贫困户林下种植小杂粮600多亩，户均年增收800余元。通过能人引领，带动15户贫困户发展散养土鸡350只，户均年增收800元。贫困户林某某和老伴抚养小孙子，生活过得十分紧张，在村两委的支持鼓励下，将原来种植玉米的4亩地改种成玉露香梨，同时林下套种无公害小米，一年的收入比只种玉米时翻了一番。

因材施教　扶志引路精准发力

针对部分贫困户"等靠要"思想严重，不求上进，满足现状等现象，村两委制订了"要治贫先治心"的措施。2016至2018年，多次带领贫困户外出考察学习，开阔眼界，提升自主创业、自力更生的热情。组织了8次种植、养殖等农技培训，培训人数共计169人次，使贫困户发展产业有技能，致富增收有信心。贫困户张某某，多年单身，一人吃饱全家不饿，缺乏脱贫致富的动力和能力。村两委干部看在眼里、急在心里，经过多次入户宣传政策，动员引导后，张某某的认识提高了，看到村里其他贫困户都挣到钱了，他也主动参加技能培训，尝试种植大田豆角、西红柿等蔬菜6亩，当年就收入4万多元。尝到甜头的张某某，准备申请小额扶贫贷款发展小规模的暖棚蔬菜种植。在张某某的示范带动下，贫困户王某某也通过扶贫贷款4万元，开始种植玉露香梨，现在已经小有规模。

抓好民生　解决热点难点问题

为了改善贫困村生产条件，提升贫困群众生活质量，南河村多方筹集资金，落实民生政策，努力打造村强民福新气象。积极争取各项扶持资金370多万元，修建蓄水池和深井各1座，解决了人畜饮水的问题；拓宽17公里田间路，改善了群众出行条件。改造200多亩低产田，实现了农业产量持续增收；与40户因病致贫的贫困户实现"健康扶贫双签约"，落实了"三保险、三救助"政策，基本解决了贫困人口因病致贫问题。贫困户弓某某激动地说："国家给我们的好政策太多了，得病是我们农村人最害怕的事情，现在好了，国家有政策，贫困户看病费用有最低标准，超出标准的全由国家负担，不会办的手续还有工作队的同志帮着办，是党和国家给了我们美好的新生活！"

产业铺就脱贫路　扶贫济困奔小康
——祁县古县镇北岗头村脱贫案例

北岗头村位于祁县县城以南15公里的丘陵山区，全村户籍人口135户330人，耕地面积1529亩，受限于落后的交通，加之2013年、2014年连续两年遭受冰冻灾害，酥梨惨遭绝收，收入大幅锐减，2014年县委、县政府确立其为全县唯一的贫困村，识别建档立卡贫困人口41户73人，贫困发生率为22%，年人均收入4080元，村集体无经济收入。自开展脱贫攻坚工作以来，县委书记亲自包村挂帅，昌源河水利管理处派驻工作队驻村帮扶，各项政策措施落实到位。到2017年底，该村贫困人口全部脱贫，年人均收入达到13837元，村集体经济收入突破3万元，一举摘掉贫困村"帽子"。

富硒酥梨　解锁增收新模式

北岗头村地处丘陵山区，有多年的酥梨种植传统，但长期分散经营，导致酥梨品质低、销路难，抗风险能力差，县、乡、村三级干部召开座谈会，研究确立了"提品质、打品牌、保增收、联企农"的酥梨产业发展路径，实现"因梨致贫"到"因梨脱贫"的巨大转变。2016年，筹集资金20

万元在全村推广种植1000亩富硒酥梨，时任村支部书记带头组建绿康有机水果有限公司，建立"公司+贫困户"的产业发展模式，联结企农，对接产销，并注册"富硒酥梨"商标，拓宽"乐村淘"电商销售渠道，当年年产量突破260万斤，实现售价高出普通酥梨每斤2元，人均增收1000元左右。同时，为抵御风险，将其纳入国家级农产品目标价格保险试验，投保300亩，获得保险赔付14.96万元。2017年，贫困户闫某某高兴地说："种梨种了十几年，都没卖过这样的好价钱，现在从种到卖，村里全包了，我也光荣脱贫了。"

光伏助力　走出脱贫新路径

北岗头村因病、残、年龄因素致贫的深度贫困人口占比高达40%，对此，帮扶工作队几经考察，决定建设光伏电站，开辟资产收益新模式。2017年底，筹集资金70万元兴建100千瓦村级光伏电站，筛选出深度贫困对象20户，按照4∶6确定村集体与贫困群众的收入分配，每名贫困群众年可获得收益1000元左右，村集体实现年收入3万元。村级光伏电站获得收益后，帮扶工作队与村两委探索实现光伏产业全村覆盖，再启户用光伏模式，主动对接国锦新能源有限公司，发展"双户共用"户用屋顶分布式光伏电站，22户贫困户与国锦新能源有限公司签订5千瓦户用光伏电站协议，其中65岁以上的10户贫困户全部免费安装，公司不参与分红，实现年收入3100元；65岁以下的12户贫困户个人出资总投资额的1/3，企业按照年收益的50%抽取提成，贫困户年可获益1550元左右。自此，贫困户产业增收上了"双重锁"，收入实现"节节高"。

家庭养殖　产业发展再开花

为拓宽产业增收渠道，驻村工作队着力引导贫困户在发展酥梨产业的基础上，多元发展养殖业。2017年，县里紧紧抓住大力发展"果、菜、牛"产业的有利契机,在驻村工作队的支持下,通过"单位企业筹一块、专项资金补一块"的模式,因地制宜,投入专项扶贫资金4.1万元,扶持发展养殖业,引导贫困户养殖土鸡2600只、猪10只、羊80只,惠及贫困户26户,实现户均年收入4500元。贫困户陈某某在帮扶单位的引导鼓励下,做大富硒酥梨、安装户用光伏的同时,新发展母猪10只、土鸡100只,光养殖业一项年底纯收入就超过2万元。尝到了甜头,陈某某正筹备着在村外批一块养殖用地,进一步扩大养殖规模。

"下一步,我们将继续坚持产业发展抓特色、抓提升、抓拓展,重点在酥梨上抓品质、养殖上抓规模、光伏上抓全覆盖。同时,还要依托北岗头村烈士陵园、神堂头村徐向前晋中战役指挥部纪念馆等红色旅游资源,打造红色革命教育基地。通过产业发展融合壮大,不断巩固脱贫成效,加快步伐奔小康。"该村第一书记韩午阳信心十足地说。

现在的北岗头村,立面整洁,秩序井然,道路通畅,基建夯实,村容村貌焕然一新,贫困群众纷纷表示:"产业发展了,兜里有钱了,日子越过越有劲了!"

"三变"聚力　筑牢脱贫之基
——平遥县孟山乡石圌圙村脱贫案例

石圌圙村距县城52公里，全村户籍人口100户237人，面积9.9平方公里，耕地面积477亩。2014年，识别建档立卡贫困人口44户89人，全村年人均收入2724元，贫困发生率36.6%，村集体没有经营性收入，是一个典型的山高路远石头多、土地贫瘠不养人的山区贫困村。脱贫攻坚以来，在帮扶单位平遥县广播电视台的支持下，石圌圙村求变聚力谋脱贫，因地制宜兴产业，成功探索和实践了一条合作化特色产业脱贫路径。到2017年底实现整村脱贫，年人均收入超过4400元，村集体经营性收入突破5万元。

资源变股金　盘活土地得分红

土地是农村最重要的生产资料，是农村经济社会发展的重要物质资源，激活土地资源是贫困户实现脱贫增收的一把"金钥匙"。过去的石圌圙村，人口大量外流、村内人口结构老化，大量土地撂荒，土地资源闲置突出，土地产出效益极为低下。帮扶工作队入村以后，第一时间与村两委开展走访调研，帮助组建了以平遥县广播电视台下属汇通公司注资控股、贫困户以土地资产入股、自然人以实缴资本认股的全股份制结构的平遥县亨尔康种植专业合作社，依托合作社发展富硒小米和中药材种植。2017年1月底，合作社共占用土地232.55亩，贫困户通过将土地经营权以入股得分红或流转土地得租金的方式获得增收，同时村集体流转机动地51.19亩，盘活了村内闲置的土地资源，土地收入成为贫困户和村集体增收的有效途径。2017年底亩均收益650元，11户贫困户收益分红2.35万元，12户贫困户获得土地流转金9490元，户均增收790元，村集体经营性收入一跃达到5.2万元。

农民变"员工"　务工就业得薪金

在"合作社+企业+贫困户"的运作模式下，全村98%以上的贫困户成为合作社股民，通过参与合作社务工变成了合作社的劳务"员工"。由合作社统一进行技术指导、统一发放种子化肥、统一组织社员劳动，全村种植产业组织化程度大幅提升。2017年合作社吸纳11户贫困户务工，贫困户获得劳务收入4.5万元，人均增收1082元。运作模式的创新，不仅改善了贫困户的生活，激发了他们脱贫致富的动力，更是让贫困户走上了致富的快车道。贫困户温某某高兴地说，"感谢党和政府的好政策，帮扶干部全心全意帮助我们，合作社流转土地所得给我们分红，我还能参与务工挣工资，今年我家人均收入超过了7500元，以后我更要积极劳动，争取早日奔小康。"

潜力变优势　增收产业得保障

产业是摆脱贫困最强有力的支撑，而发展产业需要扬长避短、因地制宜。帮扶工作队紧密结合石圐圙村自然资源优势，深挖山区产业发展潜力，用足自身优势，用企业行为和市场思维解决农业产业问题，以市场需求定品种，以产品订单保销售，帮助石圐圙村确定了销路畅、价格稳、投工少、产出高的中药材和富硒小米种植项目，并把美丽乡村季节性休闲度假业态作为乡村振兴长远战略项目实施。2017年种植党参、柴胡等中药材134亩、富硒谷子142亩，当年获得收益6万元。亨尔康合作社实现综合经营收入27.6万元，带动贫困户人均增收1100元。县广播电视台利用其拥有有线电视传输有限公司等多个子公司的平台优势和人力优势，组织全体员工驻村帮助贫困户田间劳动，并通过举办回馈有线用户活动等形式，帮助贫困户销售富硒小米3.6万斤，实现销售收入21.6万元。2018年，石圐圙村借整村脱贫之势，立足得天独厚的天然氧吧生态优势，结合贫困村巩固提升规划和乡村振兴战略，委托山西省建筑规划设计研究院对石圐圙村休闲度假、美丽乡村文化旅游开发项目完成了整体规划和设计，脱贫后的石圐圙村又找到了一条绿色崛起、三产融合的振兴发展道路。

产业扶贫"拔穷根" 夯基"造血摘穷帽"
——灵石县南关镇吴庄村脱贫案例

吴庄村距离县城50公里，地理位置偏，基础条件差，全村户籍人口81户210人，总面积1.67平方公里，耕地面积601亩。2014年识别建档立卡贫困人口55户147人，贫困发生率为70%。年人均收入2400元，村集体没有经济收入。脱贫攻坚工作以来，在驻村工作队、包村干部、村两委的共同努力下，2016年底贫困户全部脱贫，年人均收入达到3600元，村集体经济收入突破7万元，顺利实现脱贫"摘帽"。

合力推动光伏发电 集体经济领跑脱贫

在过去，村集体经济捉襟见肘，村干部说话没有底气，村务管理难度大。脱贫攻坚工作以来，为帮助吴庄村脱贫"摘帽"，南关镇、驻村工作队和村两委在多次协商并征求民意的基础上，依托当地日照丰富的有利条件，引进光伏扶贫项目。投入资金30余万元安装30千瓦村集体光伏电站，2017年底，村集体经济收入突破3万元，吴庄村赚到了的"第一桶金"，村集体从事公益事业有了支撑。电站收益主要用于有劳动能力的贫困人口从事公共事业、环卫等劳动就业支出。现已安置10名贫困劳力就业，人均年增收500元。

百年老村焕发出新的生机活力，村支书高兴地说："以前村集体没有一分钱收入，一穷二白，今年我们有收入了，也能为大家办点好事了，老人养老、孩子上学、村级福利……今后村里还会为大家办更多的好事。"

多措并举夯基固本　产业扶贫稳定增收

吴庄村山高沟深、道路狭窄，以农耕生产为主，靠天吃饭，为改善生产生活条件，从2016年春开始，在县、乡镇和涉农各部门的共同配合下，制订出了山、水、田、林、路集中整治，农业机械迅速跟进，农业产业向多元化发展的总体思路。先投资49万元修建了2个50立方米的水库对耕地铺设管网，然后又投资12万元对农田路网进行了新建和拓宽。解决了灌溉，畅通了道路。通过合作社引领，多种产业配套解决本质脱贫。2016年底，吴庄村支书田乃文牵头组建了第一个农机合作社——志兴农机合作社。通过资产收益项目，村里为每名贫困户在该合作社入股3000元，购置5台大型农机具，除服务本村外还对外作业，所得收入用于贫困户分红，每年为147名贫困人口人均分红350元，实现了产业发展与贫困户增收有效衔接；2017年实施退耕还林81.69亩，全部栽植核桃，涉及19户贫困户，每亩平均年可受益300元；同时采取林粮间作模式，实施产业扶贫核桃树栽植项目516.1亩，涉及32户贫困户，5年后挂果，每亩可增收3000元，实现了短期效益和长远发展的有机结合，为吴庄村攒足了发展后劲；推广中药材种植，县政府加大中药材补贴，在每亩普惠200元的基础上，贫困户每亩再补贴200元，仅2016年13户贫困户发展板蓝根种植92.43亩，每亩产量达300斤，增收1350元。2017至2018年贫困户进一步提高了种植面积，共种植中药材210余亩；2016年，驻村工作队自筹资金为贫困户购买500斤黑花生种子，发展种植20亩，亩产200斤，按每斤12元计算，年收益48000余元。

凝心聚力多方扶贫　捐款献爱有力支撑

为集中力量攻坚克难，确保吴庄村贫困群众早日脱贫致富，县、乡、村三级积极引导社会力量参与，借助"百企联百村结千户，脱贫增收奔小康"行动和驻村工作队、村委党员干部"帮一把、扶一下、带一程"的扶贫助困活动，帮助贫困户解决生产生活困难，利用节日捐款捐物走访慰问，营造了良好的扶贫氛围。镇政府争取项目扶贫资金166.5万元，用于通村道路硬化、太阳能照明设备安装、文化广场建设、水库修建等各项公共服务事业；灵石县投资促进局、晋中银行灵石分行两支扶贫工作队累计出资10万元，用于村内外墙粉刷美化等；灵石广宇通科技股份有限公司和聚丰煤化有限公司共同出资20万元，为村民购买化肥52吨，并为贫困户田某看病捐款3000元。

贫困户田某某79岁，妻子73岁，儿子47岁一直未婚。一家3口人，以种植玉米、小麦为生，有1亩的板蓝根，田某某患有脑血栓，行动不便基本丧失语言能力，后又不小心摔倒后卧床不起，儿子小田辞去工作照顾老人，家庭生活十分困难。针对这一情况，驻村工作队为其送去轮椅1辆，村里给老人办了低保，每季度可领取1328元低保金；目前还享受农机每年1050元分红，养殖分红每年每户350元；工作队还自筹资金购买20只鸡苗、5斤黑花生籽送到门上。农产品收成除家庭自用外，工作队还承诺包销，帮助其家庭早日走出生活困境。

用贫困户的话来讲："党的扶贫政策真是好，村委会和工作队给了我们极大的帮助，我们日子过得一天比一天好！"

百村脱贫案例

运城市

旧貌换新颜　建设美丽宜居新农村
——盐湖区席张乡王马村脱贫案例

席张乡王马村位于盐湖区最西端，背靠中条山，全村共110户392人，耕地面积580余亩，2014年识别建档立卡贫困人口14户47人，贫困发生率12%，是一个经济基础薄弱的山区贫困村。3年来，通过易地扶贫搬迁、基础设施建设、产业项目带动，截至2017年底，全村累计脱贫12户40人，贫困发生率降至1.8%，年人均收入超过7000元，村集体经济收入0.84万元，彻底摘掉了"贫困帽子"。

因地制宜　打造地质灾害搬迁新农村

王马村背靠中条山，该段山体结构疏松，山体陡峭，每逢降雨极易引发山体滑坡，经国土部门专业勘测，将王马村整体列入地质灾害影响范围内，实施整体搬迁。经过乡、村两级干部和帮扶队伍的不懈努力，采取乡镇主导、村民自建、资金直接拨付到户的形式，王马村启动了地质灾害治理搬迁工程，每户投资12万元，省、市、区财政负担90%，农户自筹10%，共投入资金1072万元。为了搬迁工程顺利进行，席张乡党政领导班子、王马村村两委主干和驻村工作队员、第一书记，肩负着贫困村新村建设的重任，经常奔走于各家各户和施工现场，挨家挨户地做思想动员，监督管理资金使用，管理调度搬迁工作。经过乡、村两级干部和帮扶队伍的不懈努力，王马村的搬迁工程得以顺利进行，2015年搬迁30户，2016年搬迁44户，2017年搬迁20户。村两委因地制宜，依托地质灾害搬迁，"瞄准贫困村摘帽"、贫困人口脱贫，综合施策，致力打造一个脱贫致富典型示范村。

因村施策　发展特色产业种植

王马村由王坟村和马坟村两个自然村组成，由于村里机井年久失修，村民生产生活用水非常紧张，纠纷不断，加上种植粮食作物灌溉不易，村民收入低下，致富缺乏积极性，内生动力不足。为了改变这种现状，2016年7月，王马村争取多方资金，投入18.56万元扶贫专项资金，为王马村打深井1眼，首先解决了新村村民的吃水用水问题。村两委和驻村工作队结合王马村的地理、气候、自然资源，决定大力发展花椒、核桃、双季槐等经济林产业，成立了盐湖区天来花椒种植专业合作社，吸纳本村贫困户15户34人，通过产业带动、技能培训、入股分红等形式，带动王马村和周边村的贫困群众脱贫致富。贫困户梁某某夫妇，儿子上大学时得了病在家治疗，家庭经济负担很重。2016年，村里的花椒种植合作社将梁某某吸纳入社，参与产业经营和入股分红。第一书记焦红琴，充分发挥本单位职能优势，结合王马村产业特点，介绍核桃种植专家进入田间地头，进行核桃产业培训，针对核桃修剪、嫁接、病虫害防治等技术进行现场讲解，并发放核桃修剪资料，极大提高了核桃的收成和品质。经过3年时间，贫困群众户均增收1000元以上，随着花椒树和核桃树的成长，村民收益将不断增加。

凝心聚力　打好贫困村"摘帽"组合拳

为了确保村民免受地质灾害的威胁，村两委和驻村工作队多次协调职能部门，投入60万元扶贫资金，对新村二期工程在建的水电、道路、绿化等各项基础设施进行了完善。2017年底，王马村通过移民搬迁、产业带动、居民饮水工程、基础设施建设等有效措施，成功摘掉了"贫困帽子"。目前，王马村新建房屋后续工程及移民新村水、电、路等配套基础设施建设已基本完成，大部分群众正在陆续搬入新居。现该村已有8户27人脱贫，目前在册贫困户2户7人。经过产业发展和移民搬迁，王马村的村民纷纷搬入新居。收入增加了，村里的风气也在慢慢发生变化，王马村流传出一句话："穷吵，穷吵，人穷了才会吵，现在大伙忙着种树挣钱，谁有闲工夫吵架。"从前互相争吵的村民，现在见了面都展颜一笑，再也不像过去那样矛盾重重。现如今，席张乡王马村依托地质搬迁和脱贫攻坚工作的有机结合，实现村容村貌大变样、治理水平大提升、产业发展大突破，全村正不断迸发出新的生机和活力！

"农旅结合"壮大集体经济实现脱贫梦
——万荣县万泉乡北涧村脱贫案例

北涧村位于孤峰山脚下,共有2个居民组,户籍人口138户512人,土地面积1492亩,其中耕地面积976亩,2014年识别建档立卡贫困户82户287人,贫困发生率60%。村集体经济无收入。脱贫攻坚开展以来,该村围绕"发展支撑产业、促进农民增收、振兴农村经济"目标,开动蔬菜大棚和古村落保护两个引擎,助推群众增收致富。2017年,全村年人均收入突破8000元,一举摘掉了贫困的"帽子",成功脱贫67户237人,集体经济收入已达到2万余元。

找准"病灶" 精准帮扶实打实

脱贫攻坚战以来,该村按照"集体+合作社+贫困户"的模式,大力发展春秋蔬菜大棚特色产业。该村耕地主要集中在平地,发展蔬菜种植传统已久,针对这一特点,村第一书记、村两委主干带领村民代表外出学习考察,在征求贫困户意见的基础上,把脱贫攻坚"第一针"打在抓北涧村主导产业上,结合北涧村实际情况,通过多次召开村民代表、党员代表会议,最终研究决定:通过发展种植春秋蔬菜大棚实现贫困户脱贫致富,同时成立圆梦蔬菜专业合作社，采用"五统一联"的管理模式（村委会统一规划实施、村委会统一流转土地、村委会统一筹集资金、村委会统一技术培训、合作社搭建平台统一销售、贫困户联合建棚），帮助贫困户通过种植大棚蔬菜实现脱贫致富。

扶贫先扶智　产业扶贫引路子

解决村民固化的思想问题是最大的难题，在谈及扶贫工作中的困难时，村两委一班人深知"扶贫先扶智，授人以鱼不如授人以渔"的道理。为此，一有空，帮扶单位、村两委主干便在田间地头、农户大院，给村民传达讲解国家的各项政策、传授科学种植技术，鼓励贫困户要有信心，不能"等靠要"。两年来，通过帮扶单位县民政局、万泉乡党委政府、村两委主干的共同努力，北涧村目前共发展了74个春秋蔬菜大棚。说到效益，以前村民在露天地种菜，一年只能收一次，毛收入也就1万元，而大棚蔬菜一年能种三茬，只要管理到位，收入至少比以前翻几番，效益很可观。2017年北涧村通过种植春秋蔬菜实现全村脱贫，经过村两委主干多方努力，最终争取到两条道路硬化工程，对环绕沟底道路进行整修硬化，铺设水泥路面约2公里，使农户在下雨天能够将所采摘的蔬菜及时运送出去。路开通了，耕地也要灌溉。村两委又积极争取县水利局的支持，为村里的深井争取到一整套配套设施，完善了村里的农田灌溉。

打造传统老村　抓准抓实抓精致富

北涧村地处孤峰山背阴面，平均海拔800—1000米，地理条件独特,北涧老村距今已有100多年的历史，占地300余亩，村内共有20世纪六七十年代的窑洞138眼，五六十年代的房屋院落115间，清康熙年间的民间戏台、龙王庙等，到处可见具有地方特色的门窗、门罩、院墙，建筑文化底蕴丰富，被誉为"气净、水净、土净"的"三净"之地。为保护历史遗产，弘扬民俗文化，发展地方经济，造福山村百姓，村两委多次组织召开座谈会，对北涧村传统村落的发展定位、规划建设、宣传推介等进行深入细致的研究，最后决定利用闲置老村发展乡村旅游业。该村积极组织学习考察，借鉴邻县的古村落旅游发展经验，开发闲置老村落，发展乡村旅游，形成以观光采摘为一体的旅游产业项目。北涧老村的开发坚持保护为主、以人为本、因地制宜、可持续发展、突出优势与特色的规划原则，有选择地优先开发老村的一部分进行整治、改造，精心设计施工，在取得明显成效后大面积推广示范。在此基础之上，邀请北京农林科学院实地考察，对北涧村进行整体规划。目前，该村成立了泉涧乡村旅游开发有限公司，对老村房屋进行评估，同时，按照村委会控股，全村村民参股的形式进行经营，年底按照收益进行分红。下一步，村两委将带领指导村民发展农家乐经营，完善大棚采摘、餐饮等旅游相关配套设施。"春来北涧赏花，夏来北涧避暑，秋来北涧采摘、冬来北涧休闲"，未来的北涧村将成为四季有景、特色突出、原汁原味的黄土高原第一生态古村落。旅游业搞起来了，村民在传统种植业基础上可增加收入，由"输血式"扶贫转变为"造血式"扶贫，乡村旅游业可以为这座小村落带来新的生机。

小山沟唱响了脱贫歌
——万荣县汉薛镇柳林岭村脱贫案例

万荣县汉薛镇柳林岭村，位于晋西南稷王山麓，耕地面积1600亩，山沟环绕，土地贫瘠，十年九旱，是远近出了名的"干疙瘩""旱疙瘩"。全村共102户383人，2014年识别建档立卡贫困户58户282人，贫困发生率56.9%，年人均收入不足2000元，村集体经济收入为零。脱贫攻坚以来，在各级政府扶贫政策的大力支持下，通过驻村帮扶工作队的有力帮扶，至2017年底，贫困户全部脱贫，年人均收入近7000元，村集体经济收入突破3万元，顺利实现整村脱贫。

调整产业　因地制宜抓经济

2014年，新一届村两委上任以后，精准施策，对"症"下药，与驻村帮扶工作队一道谋划，制定出"四结合"脱贫方案，即当年脱贫与长远致富相结合；在家挣钱与在外务工相结合；改变基础设施和改变居住环境相结合；个人努力和各种帮扶相结合，使群众心中有了信心，更有了期盼和愿望。2016年，村两委和驻村工作队争取资金38.6万元，引水上源，建造

300立方米的蓄水池一个，修缮100立方米的蓄水池一个，铺设管道6000余米，增加灌溉面积1200亩，从根本上解决了靠天吃饭的困境，为调整产业结构奠定了一个良好的基础。为了帮助群众解放思想，拓宽增收渠道，帮扶队和村干部组织村民走出大山，通过看、访、学、做，敲定了由传统的玉米、小麦种植向见效快的药材、蔬菜种植的调产方案。支部书记、村委主任、第一书记、每个村干部包组、到户，各组长负责实施、落实，对不愿意调产及思想有波动的农户，入户到家进行思想工作，从产业的发展前景、收益、算账与其他的作物做对比，让村民心甘情愿地进行产业调整。按照"一村一品一主体"的要求，成立了以西红柿为蔬菜品牌的鹏辉蔬菜专业合作社，主要经营范围为蔬菜种植、储藏、销售。由合作社流转土地18亩，投资20万元，建成蔬菜大棚13个，6320平方米，通过采取"合作社+贫困户+集体"的产业运作模式，即由鹏辉蔬菜专业合作社负责经营，村集体以深井设施入股投资，带动11户贫困户参与发展大棚西红柿，实现种植、管护、销售一体化，产业收益按投资比例进行分配。同时，把优先雇用贫困户写入合同，进而促进集体经济壮大和贫困户增收达到双赢的局面。短短的三年时间里，柳林岭村打了一个经济翻身仗。村民形象地总结到："岭上干果岭下梨，岭前平地大棚菜，坡上坡下种药材，如今咱柳林岭村如诗如画多风采。"

穷富结亲　打好脱贫攻坚战

2017年是脱贫巩固之年，在县人社局驻村工作队的牵线下，柳林岭村"攀"上了全县闻名的贾村乡通爱村这个"富亲戚"，并组织开展了一场"人社牵头、文化搭台、科技唱戏、两村结亲，助力脱贫"的戏剧晚会，赠送了果树修剪工具80余套，扶贫科技口袋书3000余册。不但丰富了群众的文化生活，更为脱贫致富奠定了良好的基础。两村通过文化搭台，经济唱戏，相互合作，对季节农闲工进行了各种技能培训，打造出了在家挣钱和在外务工相结合的模式。通爱村村委会主任定期带领本村的"土专家"到柳林岭村进行果树、桃树的管理技术培训,让贫困户通过自己的双手脱贫,对柳林岭的农产品销售也起到了决定性的作用。在西红柿销售遇到困难的时候,贫困户拉着自己种的西红柿、拉着自家的小米到通爱村销售都卖到好价钱。通爱村的村委会主任还带着他们的村干部到柳林岭村帮助销售,彻底解决了农产品的销售问题。利用产业不同、忙时不同的空隙,村两委组织劳动服务队到通爱村疏花、套袋,增加了村民的收入。群众深有感触地说:"现在我们的日子过得有滋有味,要感谢党的政策、村委的领导以及'亲戚村'的帮助。今后我们一定会更加努力,加快柳林岭村全面奔向小康。"

脱贫攻坚　任重道远绘未来

2017年,围绕全县"打造文化名县,建设美丽乡村"的工作思路,本着"改变村民思想,回归传统文化"的理念,重点抓"美丽宜居小山村"建设。争取资金,建设文化娱乐广场600平方米,绘制文化墙34幅,1200平方米,涂白巷道墙面5000余平方米,设计文化廊3道。通过文化墙、娱乐广场、文化长廊的建设,使村民时刻都能受到文化熏陶,接受文化教育,涌现出了一批身残志不残的脱贫户,真正地体现出新万荣精神的新风貌。村里投资17万元,为村巷道加宽1000米,铺设路沿石750米。又投资22万元,绿化全村巷道1000平方米,新建小游园3座1500平方米。新建蔬菜、药材集散场地1200平方米,确保巷道整洁美观。建立和完善了村规民约、精神文明建设、卫生管理等章程、制度,提高了村民的思想道德文化素质,为精神文明示范村建设奠定了坚实的文化基础。在实施了巷道硬化、绿化、亮化等基础设施项目建设的基础上,村两委在村里的广场周围、巷道墙壁等地方,创办了"精准扶贫,共奔小康"图、"莲清者自'廉'"图、"德孝篇"组图、"中国新梦想,魅力柳林行"文化长廊,使该村村容村貌和群众的精神风貌发生了翻天覆地的变化。而今,走进柳林岭村,路两旁是茁壮成长的风景树,果树下是潺潺的流水,绿化美化亮化

百村脱贫案例 >>>

让人心情舒畅，文化墙上的一幅幅彩图，无不展示着村里的新气象，这就是脱贫攻坚3年来带给这个小山村的获得感和丰硕成果。

统筹安排惠及长远　精准发力焕然一新
——闻喜县裴庄乡小王沟村脱贫案例

小王沟村位于中条山前沿，是个典型的丘陵区，辖4个自然村，9个居民组，共203户863人。2014年识别建档立卡贫困人口80户305人，贫困发生率36%，年人均收入仅2000元，村集体经济收入为零。市文化局和村两委针对村里的现状，专题研究，把脉问诊，确定了小王沟村脱贫致富规划：文化唱戏营造氛围，结构调整建立主导产业，技能提升拓宽致富渠道，完善基础改变村容村貌。2017年底，全村累计脱贫贫困人口78户296人，贫困发生率降到1%以下，年人均收入3800元，集体经济收入达到5万元，顺利实现整村脱贫"摘帽"。

扬文化强筋骨　为脱贫奠定好氛围

贫困群众要致富，激发内生动力是关键。市文化局驻村工作队发挥自身优势，围绕文化做文章，围绕文化定思路。小王沟村掀起了倡导文明新风热潮，群众把"住上好房子、过上好日子、养成好习惯、形成好风气"作为新生活的标准。帮扶工作队和村两委依托"农民夜校"，开展"三讲"活动，讲传统道德文化，讲精准扶贫政策，讲脱贫典型故事。用村里身边的毛正才的德孝典范、李玉才的能人致富模范事迹、李生卫的脱贫典型故事教育引导贫困群众，让贫困群众增强脱贫致富的信心。驻村工作队的赵江涛同志通过与村两委干部和各组长谈心，促进村两委成员心往一处想、劲往一处使，在村两委干部中形成了团结干事、努力脱贫的良好氛围；与贫困群众拉家常，了解贫困群众所需所盼，积极研究扶贫政策，帮助贫困群众找到脱贫门路、确定脱贫措施。村两委和驻村工作队为全村160户居民配备了"户户通"接收设备，群众的视野开阔了，致富的信心更足了；投资5万元为村里配置了文体活动设施器材，群众在农耕之余可以打打篮球，可以在体育健身器材上健身，村民的精神文化生活变得丰富了。

调结构强技能　形成脱贫长效机制

农村的致富离不开好的产业。驻村工作队及村两委在充分调研和征求专家的意见后，决定发挥地区资源优势，发展有竞争力的花椒种植作为村主导产业。立足贫困户缺资金少技术的实际，在充分尊重贫困户意愿的基础上，联合村内的种植大户刘卫共同成立闻喜县映山红种植专业合作社，注册资金60万元，吸纳33户有意向的贫困户加入其中，通过专门的技术员对农户尤其是贫困户进行花椒树种植技术指导和管理，专门有销售员开拓销售市场，既提高了贫困户的收入，又增强了抗风险的能力。在合作社的带动下，孔某某、毛某某等16户贫困户发展花椒种植130余亩，李某某、张某某等13户贫困户也找到了脱贫致富的门路，种植双季槐、油牡丹等经济作物和黄芩、远志等药材。针对花椒树种植前3年没有收入的情况，动员贫困户在花椒地里套种朝天椒、大葱等低秆农作物，既充分利用了土地资源又解决了花椒树量产之前贫困户的收入问题，仅辣椒一项亩产可收入2000元，16户贫困户累计收入26万元。

重基础保精准　由点到面同提升

脱贫致富基础设施改善是前提,更是贫困村健康持续发展的根基。为了保障农业产业更好地发展,小王沟村从改善农业生产设施入手改善村基础设施。更新旧机井2眼,将800亩旱地变成水浇地,改变了靠天吃饭的局面,实现亩产翻番,仅此一项全村年总收入增加40万元;新建水塔1座,铺设管道2300米,彻底解决了一、二、五、六、八组人畜吃水问题;平整村里9户人家的废旧宅基地,新增良田70余亩,每亩可实现纯收入600多元;投资80余万元新建100千瓦村级光伏电站,年发电收益可达到10万余元,为村集体经济和贫困群众持续增收奠定了基础。贫困户马某某居住在老村沟边残破的几孔窑洞中,因窑洞坍塌被泥块压断腿留下残疾,帮扶工作队精准施策,为马某某申请危房改造款2万元由村统建32平方米的新房,改善了生活环境;申请产业扶持资金3000元帮助其种植6亩花椒作为长远收益项目;对他进行养殖技术培训,利用小额扶贫贷款发展黄牛养殖,购买黄牛9头,年增收1万元左右。

如今的小王沟村,天蓝水清,基础设施完善,公共服务能力完备,主导产业带动明显,乡亲们正以蓬勃的动力,为早日实现小康目标努力奋斗。

山村气象时时新　小康路上大步迈
——闻喜县石门乡石门村脱贫案例

石门村地处深山，距离闻喜县城50公里，国土面积10平方公里，经济社会条件极为落后，村民生活长期处于贫困状态。全村辖5个居民组，197户730人。2014年识别建档立卡贫困人口99户360人，贫困发生率52.7%，年人均收入2600元，村集体经济收入1.5万元，是典型的贫困村。近年来，村委会、驻村工作队、第一书记立足当地资源优势，以"调结构，促增收，改面貌，激内力"作为抓手，落实各项扶贫政策。2017年底，全村累计脱贫95户349人，贫困发生率降至1.6%，年人均收入3800元，村集体经济收入3.5万元，全村实现脱贫"摘帽"。

龙头带动产业转型　长短结合持续增收

致富要有好产业，发展要有带头人。驻村工作队和村两委通过"走出去"实地考察和"引进来"先进技术，决定把传统种植连翘、板栗、花椒作为主导产业发展壮大。通过采取"合作社+农户"的产业扶贫模式，加快农村土地流转，盘活农村闲置土地资源，变"一家一户"分散经营为

"抱团发展"，由致富能手柴文忠牵头成立种养殖专业合作社，种植连翘和花椒600余亩，板栗、核桃等干果经济林600余亩，带动发展贫困户25户60余人发展产业，直接增收5万余元。立足产业发展，定期开展农民夜校，邀请技术员现场培训指导，实现"种有能手带，管有技术跟"的良性发展，成功实现传统农作物向经济作物转型。为达到长短结合，石门村鼓励群众发展中华蜂、波尔山羊、藏香猪、果子狸等特色养殖，积极创建绿色品牌；积极搭建店商和微商销售平台，拓宽农产品销售渠道，将石门村野生黑木耳、土蜂蜜等土特产远销北京、深圳等地，给村民增加直接经济收入数万元。

党员示范齐心协力　集体经济落地生根

大支部、小支部，带领群众致富才是好支部。为发展村集体产业，石门村党支部以党建工作统领全局，多次深入平陆县和临猗县食用菌种植基地实地考察学习，党员带头垫资10万余元建设7个食用菌平菇棚，利用香菇种植间隙，又投资7万元购买平菇菌棒1.6万余棒进行套种，可为集体经济创收10万余元。村两委和驻村工作队、第一书记全程参与，专人管理，带动贫困户务工10户15人，如贫困户支某某长期务工年增收7500元。同时，村两委和驻村工作队投资10万元建设150立方米冷库一个，解决了食用菌储存问题，石门村的集体经济食用菌种植产业落地生根，成为石门村最绚丽的名片！

项目建设强基固本　基础设施全面改善

石门村道路年久失修、基础设施落后，驻村工作队和村两委狠抓基础建设项目落地。建蓄水池2座，打水井2眼，彻底解决了石门村吃水难的问题；安装路灯40盏，改造街道下水管道500米，绿化道路2公里，实现了村内街道净化、绿化、亮化；建设30立方米水塔1座，解决了焦家沟和口头居民组安全饮水问题；对集镇下水管道进行改造疏通，改善了以往"大雨来临，水漫集镇"的旧面貌；硬化耿家庄道路700余米，修通了致富路；建造了休闲广场，安装了健身器材，山里人也有了"富氧健身吧"。

因户施策精准帮扶　　多措并举脱贫致富

扶贫先扶志，贫困不可怕；缺土地、缺资金，有病有灾都不怕；只要有脱贫意愿，就好办。最难扶的是丧失信心、看不到前途的人。张某某在几次养殖种植失败后，整天游手好闲，家里穷得叮当响，却什么也不干，成了村里有名的"懒汉"，谁也劝不动他。为了攻克张某某这个"老大难"，第一书记、帮扶干部、村干部天天上他家的门，送上物资帮助他改善生活，与他谈心谈话疏导心理压力，开导他重拾信心。通过帮扶干部的努力开导，受贫困户顺利脱贫的正面鼓舞，他心中那一丝星星之火再次被点燃。在第一书记和驻村工作队的帮助下，张某某利用小额扶贫贷款5万元选择一块山地搭建猪舍发展养殖产业，他决心要通过自身的努力实现脱贫。如今张某某的养猪场已养猪34头，每当逢年过节，他家的猪肉都成了抢手货，2017年春节收入两万余元。尝到甜头后，他又发展了品种鸡养殖1000余只，他家的绿壳小鸡蛋又受到消费者青睐，很多时候都要提前预订。当得知他也能享受易地扶贫搬迁政策时，张某某信心满满地报了名。他说："我也要住新房，自筹资金没问题，我的猪就是我的'银行'！"如今，张某某已经住进了集中安置点的新房，脸上满是笑容。

聚心攻坚抓扶贫　精准铺设致富路
——稷山县翟店镇南吴坡村脱贫案例

南吴坡村位于稷山县翟店镇最南端，距县城30公里，全村户籍73户293人，耕地面积490亩。2014年识别建档立卡贫困人口14户61人，贫困发生率19%，年人均收入不足2500元，村集体经济收入为零。2014年开始，县人大常务委员会成立驻村工作队，立足南吴坡村实际，通过全方位多层次完善扶贫开发措施，在基础扶贫、产业扶贫、搬迁扶贫、技能扶贫、生态扶贫中下大力攻坚克难。到2017年底，全村累计脱贫13户58人，贫困发生率降至0.9%，年人均收入突破4000元，村集体经济收入超过12万元，一举摘掉了贫困村的"帽子"。

党建引领促发展　上下拧成一股劲

基层组织起来，才能有力量，打好脱贫攻坚战。为了让党支部成为贫困村坚不可摧的战斗堡垒，我们牢固树立"围绕扶贫抓党建，抓好党建促扶贫，检验党建看脱贫"的理念，驻村队员、村委班子、10名党员干部结对帮扶14户贫困户，走访座谈听民生，认真征求他们对增加收入、摆脱贫困的意见和想法，确立帮扶、鼓励、增收为工作切入点，详细了解致贫原因，摸清生活困难和实际需求，帮助制订实施脱贫计划，并制定南吴坡村三年发展规划，因户施策开展脱贫工作。针对贫困户杨石民的实际困难，帮助他回乡务工，一边照顾年迈的母亲，一边在镇上炸麻花、打零工，增加收入；针对贫困户杨某某的实际情况，利用扶贫资金，为他购买农机三轮车跑运输，找准脱贫致富出路；针对村里的吃水问题，积极与有关部门协调沟通，完成1900米的地埋管更新，新建人畜蓄水池150立方米，香菇种植园蓄水池75立方米，解决村民生产生活实际问题；大力实施村容整洁项目，2017年，结合"四治六化"环境整治大活动，南吴坡村建立了环境卫生长效机制，改善村容村貌，新硬化、美化、亮化主街道，安装路灯12盏，架设低压线300米，为主街道安装8个监控摄像头及相关设备，保证了村民雨天、夜间出行安全。党员干部密切团结、吃透实情、凝聚力量、理清思路，拧成一股绳，劲往一处使，打开了脱贫攻坚的新局面。

产业撑起致富路　标本兼治促增收

4年前，南吴坡村还是一个地域封闭、观念落后、信息不畅、仅以粮食作物为主的贫困村庄。如何走出一条产业发展的致富之路，成为眼下亟待解决的重点工作。2016年，驻村工作队充分发挥党员带头作用，组织党员群众赴侯马、万荣等地多次考察学习，以科学规划引领行动，统筹制定南吴坡村发展规划，分类划分扶贫对象、分级确定帮扶措施、分片选择搬迁地址、分步实施扶贫项目；同时指导南吴坡村统筹制定产业发展、旱地浇水、易地搬迁、交通建设等系列专项规划；着力培育增收致富的新产业、好产业，提升村域经济"造血能力"，努力实现标本兼治。其中科学引导贫困户抱团发展，把产业扶贫资金集中使用，香菇园内，"驻村工作组示范园""驻村工作队包抓园""人大代表+联系户""公司+农户"的牌子格外亮眼，成了一道独特的风景线。南吴坡村共投资110万元发展了现代农业香菇种植园建设项目，共建现代化香菇大棚8座，冷库1座，占地30余亩，硬化道路500米，硬化场地1200平方米，并配有基地办公用房和香菇炕房等。香菇销售额达到14万元，年经济收益达20余万元，全部收入集体账户。在香菇大棚用工方面，村集体优先照顾贫困户，既解决了香菇大棚用工的问题，又解决了贫困户人员及本村剩余劳动力的就业问题，大棚用工26人，其中贫困户15人，户均增收2000元，为加快贫困户脱贫提供了有力的保障。通过多次走访入户、座谈，了解脱贫需求，介绍贫困户到香菇大棚打工，真正做好扶贫产业项目向贫困户对接。在发展香菇产业的同时，驻村工作队继续加大资金争取力度，2018年投资20万元安装太阳能光伏发电32千瓦已并网发电，每年又可以为村集体经济收入增加2万余元，村级集体经济稳步健康持续增长。

实施易地搬迁　村民绽放新笑颜

针对南吴坡村地处偏僻、交通不畅、无资源的实际情况，2015年，南吴坡村大力实施易地搬迁项目，通过分散安置的办法，将村民从峨嵋岭旱垣地带搬迁到经济较为发达、易于就业的翟店镇区进行安置。截至2018年1月底已全部搬迁，平均每户有1人以上安置在翟西、翟东等镇区附近的纸箱厂就业，每户增收1500元，为全面脱贫打下了坚实基础。2018年，利用扶贫资金10万余元，对搬迁后的村民活动文化中心进行改造提升。大力实施文化惠民项目，县文化局和县蒲剧团专门为南吴坡村送来了系列戏剧表演，极大地丰富了村民的文化生活，真正实现了物质和精神"双脱贫"。

在驻村工作队的帮扶下，南吴坡村正唱响一首首"精准扶贫进行曲"，展现出一幅幅"新农村、新农业、新发展"的美丽画卷。放眼当前，南吴坡村争先脱贫之舟风帆正举；拥抱未来，南吴坡村全面小康，蓝图锦绣万千。

带着感情抓脱贫　小康路上不落人
——新绛县横桥乡堡里村脱贫案例

堡里村位于新绛县西南角，地处支北庄丘陵地带，村四周沟壑围绕，距离县城10公里。堡里村古称秦王堡，据考证，秦王李世民在此屯兵、练兵，现村东北角有擂鼓点将台遗址。全村共78户261人，党员21人，耕地面积500余亩。2014年识别建档立卡贫困人口36户127人，年人均收入1800元，贫困发生率48.6%，村集体经济收入为零。脱贫攻坚以来，通过扶贫部门的大力支持和村民们的努力赶超，到2017年底，全村累计脱贫36户127人，年人均收入超过4200元，村集体经济收入6000余元，贫困村实现脱贫"摘帽"。

抓基础　真心实意改村容变村貌

驻村工作队和第一书记在调查走访中发现，缺水一直是种植业发展的瓶颈，驻村工作队利用扶贫资金15余万元在村西沟与村东沟各打深井1眼，解决了村西沟与村东沟380余亩耕地的灌溉问题。同时又投入15余万元扶贫资金铺设了1500米配套管网、铺设了1500米砂石路面、硬化了300

米田间道路、安装了一台200千伏变压器、配套了300米电网线路，彻底解决了全村78户村民的生产生活用电、用水、走路的问题，这样完善了农业设施的配套，为打好扶贫攻坚战奠定了产业设施基础；面对村内道路年久失修，路面破损严重，晴天一身灰，雨天两脚泥的情况，经多方筹集资金20余万元，硬化了村内主街道500余米，边坡1200平方米，新装自来水管2600米，新装下水道240米，配套栽植了700米红叶李、木槿、冬青树等8种绿化植物。通过各种渠道挖掘堡里村历史文化内涵，对李世民屯兵擂鼓台进行历史资料的收集，对秦王点兵与堡里村的渊源进行探究，对饮马池边的千年古槐进行保护，对30平方米秦王点将文化墙进行修建。如今，村里路面变得宽敞平整了，四季有花，绿树成荫，村容村貌整洁了，环境卫生提升了。

抓政策　真心实意解难题促脱贫

村内留守老人是外出务工人员心头最大的牵挂和顾虑，驻村工作队先后筹资12余万元建立了150平方米的日间照料中心，200平方米的村级文化广场，60平方米的娱乐室，每日为老年人提供两餐服务，又解决了老年人娱乐场所问题，同时我们与支北庄卫生院签订了老年人免费体检协议，让留守老人沐浴党的惠民政策，解决了外出务工人员的后顾之忧。新购图书400余册，完善了村农家书屋图书结构，并为我村贫困户家的中小学生购买了《汉语词典》等学习用具，拓宽了村民的知识面，丰富了村民的业余生活，提升了村民的幸福指数。贫困户王某的丈夫因车祸去世，大女儿脑瘫残疾，其他两个孩子正在上学，家庭收入低、支出高，非常困难，驻村工作队积极联系有关部门，为其大女儿办理了残疾证，使其享受每年1200元的生活补贴；为其他两个孩子分别办理了5000元的教育资助、每年2000元的"雨露计划"资助；同时为王某在城内找到一份月收入2000余元的工作，让她通过自己的双手创造财富。

抓产业 真心实意创增收奔小康

"扶贫要同扶智、扶志结合起来",由"输血型"扶贫变换成"造血型"扶贫。贫困户王某某的妻子常年有病,生活贫困,驻村工作队通过了解得知王某某有养蜂技术,于是帮助他建立了150平方米的养蜂场所并帮助其销售蜂蜜。在大家的共同努力下,王某某养蜂规模从三五箱发展到现在蜂箱80余箱,年产蜂蜜3000余斤,年纯收入可达3余万元,成功脱贫走上致富道路,成为村里名副其实的养蜂户带头人。在驻村工作队的引导下已有5户村民加入到养蜂队伍中,目前已注册了"绛堡土蜂蜜"品牌。此外村两委和驻村工作队协调流转土地380亩并与承包人签订帮扶协议,解决无能力外出务工贫困人口的就业增收和产业增收问题。其中2017年2户贫困户务工增收都达到5000余元,又为4户贫困户免费种植10余亩花椒;帮助外出务工贫困户的劳动力介绍务工单位,并与务工单位沟通,稳定其岗位和收入。贫困户王某某等12户16人外出务工,收入稳定。

"特色产业"发力　贫困乡村焕新生

——绛县古绛镇下高池村脱贫案例

下高池村位于绛县县城西北20公里，地势西北高，东南低，呈坡面分布。全村6个居民组，耕地4400亩，户籍人口325户1300人。2014年识别建档立卡贫困人口107户517人，贫困发生率40%，全村年人均收入2200元，村集体经济收入基本为零。脱贫攻坚以来，驻村工作队和村两委带领全村人民发展特色大棚种植，改善基础设施建设，到2017年底，全村累计脱贫99户509人，贫困发生率降至0.6%，年人均收入突破5500元，集体经济收入破5万元，一举摘掉了贫困村的"帽子"。

党员党建做抓手　凝聚人气成合力

下高池村村支部自脱贫攻坚工作开展以来，在全村党员中明确了"脱贫攻坚战，党员站前线"的工作思路，他们把基层党建作为脱贫攻坚的强劲"红色引擎"。完善和健全了《下高池村党支部议事规则》《下高池村党支部年度组织活动计划》《下高池村党支部党员言行举止行为规范》等相关管理制度，规范开好"三会一课"，建立健全村务公开。深入开展了

"新时代、新担当、新作为"主题党日活动。坚持每月10日召开党员组织生活会,查摆问题,明确整改责任和时限,确保"病灶"全面查清、无一疏漏,净化农村政治生态,通过借助党建活动载体来凝聚发展合力。村两委班子通过学习政策法规,探讨农村科技,谋划发展出路,村班子新形象日渐形成。下高池村群众对村集体形成了充分信任,对村务工作能够理解和支持,全村整体战斗力明显增强。

选准项目强基础　蔬菜大棚平地起

2015年以来,村两委与驻村工作队紧紧抓住发展有机农业的有利契机,发挥资源优势,制定了"简易蔬菜大棚种植"特色产业脱贫规划,走出了一条项目带产业、产业促增收的脱贫新路。2016年,下高池村协调各类资金为农户提供大棚钢架、棚膜等物资,共为贫困户建设简易大棚51个,当年每个大棚收入达2.5万元,20户贫困户当年就实现了脱贫致富,全村大棚蔬菜总收入达150万元。2017年扶贫工作队组织村两委、种植能手外出学习先进技术,增加大棚蔬菜种植的多样性,又建设高架简易大棚18个,韭菜大棚11个,丰富了蔬菜品种。2018年对原简易大棚进行了升级改造,原51个简易大棚升级改造成为50个高架简易大棚。目前下高池村共有高架蔬菜大棚68个,韭菜大棚11个,连同露天蔬菜种植面积共有1000亩,年产销总量价值可达500万元。大棚蔬菜已经成为贫困户脱贫致富奔小康的主导产业。

干部专家齐上阵　扶志扶智提动能

"'志穷'比'人穷'更可怕"。当谈及致贫的原因时,村支书王长吉一针见血:"山好水好,志穷人穷。"下高池村由于偏远闭塞,大部分村民文化素质偏低,有的读书看报都困难,脱贫能力普遍欠缺。为此,下高池村在县扶贫开发中心的帮助下科学分析了自身短板,着重从党组织、致富带头人和市场营销三大方面来破解弱项。充分发挥下高池村在外人才在市场人脉、资金、种植技术、信息渠道等方面的优势,最高效发展蔬菜大棚种植。村两委把培训班办到农家院落、田间地头,由专家对农户手把手传授蔬菜大棚管护技术,推动传统农民转型为农业产业工人。下高池村贫困户史某某妻子患病,儿子在校就读,生活压力大,面对脱贫政策,他一开始只想着最好能要个低保,2015年底以来,驻村第一书记杨春龙多次鼓励他加入蔬菜合作社。2016年,史某某通过蔬菜大棚收入了2.6万元。2017年,史某某又新建4个蔬菜大棚,年收入达到了8万元。史某某生活条件改善了,也变成了村里的一股正能量。

服务设施有保障　基础建设显成效

为进一步改善生产条件、美化村容村貌,驻村扶贫干部多方联系筹措资金,对村主要通道进行了加宽,移走了电线杆1个、路灯1个、建设了1个群众娱乐的广场,方便了群众的娱乐活动。为了整改村里的环境卫生情况,对村里的环境卫生进行了彻底打扫,针对固定清扫、清运人员做了计划,使村里的卫生情况有了很大改观。同时修建田间道路2.5公里,道路绿化1.5公里,完成美化墙体1.5公里,彻底摆脱了的道路两旁垃圾成堆、杂草成片的脏乱差现象,使村庄环境得到彻底改善。下高池村群众脱贫的体验更加直接了,脱贫的感觉更加明显了。

3年时间里,下高池村人均收入实现翻番,村集体经济收入实现从无到有,田间林立的蔬菜大棚、焕然一新的生活环境,向人们展示着脱贫攻坚战赢来的小康生活。

党建引领走活"脱贫棋"
三曲齐奏拓宽"致富路"
——垣曲县皋落乡岭回村脱贫案例

皋落乡岭回村地处垣曲县城东南角，国土面积6平方公里，辖10个居民组、户籍人口518户1668人，耕地面积3131亩，因其优越的地理位置而被誉为县城的"后花园"。2014年识别建档立卡贫困户217户646人，贫困发生率34%，年人均收入不足3000元，村集体经济收入为零。在脱贫攻坚战中，岭回村村党支部紧紧依靠党建引领走活"脱贫棋"，三曲齐奏拓宽"致富路"，截至2017年底，累计脱贫178户551人，贫困发生率降为1.9%，全村年人均收入达到7500元、村集体经济收入突破30万元，顺利实现了贫困村脱贫"摘帽"，群众生活水平有了大提高，整体村容村貌发生大改观，村民幸福指数大提升，岭回村这座"后花园"也实现了华丽转身，绽放出幸福之花，散发出独特魅力。

抓党建　强龙头　走活"脱贫棋"

村党支部始终把党建工作作为脱贫攻坚的龙头来舞，积极提高支部队伍的政治站位，形成了班子5位成员人人带头做表率，全村50名党员人人宣誓表决心的党建新局面，建立了"支部+党员+贫困户"的帮扶新模式，增强了结对帮扶力度，提高了服务群众的能力和水平；创新活动载体，建立了"墙上支部""微信支部"，并进一步完善了《岭回村党员扶贫工作制度》《岭回村党员群众结对子实施办法》等工作机制，搭建起了坚固的脱贫攻坚平台，使全村50个特别贫困户155人被列为党支部成员的重点扶助对象，其余100多一般贫困户400多人被列入普通党员的日常扶助对象，通过与县人社局联系，向南方用人企业输送技术型贫困户劳动力127人，人均年收入5万元左右；通过与村内企业洽谈，向用工企业安排体力型贫困户劳动力211人，人均年收入2.5万元左右；通过与县城有关部门联系，向县内人力市场提供运输、建筑等短平快型贫困户劳动力112人，年人均收入4万元左右，从而走活了党建引领"脱贫棋"。

抓机遇　谋发展　奏响"增收曲"

紧紧抓住县委、县政府"全景垣曲，全域旅游"的发展机遇，立足岭回村紧依县城的区位优势和连片山桃花的资源优势，先后筹资80万元，分别在2016年和2017年成功举办了"三晋第一花"桃花节，吸引县内外20万游客前来赏花、踏春，贫困户借助"桃花节市场"，累计销售核桃、小米、花生等农产品和各类手工艺品等物品18万余件，直接收益达300万元左右。同时，利用资源优势，通过土地租赁2000亩和入股筹资千万元等方式，先后建成了28家新型集体经济组织，在实现村集体经济大发展的同时，还将无法从事重体力劳动的中老年人和年轻女性贫困户劳动力101人全部安排到村内就业，做到致富路上绝不落下一个人，使他们通过在企业从事手工生产、电商销售等环节，年人均增收2万元左右，形成了"人人有活干、人人有钱赚"的脱贫攻坚好局面。

抓基建　优环境　唱响"建设曲"

按照生态宜居总要求,着力从加快推进村内基础设施建设、深入实施新农村环境综合治理入手,多方筹资500余万元,实施了迎舜公园、尧舜桥、大花坛、剪纸文化墙、村庄绿化、村庄循环路、老年日间照料中心、多功能文化广场、垃圾中转站、污水管理站、公交通车点等民生工程,建筑面积达15000平方米。还利用旧宅基地7.9亩,建设了2栋6层建筑面积7076平方米、住房72套的舜德小区,并已全部按成本价分配到户,安置72户293人,其中贫困户有58户236人,不但有效解决了满沟、上洼、前岭、小河4个居民组群众居住分散、生产生活条件差的问题,而且为这部分贫困户早日脱贫致富提供了最基本、最重要的住房保证,使岭回村的村容村貌焕然一新,各项设施功能齐全,人居环境全面优化,群众收入不断增加,幸福指数明显提高。尤其是贫困户们,更是深切感受到了国家扶贫政策给他们带来的好处和温暖,进一步坚定了创造美好生活的自信心。

抓创新　建平台　弹响"结合曲"

积极顺应社会潮流发展,坚持"扶贫先扶志"思想,超前谋划,创新发展,把党员干部和社会人士捐赠的16048件爱心物品收集起来,成立了爱心超市,由村委会、居民组、帮扶责任人对贫困户178户551人在配合工作、社会公德、家庭美德等方面进行量化积分,每季度末贫困户可凭积分卡到爱心超市领取相应的物品。同时,还将爱心超市所有商品对村内所有贫困户实行"超微利"供应,2018年以来,共为贫困户提供"成本价"日常生活用品21652件,节省生活开支3.18万元。另外,村委会将贫困户家的核桃、小米、黄豆等农副产品5万件和根雕、手串、水晶工艺品等手工艺品2万件统一收集起来,交送到电商平台上进行销售,实现了爱心超市和电商平台与扶志、扶贫的有机结合,两年来共销售6万余件,总价值

275万元，使贫困户在增加收入的同时，激发了自我发展的干劲，从而奏响了新时代的扶志扶贫"结合曲"，使岭回村脱贫工作扎实有力，成效明显，受到各界一致好评。

新时代赋予新使命　新征程打造新南吴
——夏县庙前镇南吴村脱贫案例

南吴村地处中条山麓腹地，距县城13公里，辖3个居民小组，户籍人口159户582人。耕地691.56亩，2014年识别建档立卡贫困人口46户219人，全村年人均收入4000元，贫困发生率37.6%，村集体经济收入为零。自脱贫攻坚以来，南吴村加大基础设施建设、立足产业特色，发挥资源优势，经过不懈努力，到2017年底，全村累计脱贫44户214人，贫困发生率降至0.8%。年人均收入超过6000元，村集体经济收入突破2万元，如期实现贫困村退出目标。

党建引领　谱写勇担责任曲

南吴村围绕把党小组建在产业发展前沿、建在项目建设一线、建在贴近民生领域，开展了"支部联党员、党员联贫困户、贫困户联产业"为主题的"三联"帮扶活动。在桃、杏种植户中建立了党小组，发挥党员帮带作用，带动贫困户示范种植，鼓起贫困群众"钱袋子"。同时，开展设岗定职活动，依照19名党员自身优势，设置了政策宣传、公共服务、纠纷调解、林木管护、环境保洁、技术指导等先锋岗，在党员大门上悬挂共产党员标志牌，做到姓名、职务、岗位、承诺、星评五公开挂牌贴星，做到"党徽带起来、责任扛起来、形象竖起来"。针对残疾贫困户续某某的实际情况，包户党员王荣光积极联络夏县嫘祖文化布艺有限公司，手把手地教他穿针引线加工香包，亲自上门送料取货，即时结算工资。续某某在技术不娴熟的情况下，第一次利用5天时间制作了9000余个串珠附件，挣到100元；第二次利用8天时间完成了2万个明珠穿引，这一次，他又向公司要了5万个串珠附件，打算利用15天时间做完，力争赚取500元收入。党的扶贫政策让他在轮椅上实现了创收致富梦。

产业"造血" 奏响持续致富歌

针对村内桃、杏品种老化，管理粗放，品质不高的问题，市农委驻村工作队积极引进新品种，多次邀请果业专家到村传授管理技术，组织种植大户3次外出学习，带动全村桃、杏品种更新换代，并投资120万元，建设高标准农田548.34亩，改善桃、杏园的灌溉条件，与山西凯盛肥业公司进行村企合作，对贫困户进行"一对一"技术帮扶，实行标准化生产，亩收益增加20%以上。贫困村民张某某，有两块杏地不到3亩，因为高标准农田项目，土地可以随时浇灌现在增产增收，往年每亩连1000元都卖不到，今年杏市场价格总体平稳，3亩杏总收入超过14000元。2017年，驻村帮扶工作队在经过和村民协商后，决定在桃杏地试验种植金蝉花，积极拓宽村民增收渠道，先试验种植金蝉花10亩，每亩收入可达7000元以上，下一步准备在全村杏地种植推广。

基建保障 描绘美丽乡村画

近年来，在市、县各级领导的倾力扶持下，紧抓全县新农村提档升级和脱贫攻坚项目建设的有利契机，镇村干部与驻村工作队科学规划，合理设计,对原来废弃的蓄水池进行填土方、平场地,新建了1座625平方米的村级组织活动场所,建成了集党员活动室、会议室、党员夜校、村级卫生室、农家书屋、文体室为一体的设备完善、功能齐全的综合性服务站。同时,先后硬化、绿化、美化巷道和田间路2.4公里,开通村内至柏塔寺旅游道路1.3公里,将村集体闲置的10孔窑洞进行翻新,拆除危旧房屋52户;修整疏通山中泉水河道600余米,修扩建人畜吃水蓄水池160立方米;对1000余平方米的村中花园实施了绿化,栽植樱花、木槿、雪松等3000余株,提升了村庄休闲娱乐品位;硬化文体广场1600平方米,配套健身器材和篮球架等文化休闲设施,现在的南吴村处处汇集了满满的幸福,呈现出一派欣欣向荣、蒸蒸日上的新景象。

倾心奉献　交融干群鱼水情

各帮扶责任人深入贫困户,详细了解贫困户的住房状况、生产生活条件、家庭收入、主要经济来源以及实际困难等,因户施策,探讨措施,摸透所缺所需,及时解决了贫困户的实际问题,和贫困户建立了深厚的感情。驻村帮扶工作队积极为残疾贫困户李某某联系运城市职业技术培训中心,为其进行了残疾人按摩培训,李某某目前在广东珠海打工,每月收入3300元;为贫困户李某某积极联系农商银行金融贷款5万元,帮助他承包桃、杏地块15亩,其2017年收入达到14000元;联络运城市眼科医院免费为所有贫困户做了眼部检查,对检查出的2名白内障患者免费进行了手术;联络律师对贫困户张某某家的婚姻经济纠纷进行了法律援助;协调联系运城市中心医院对张某某的咽喉病进行了治疗,联系运城市血液病医院对范某某融合性贫血进行了治疗;帮助续某某到运城政法学校办理入学手续。这一系列的举措,让贫困户在切身感受到党和政府温暖的同时,也确保了精准扶贫政策得到全面落实。

党建引领促发展　小颗粒做成大产业
——夏县埝掌镇北坡村脱贫案例

坐落在中条山上的北坡村，共4个村民组，139户468人，耕地面积1800亩。2014年识别建档立卡贫困人口20户81人，贫困发生率17%，年人均收入3200元，村集体经济收入为零。几年来，驻村帮扶工作队、村两委带领全村村民，发展花椒产业，改善基础设施，到2017年底，累计脱贫19户79人，贫困发生率降至0.2%，年人均收入到达7800元，村集体经济收入3万元，顺利实现脱贫"摘帽"。

做大花椒产业　巩固脱贫攻坚成效

经驻村工作队和村两委广泛研讨，把花椒产业集体经济发展作为脱贫攻坚的基础和关键，积极探索集体经济和产业发展相互支撑、相互融合的并举共赢之路，采取"支部+合作社+基地+贫困户"的模式，不断发展壮大集体经济，截至2018年，全村花椒面积由起初的400亩已经发展到1900亩。由村支书周永平牵头，注册成立了四季飘香花椒专业合作社，现有社员103户（占全村群众75%以上），20户贫困户全部吸纳入社，政府注入

10万元集体经济发展撬动资金，村集体占股20%，贫困户占股3.3%，为每户贫困户年分红2000元，村集体经济年收入3万元以上。现在，合作社已有育苗基地30亩，生产加工厂房1处，全面引领全镇及周边乡镇的花椒品种改良，形成优质育苗—种植—销售一条龙的产业发展体系。贫困户李某某、周某某几户，短短几年间，一亩花椒一年就卖了8000多元。今年北坡村的花椒又是一个丰收年，仅此一项全村总收入500多万元，人均收入超万元。2016年、2017年，四季飘香花椒专业合作社连续被评为"省级林业示范合作社"和"省级农业示范合作社"。

改善基础设施　提供脱贫攻坚保障

多年来，这个小山村"一粒庄稼看天眼，十年九旱薄收成，人畜吃水沟下挑，山高坡陡路难行"，基础设施非常薄弱，也是夏县出了名的偏僻山区贫困村，为补齐脱贫攻坚的短板，北坡村实施提水高灌、饮水解困工程，驻村工作队和村两委一班人，跑遍了4个自然村的沟沟岔岔，寻泉眼、找水源，请来专家实地测量后，发动群众开挖泉水水源，积极争取项目资金15万元，提水上山，连建3个2000立方米蓄水池，埋设浇地、饮水管道3万多米，行政村下辖的4个自然村家家户户安上了自来水管，北坡村人彻底告别了吃水难，旱坡地变成了水浇田，为北坡村的花椒产业发展奠定了坚实基础。水的问题解决后，驻村工作队又通过申请国家专项资金、村民捐款、在外乡亲献款等方法，总筹资100多万元，拓宽硬化了早安矿—北坡—朱家坪—安家凹的8公里道路，兴修了10公里干果林经济循环圈道路硬化拓宽和通道绿化工程，圆了山区群众的水泥路梦，为北坡村的花椒走出大山筑起了一条绿色通道。

"扶德、扶志、扶人"　夯实脱贫攻坚基础

针对贫困户普遍存在的脱贫信心动力不足、"等靠要"思想严重的现

象，北坡村村两委及驻村工作队坚持物质脱贫与精神脱贫一起抓，通过扶贫与扶志、扶德、扶人并举的方式，积极宣讲国家扶贫政策，激发脱贫致富信心。坚持一星期与贫困户电话联系一次，一月至少深入贫困户家家访一次，一季度组织贫困户进行集体培训一次，逐一给20户贫困户把脉问诊，入户入心，有的放矢，提出脱贫致富的具体举措，使贫困户看到美好的生活前景；丰富精神文化生活，鼓舞贫困户及干部群众的斗志。特邀市老干部活动中心映山红艺术团举办了"助力脱贫攻坚、喜迎十九大"文艺演出，市、县有关领导和北坡村及周边村干部群众500余人观看了节目；精心打造"文化墙"，营造先进文化氛围。在北坡村村委会显眼位置，修建文化墙，设立村规民约、传播家风家训、讲述传统美德、宣扬邻里和睦、倡导自强致富等标语。发挥典型示范引路作用。积极开展"好媳妇好婆婆"评比表彰活动。2017年重阳节共评比出好媳妇、好婆婆各10名，其中贫困户各占1名，表彰贫困户人穷志不短、家贫德高尚的事迹，以身边人讲身边事、身边人讲自己事、身边事教育身边人，弘扬真善美，传递正能量，凝聚美德力量，涵养和谐乡风。

红叶为媒　多方兴业
——平陆县坡底乡后窑村脱贫案例

后窑村距县城50公里，位于乡政府东部，境内沟壑纵横，自然条件较差，交通较为不便。全村户籍人口共414户1050人，耕地面积4300亩，2014年识别建档立卡贫困人口52户168人，贫困发生率16%，年人均收入2100元，村集体经济收入为零。平陆县广播电视台驻村帮扶工作队与后窑村村两委深挖当地红叶旅游资源优势，明确以红叶旅游促发展的脱贫主线，强旅游、抓特色、真帮实干为群众。到2017年底，全村累计脱贫47户159人，年人均收入超过5000元，贫困发生率降至0.8%，村集体经济收入突破2万元，一举摘掉了贫困村的"帽子"。

开拓创新谋发展　首次打造农家乐

后窑村拥有万亩红叶的旅游资源，每年都会吸引很多游客前来观赏，驻村帮扶工作队与后窑村村两委深知只有把观光旅游与脱贫攻坚相结合，才是后窑村脱贫致富的出路，提出了"红叶旅游+美食"的思路，带着这种思路，驻村工作队与村干部克服重重困难，通过召开村民大会，深入宣讲旅游发展前景，引导群众转变观念，充分调动群众发展旅游的积极性，紧抓观赏红叶有利时机，在2017年国庆前夕首次打造了10户农家乐和1条小吃街，短短1个月时间，10户农家乐每户收入均超过2万元，每个小吃街摊位每天收入在200元以上。村集体对小吃街统一经营管理，对于小吃街内清洁工、志愿者、服务员等岗位优先使用贫困户，共为贫困户提供20个工作岗位，人均增收1200元。"真没想到现在足不出户，在家做饭也可以挣钱，光这一个月我就挣了2万多元，比在外面打工一年挣得还多"。这是去年首次开办农家乐的贫困户欣喜之余的肺腑之言。在后窑村像这样利用红叶旅游促增收的4户贫困户，每户收入均超过2万元，在小吃街打工的杨某某和田某某2户贫困户，收入均超过了1000元。贫困户得到了实实在在的收入，也更有干劲了，更增加了脱贫的信心。

稳中求进抓特色　全面提升水化柿

深山沟里卖柿饼竟然赚了7万多元，这是后窑村贫困户杨某某的真实致富例子，光柿饼收入这一项不但使他摘掉了"穷帽子"，更让他实现了发家致富。后窑村的水柿子所加工成的柿饼能速溶于水，人们称其为"水化柿"，自唐贞观年间就是朝廷的贡品。但多年来由于受到地域偏远、产量少、品牌不精等原因的限制，水化柿饼的价格一直上不去，针对这种现状，驻村工作队和后窑村村两委积极开拓思路，通过把"红叶旅游+精品农产品"相结合，通过旅游带动把水化柿饼这个品牌做大做强。他们多次奔赴陕西富平考察柿饼基地，学习富平柿饼的先进加工技术、管理经验、营销模式，按照"合作社+贫困户"的模式，合作社统一收购贫困户的水化柿，并实行统一品牌、严格管理、精品销售，并吸纳贫困户30人在合作社打工，人均赚取工资1000元。去年，通过合作社统一把品牌全面提升后，水化柿饼的价格卖到了25元1斤，比3年前的价格提高了一倍还多，有20户贫困户都种植了水化柿，总产值超过50万元，户均收入超过2.5万元。

朝气蓬勃大胆闯　全心全意为群众

红叶旅游作为新产业发展，现在仍处于起步阶段，驻村工作队通过"红叶旅游+文体活动"相结合，在宣传上下大力气，营造氛围，打造旅游品牌。2017年10月，该村文化旅游节期间，驻村工作队队长成林积极联系运城市文工团在后窑村义务演出，他还自掏腰包4.5万元，邀请河南及山西专业的拳击、篮球运动员策划拳击及篮球比赛，当天通过现场以及微信直播传输，高峰期观看人数超过了1万人，精彩的节目不仅让外来游客享受到了视觉盛宴，也为该村旅游品牌的提升起到良好的宣传效应。在旅游高峰期，游客人数每天达到了2万人次，有效促进了农家乐、小吃街上农副特产的销售，短短1个月时间，后窑村红叶旅游产生的经济效益就超过了30万元。

实施基础设施建设　助推乡村提档升级

驻村工作队和村两委把"红叶旅游+项目建设"相结合，通过实施基础设施建设，助推乡村提档升级，吸引更多人来后窑村观赏红叶。后窑村共有800多万元改善基础设施建设项目，2016年硬化江树爻道路4.36公里，2017年硬化田间路8公里；新建1000立方米水池1座，铺装晾晒场1500平方米、建设粮仓196平方米、水化柿烤房4个、晾晒棚780平方；硬化文化广场1800平方米、新建卫生室96平方米；修建观景亭1座，建设景区步道1000米，新建星级公厕2个。累计投资约800万元。后窑村村两委与帮扶工作队积极与县相关单位进行沟通协调，严格监督工程进度、工程质量、资金拨付，保证了工程的顺利进行。在公厕、水化柿烤房选址的问题上，针对部分村民有争议、项目迟迟不能开工的情况，后窑村召开村民大会，积极与村民沟通，一户一户做工作，最终排解困难，保证了工程顺利开工建设。

党建引领凝聚人心　项目支撑扶起腰杆
——芮城县南卫乡东张联村脱贫案例

东张联村位于芮城县城以东，南卫乡东南部，毗邻运宝高速连接线，全村15个居民组，共1179户3861人，耕地面积7560亩，以蔬菜、小麦、玉米、苹果种植为主导产业。2014年识别建档立卡贫困人口94户269人，贫困发生率7%，年人均纯收入2200元，村集体经济收入4000元。教科局驻村工作队进驻该村后，紧紧抓住党建这个根本，做实产业项目这个支撑。截至2017年底，全村累计脱贫60户193人，贫困发生率降至1.9%，年人均收入?6300元，村集体经济收入超过5万元，一举摘掉贫困村的"帽子"。

党建引领　凝聚人心

自2015年9月，教科局驻村工作队扎根东张联村后，通过调查研究和走访老党员、贫困户，他们深刻认识到，要想改变贫困面貌，就必须要有一支战斗力强的村级两委班子和过硬的党员队伍。为此，他们确定了以党建带扶贫，以扶贫促党建，将基层党建与精准扶贫工作深度融合的工作思路。通过选优配强支部班子，筑牢坚强战斗堡垒，2017年底，村两委换届工作中，驻村工作队在充分征求贫困户意见的基础上，组织全村从入党积极分子、转业军人、致富能手中共选出4名工作能力强、责任心强，具有开拓精神的后备干部进入村党支部班子，使基层党组织成为脱贫攻坚的坚强战斗堡垒。通过改善基础设施和壮大村级集体经济发展，为党建助力脱贫攻坚奠定了坚实基础，投资20万元，高标准完成村级组织活动场所升级改造，开展多种形式"主题党日"活动，先后争取专项资金27万余元，改善东张幼儿园办园条件，解决了幼儿入园难问题；争取专项资金21万元，重建东张小学校舍8间，改善了办学条件；争取扶贫资金23万元，新建水塔1座，解决了部分村民吃水问题；争取上级项目资金60万元，修建高质量、高标准水泥路面，解决群众"最后一公里"行路难的问题。2018年筹措资金20万元，投资随发苹果专业合作社，每年村集体收益2.4万元，55%用于贫困户分红，45%用于贫困户临时救助和村基础设施建设。

项目支撑　扶起腰杆

要想彻底实现脱贫梦，就必须要有一个强劲的项目支撑。东张联村紧邻公路，交通便利，且日照温差大，适宜大棚蔬菜种植。驻村工作队立足这一便利条件，2016年5月，驻村工作队积极争取县农委、县扶贫办资金60万元，先后协调建设春秋两季大棚30个，同步成立东张联村百年蔬菜目标合作社，以"合作社+贫困户"形式，通过承包方式增加村集体收入和村民收入，依托百年蔬菜合作社，村民收入水涨船高，2017年人均收入达6300元，与此同时，合作社辐射带动本村贫困户7户达到定向脱贫。面对村民提出"卖菜难"的问题，帮扶单位教科局杜永健局长当即表示，发挥本单位职能优势，通过市场销售渠道，向县城11所中小学校输送优质蔬菜。贫困户马某某身患强直性脊柱炎，无劳动能力，对生活逐渐失去信心，一度产生放弃念头，驻村工作队得知这一情况，联系县食药局，推荐其到太原参加食品安全化验培训，如今在蔬菜合作社做化验员，稳定的工作和收入，让其重燃起对美好生活的向往。

精准帮扶　彰显真情

　　大处着眼，小处入手，细微之处，彰显真情。驻村工作队立足惠农政策，宣传到位，落实到户。走访中，得知贫困户朱某某的妻子脑萎缩行走不便，工作队立即联系县残联，为其争取到一辆轮椅；贫困户黄某某双目失明，左手残疾，结对帮扶责任人通过多次协调，安排他在村日间照料中心吃饭，消除了其在外务工家属的顾虑；得知扶贫贷款相关优惠政策后，扶贫队员经过仔细甄选，为40户贫困户争取无息贷款200余万元，帮助其发展产业或投资亚宝集团，每户每年可获得3000元分红。2016年暑期，驻村工作队顶烈日、冒酷暑，到有关部门积极为22名贫困学生争取相关政策扶持资金16600元。同年11月，驻村工作队协调教科局开展"暖冬爱心"捐赠活动，为贫困户家庭捐赠棉被棉衣151件。2017年，秋收时节，阴雨连绵，贫困户马某某家中堆积的玉米由于晾晒不及时，面临发霉变质的局面。得知这一情况，工作队立即为其四处打听销售渠道，多方努力下，使该贫困户的玉米被芮城县爱心协会会员现金购买。玉米装车时，马某某握着扶贫工作队员的手，久久不愿松开。他激动地说，"没有你们的帮助，我今年的收入就泡汤啦。"正是这些小事，积沙成塔，汇成东张联村与驻村工作队像山一样厚重的深情。

　　如今东张联村人心思齐，信心百倍，两委班子团结一心，带领老百姓一路高歌，迈向小康大道。

百村脱贫案例

忻州市

世

出

中

陀罗山的"浴火重生"路
——忻府区合索乡黄龙王沟村脱贫案例

黄龙王沟村位于忻州城西23公里处,属丘陵山区地形,全村74户157人,总面积8.6平方公里,耕地面积128亩,人均不足1亩地。2014年,全村识别建档立卡贫困人口32户69人,贫困发生率44%,年人均收入3100元,村集体无任何经济收入。脱贫攻坚以来,该村通过就业培训、旅游扶贫、保底分红、基础设施建设等途径改善环境,促进增收。到2016年底,贫困人口全部脱贫,年人均收入6500元,村集体经济收入突破3万元,实现整村"摘帽"。

着力开展土地增效工程

根据国家国防建设需要,原总参谋部征用耕地300亩,后经开荒造田,开发出35亩土地,但土层不足20厘米,遇到干旱天气便颗粒无收,2016年,该村积极争取扶贫专项资金12万元实施土地改良、产田改造工程,该项目动用土方10000立方米,投工650个,大型机械230台次,加厚土层50厘米。项目实施后,有23户贫困户受益,占贫困户总数的72%。

改良贫困户耕地面积15.234亩,占全村改良土地面积的43%,每亩年增收200元到300元。2017年,争取到忻府区测土配方肥项目,利用专项扶贫资金5.9万元购置拖拉机1台,进行秸秆粉碎,改良土地,提高收益,为贫困户的稳定脱贫奠定了基础。

大力实施乡村旅游扶贫

坐落在黄龙王沟村的陀罗山曾被誉为"忻州古八景",但由于"文革"期间的破坏,加上缺乏管护,导致庙宇被拆,碑林损毁,垃圾遍地,村民守着"金山"却也守着贫穷。2015年8月,忻府区教育局驻黄龙王沟村第一书记白海滨驻村后,进农家、坐炕头,到老党员、老干部、致富能手、贫困户家中走访座谈,征询他们对村庄发展的建设意见和发展思路。经过近一个月的深入走访调研,形成了《关于陀罗山旅游发展调研报告》,将实施陀罗山旅游脱贫攻坚策略作为黄龙王沟村脱贫攻坚的切入点和发力点。2015年11月,在村两委班子的努力下,忻府区黄龙旅游管理有限责任公司成立,这是黄龙王沟村第一个村集体企业。2016年4月,公司决定对陀罗山景区进行升级改造。为了使工程顺利进行,第一书记白海滨带头捐款2万、出借3万,村委会主任范润田、支部书记阮存西各出借1万元,村民自筹资金10万元,在景区入口处修建了凉亭、吊桥、钓鱼池、景区牌楼、烧烤园,整修了石碑;争取省交通局投资102万元,新建进山公路3.2公里,基础设施得到较大改观。至此,陀罗山这个被誉为"忻州古八景之冠"的风景区"浴火重生"。

为了让更多的游客充分认识、了解陀罗山,村党支部利用微信平台、航拍技术进行广泛宣传,组织了登山节、旗袍秀、山地自行车比赛等活动,2016年吸引游客1.5万人次,公司门票收入近20余万元,上缴村委会2万元承包费,解决了14户贫困户的劳动就业问题,每户增收5000元;2017年,解决了16户贫困户的就业,每户增收4500元,公司门票收入18.5万元。

积极探索实施保底分红扶贫新模式

为使贫困户获得稳定收入，2016年6月，黄龙王沟村整合扶贫专项资金10万元，入股黄龙旅游管理有限公司，分10年期限，年人均可分红100元。对村内60岁以上老人实施"一颗蛋"工程，全年给每位60岁以上老人360元的生活补助，用于购买鸡蛋，极大地改善了民生。2017年8月，山西省文博会上，黄龙王沟村委会已同一家旅游开发公司签约合作开发项目，签约金额1.6亿元，该项目已被确定为忻州市旅游开发重点项目，现已进入规划阶段。相信在不久的将来，借助旅游扶贫的有利契机，陀罗山风景区一定会成为户外运动场地、休闲度假胜地、纳凉避暑重地、观光农业基地。

多措并举兴产业 自力更生"拔穷根"
——定襄县蒋村乡宽沟村脱贫案例

宽沟村位于定襄县东部，距县城12公里，全村户籍人口97户221人，总面积2.86平方公里，耕地面积1133亩。2014年识别建档立卡贫困人口27户61人，贫困发生率27.7%，主导产业以种植谷、糜子等小杂粮为主，年人均收入5400余元，村集体经济无任何收入，是典型的贫困村。脱贫攻坚开展以来，驻村工作队、第一书记和村两委干部审时度势，紧抓精准扶贫机遇，依托地理资源优势，全面实施优质杂粮提质增效、打造香椿产业优势品牌、创建规模养殖示范园区富民强村。2016年，贫困发生率降到1.3%，年人均收入达到8100元，村集体经济收入为3600元，实现整村脱贫。

立足实际 调整思路

宽沟村地处丘陵山区，交通不便，信息闭塞，大部分耕地是旱坡地，如何利用好低产田帮助贫困户增收，成了村两委班子的头疼事。2016年，在驻村工作队和第一书记多方协调下，村两委积极同县农技推广站联系，引进推广新品种、新技术，组织村民进行科学种植技术培训，调优种植结构，科学进行田间管理，使小杂粮亩产增收200余斤。利用田间地头、房前屋后等零散土地种植香椿树3万余棵，年产量达到15000余斤。充分发挥互联网优势，帮扶人员通过微信转发的方式，宣传宽沟村香椿项目，使贫困户当年户均增收1500余元。2016年，帮扶人员支持有劳动能力的贫困户和周边辣椒种植大户进行劳务合作，累计劳务输出180多人次，平均每户增收1600多元。同时引导鼓励3户贫困户申请办理扶贫小额贷款，在自家屋顶安装光伏发电板，每户每年增收6000余元。

找准路子　培育产业

2016年，驻村工作队、第一书记、包村干部和村两委干部多次组织村民展开了如何发展壮大产业的讨论会，让群众充分发表意见，村委会根据群众讨论的意见、建议，结合本村实际，确立以发展养殖业为主的产业促脱贫的发展思路。与定襄县丰润家庭农场合作引进实施温氏生猪规模养殖项目，实行"家庭农场+贫困户"和资产性收益的扶贫模式。项目一期工程占地面积20亩，投资260万元，建设4个标准化养殖棚，年出栏生猪4000头。定襄县丰润家庭农场实施主体与贫困户签订帮扶协议，吸纳15户贫困户入股委托经营，户年均增收3840元。将25万元扶贫项目资金注入定襄县丰润家庭农场，带动全村贫困户27户通过资产性收益户均增收850余元。同时为贫困户8人提供就业岗位，年收入8000元。蒋村乡宽沟村规模养殖的经营模式，不仅改变了贫困村群众的以往单一的耕作模式，走出了产业结构调整的新路子，而且积累了好的经验，取得了经济和社会效益的双丰收。

精神激励　鼓舞信心

俗话说"人穷志短、马瘦毛长"。对于贫困户来说，他们的内心很脆弱，特别是那些因残、因病致贫的贫困户尤为突出。宽沟村的帮扶干部十分注重贫困户的心理疏导，精神激励。深入开展"不等不靠、自力更生""扶贫先扶志，治穷先治愚"等主题思想教育会，从思想上"补钙"，理论上"壮骨"，不断激发贫困户自身发展动力，不断坚定贫困群众自主脱贫致富的信心和决心。贫困户杨某某老两口年龄大，年老体弱，不能干农活，常年打针吃药支出很大。养殖小区建成后，他和老伴为能脱贫增收，主动提出为养殖小区看门房，每年收入达1万元。杨某某见人就说："像我这把年纪，通过自力更生，在家门口就业挣钱，这是做梦也想不到的事情，如今却变成了现实，党的扶贫政策就是好。"

产业扶贫"拔穷根" 绿色发展换新颜
——五台县耿镇镇方子口村脱贫案例

方子口村位于佛教圣地五台山脚下,耿镇镇西南部,耿军线4公里处,全村人口110户298人,总面积6.6平方公里,耕地面积474亩。2014年识别建档立卡贫困人口30户81人,贫困发生率24.5%,年人均收入2400元,无集体经济收入。得益于扶贫政策和脱贫措施的有效落实,在镇、村及第一书记、驻村工作队共同努力下,2015年方子口村被忻州市确定为"旅游示范村",到2017年底,贫困人口全部实现脱贫,年人均收入3800元,村集体经济收入2万元,彻底摘掉了"贫困帽子"。

围绕核心 因地制宜谋发展

多年来,方子口村由于人均耕地较少,加上没有一技之长,大部分时间村民闲置在家,无其他增收产业。面对大量贫困劳力闲置的困顿局面,2015年,方子口村转变发展方式,依托地处旅游发展核心优势,通过"村委+贫困户"的旅游运营发展模式,努力让贫困户从旅游业中受益脱贫。村旅游管理领导组争取上级支持,对贫困户进行旅游业从业培训两批40人次,赠送桌椅、床及配套设施户均10余件;与旅行社和大方家园旅游有限公司建立联络机制,协调分配旅客食宿,大幅提高了贫困户的接待水平和农家旅馆的经营效益。目前,全村已有19户贫困户建成农家客栈。到2017年底,方子口村年接待游客量达6000余人次,实现旅游收入50万元以上,户均收入4500元,人均增收1600元以上。为进一步提升景区效益,村委又扩建了大方古寺,新建停车场、洗浴室和水冲式厕所等旅游配套基础设施,给方子口村带来大量用工岗位。有30人投入到这些项目建设中,其中贫困人口15人,工资收入在1.5—3.5万元之间,不仅安置了闲散劳动力,也开拓了新的收入渠道、增加了贫困户经济收入。如贫困户马某利用自身手艺,当上了工匠,2年时间收入7万元。

精准帮扶 确保脱贫不落一人

虽然同处一村,但居住位置、地理条件和家庭环境等仍存在较大差异,方子口村在制订脱贫计划和旅游规划之初,就根据各家各户实际情况进行了区别划分,因户施策,精准帮扶,确保村民稳定脱贫、不落一人。贫困户胡某某,今年60岁,花费大量资金为儿子娶了一位外地媳妇,但儿媳不能忍受贫困生活,与其子离异,致使一家人财两空、生活困难。针对这一情况,扶贫工作队和村旅游管理领导组以胡某某家靠近观光区为突破口,帮助其争取扶贫小额贷款5万元,按照统一标准将其院落改建为农家乐客栈,现每年可接待游客1000人次,年收入达1.5万元。贫困户白某某,今年59岁,有儿女4个,一家全靠白某某一人外出打工和家里的几亩田地生活,生活很拮据。随着年龄的增长,白某某外出打工也开始力不从心。眼看扶贫政策这么好,他开始寻求加入村里的产业扶贫项目。村集体充分考虑到白某某的具体情况和个人意愿,将其纳入养牛合作社,帮助其借贷6万元、购买11头牛,发展养殖业。经过几年的努力,白某某顺利还清欠款,年收入已达10万元。

凝聚共识　合力创优人居环境

健全的基础设施、优良的旅游环境、安全的卫生环境是提升旅游品质，推动贫困人口脱贫的基础和关键。村集体以打造"旅游示范村"品牌为核心，着力完善基础设施建设，完善基础公共服务，全面创优方子口村人居环境。对通村公路及内部道路全部进行了硬化，安装太阳能路灯30盏，村庄道路网基本形成；设公交站，每天公交车往返1趟，公共交通服务基本形成；对自来水管网进行了重修，全天候供水，实现了自来水管网全覆盖；新建水冲式公共厕所1座，其中包含公共浴室1间及配套污水处理设施，解决了上厕所难问题；新建卫生室1个，配备医师1名，具备提供基本医疗服务条件；购置垃圾拉运车1辆，垃圾收集箱8个，制定完善垃圾收集处理制度，确保了垃圾时产时清。

路子找对了，产业就能发展起来，扶贫的效益和质量也大幅提升，村民的脱贫意愿和积极性也提高了上来。下一步，方子口村将继续夯实现有旅游、养殖产业基础，补齐发展短板；在此基础上，引进中药材种植、光伏发电、采摘园等产业项目，扩大扶贫产业覆盖范围，进一步提高扶贫质量，提高村民收益，带领全村村民建设宜居宜业宜游的美好家园。

合资共创谋发展　产业脱贫谱新篇
——代县聂营镇东段景村脱贫案例

东段景村位于代县县城东南13公里处,是聂营镇南山脚下人口较多的一个古村落。全村户籍人口568户1479人,总面积1.2平方公里,耕地面积3125亩。2014年,识别建档立卡贫困人口227户633人,贫困发生率达48.6%,年人均收入2120元,村集体经济收入为零。脱贫攻坚以来,在各级党委政府的支持和帮助下,通过办企业、调产业、提村貌使东段景村发生了翻天覆地的变化,到2017年底,年人均收入达到4000元,村集体经济收入突破30余万元,贫困户全部实现脱贫,一跃成为全县脱贫攻坚典型村。

筹资金上项目　村级产业促增收

多年以来,东段景村集体经济落后,农业发展滞后,农民收入低下。为实现贫困村早日脱贫,村两委干部在充分考察市场和征求民意的基础上,确立了办企业、促脱贫的发展思路。2017年,在县、镇、村三级政府的共同努力下,东段景村与临近的西段景、上街、下街4个村筹集资金420余万元,联合创办集体股份制企业——四达养猪场和达康织袜厂。四达养猪场占地面积30亩，主要建有全自动化育肥猪舍，全自动化保育猪舍，配备污水处理池、蓄水池、锅炉房等设施。企业每年向社会提供商品育肥猪6000头，纯收入达90万元以上，收益的70%可带动84户贫困户户均增收500元，20%用于增加村集体经济，10%用于四达养猪场的维修。达康织袜厂采取相同的运作模式，可带动50户贫困户户均增收200元。同时两个企业可解决80户贫困户就业，年人均收入达到15000余元。两个厂子生产的顺利运营，不仅壮大了村集体经济，贫困户分红尝到了甜头，而且使得部分贫困户足不出村就变成了产业工人，走上了稳赚钱、能致富的工作岗位。贫困户安某某去年因病去世，使得原本贫困的家庭雪上加霜，村委干部得知这一情况，主动推荐他妻子到达康袜子厂务工，现在每月收入2000元左右，再加上农田收入和各项惠农补贴，一家人的基本生活便有了充足的保障。

调结构促发展　典型带动奔富路

受传统耕种观念的影响，东段景村主要以玉米大田种植为主，种植结构品种单一，年产收益低，抗风险能力差，如何解决这些问题是精准扶贫当中重中之重。依托当地优质土地资源和交通区域优势，支持引导贫困户发展特色小杂粮、瓜果蔬菜业。村两委干部选取典型农业大户作为试点，以点带面，带动更多贫困户实现增收致富。今年52岁的贫困户张某某，家有80多岁老母多病卧床，常年吃药，儿子也没有正经营生，入不敷出，负担很重，为了改善家庭生活状况，他和家人商量承包100亩土地种植经济作物，在村两委的大力支持，靠着多年侍弄庄稼的经验做法，开始试种些西瓜和蔬菜、谷物，经过一年的辛苦劳动，净收入达7万多元。首次的成功更坚定了张某某发展瓜果蔬菜产业的信心，街坊邻居也真真切切地看到了张某某的变化，纷纷效仿他大力发展瓜果蔬菜产业并收到明显成效。县农委、人社局、畜牧局等相关部门也及时跟进，开展各类培训10多次，贫困户参与人数达300余人次。山西农大作为驻村帮扶单位，还专门邀请省城农业专家到田间地头现场解说，实地帮助农民解决生产难题。在各级各部门和帮扶干部的共同努力下，原来以单一玉米种植为主的东段景村，现已发展种植小杂粮300亩、玉米套种山药230亩、西瓜150亩、黄花菜60亩……相继涌现出了像张玉秀、郎文亮、安四毛、安眉仁等发展瓜果蔬菜产业的种植大户。东段景村的瓜果蔬菜种植产业和特色小杂粮的发展，不仅拓宽了当地群众增收渠道、增加了经济收入，而且成为全镇特色农业示范点，为实现整村脱贫打牢坚实基础。

抓提升见成效　乡村旧貌换新颜

为了改善村里基础设施建设，提升生产生活条件。村两委下段标点筹集资金120余万元整治乡村道路，大街小巷全部水泥硬化，路基两侧修设了排水渠道，路旁栽植各类苗木10000多株，改变了过去"晴天一身土，下雨两脚泥"的历史旧貌；实施"美化亮化"工程，安装太阳能路灯，改造美化墙体，增设文化墙，建起两座公共洗浴中心和卫生厕所，精心打造500平方米的文化广场，配套各种体育健身器械。更新下水管道2000余米，实现了自来水管全覆盖；实施农网升级改造工程，改造老旧用电户588户；新建10间村委办公室，并购置了电脑、会议桌等办公设施，包括村级党组织活动场所、卫生室、农村文化书屋等村务活动办公点一应俱全；新建幼儿园1座，开设大中小3个幼儿班，可容纳50多名小朋友就近入学。在下大力气改造村容村貌的同时，继续加大农田水利设施建设，投资50万元在村南坡打200米深井两眼，配套修U形渠8公里，埋设浇地暗管道12000米，使400多亩干旱地变成了水浇地。一系列的措施使整个村子里水、电、路、房、网、教、卫、文等各项事业登上新台阶。如今的东段景村不仅环境整洁、民风和谐，集体经济更是在不断地发展壮大，正朝着群众向往并憧憬的新农村大步前行。

兴产业 换新村 开启幸福美满新生活
——繁峙县繁城镇楼岗村脱贫案例

楼岗村地处繁峙县东北部黄土丘陵浅山区。由于自然生态环境较为恶劣，1982年以来，村民们陆续迁居形成新村。全村总面积1.8平方公里，耕地2700亩，户籍人口141户389人。多年来，村民们因受传统的小农守旧思想影响，种植结构单一，靠天吃饭，发展缓慢，难以摆脱贫困。2014年，全村识别建档立卡贫困人口63户162人，贫困发生率41.6%，年人均收入仅有2140元，村集体经济收入为零。2014年以来，楼岗村抓住脱贫攻这一千载难逢的机遇，聚焦"村"与"产"两大重点，大力实施产业兴村、整村提升、拆旧复垦、帮扶带动四大工程，为脱贫攻坚和全面小康夯实了基础、强化了支撑。到2017年底，全村累计脱贫62户160人，贫困发生率降到0.5%，年人均收入突破8000元，村集体经济收入超过5万元，一举摘掉了贫困村的"帽子"。

多产并举　撑起村民钱袋

2014年以来，村两委紧盯脱贫增收目标，坚持"一村一品一主体"，突出产业支撑作用，重点抓了五大产业。一是发展大棚种植业。2014年，楼岗村成立了繁峙县盛光农牧专业合作社，发展温室葡萄种植。贫困户通过扶贫小额信贷获得贷款入股合作社，建成5座大棚，年收入30万，带动贫困户18户52人，每户每年分红3250元。二是突出"两山"理念，发展以白水大杏为主的生态林果业。按照县经济林扶贫政策，项目苗木及用工由政府每亩补贴1100元。楼岗村借助政策优势，根据贫困户产业发展意愿，通过典型带动，创新推广"林—粮—中药材"一体套种模式，大力发展生态经济林和林下套种小杂粮、中药材等特色产业。目前全村发展白水大杏2700亩，种植板蓝根350亩、小杂粮1400亩，涉及贫困户62户。挂果后，亩均收入超过3500元，贫困户户均收入可达到6万元。三是做强健康养殖业。发展种植业的同时，楼岗村还积极发展特色肉牛肉驴养殖。目前全村养殖肉牛120头、肉驴15头，年收入36万，通过"合作社+保险公司+银行+贫困户+政府"的模式，带动贫困户52人，户均收入3200元。四是做实光伏产业。2017年建成100千瓦村级光伏电站，每年为村集体增收5万元左右，通过设置公益岗位或扶持老弱病残贫困户，可以带动15—20户贫困户增收。五是做好劳务输出业。楼岗村搭上县"全民技能提升工程"顺风车，对村内劳动力进行技能培训，每年有70多人在农闲时外出务工，年收入1万多元，实现一人就业，全家脱贫。

整村提升　山村建成花园

楼岗村紧紧围绕"两不愁、三保障"，抓住县里实施整村提升的大好机遇，统筹产业发展与新村建设，瞄准乡村振兴目标，大力推进村级基本公共服务和基础设施建设，不仅要让村民富起来，更要让人居环境美起来。在县、镇两级政府的支持帮扶下，先后投资300多万元，改造了所有危房，硬化了大街小巷，配套了上下水，新建了文化休闲活动广场，美化了墙壁，落实了卫生长效保洁制度；同时还新打2眼机井，建起300立方米蓄水池2座，实施连接赵庄村的通村路改造工程3.8公里，大力改善了村容村貌。在公共服务方面，建设了标准化村卫生室，配备了乡村医生，开展了"双签约"服务，使得本村13户34名因病因残贫困人口得到有效的医疗救助。符合低保的农户也按规定程序全部纳入低保范围，实现了应保尽保。

拆旧复垦　资源变成红利

1982年以来，村民们陆续自发迁居到新村，旧村闲置宅院共有101处，废旧土窑洞423间、土木结构房屋179间。今年针对旧村落废弃闲置、土地资源紧缺和村集体经济薄弱等问题，村子紧抓土地增减挂钩政策机遇，全力推动楼岗村旧村土地增减挂钩项目。通过干部、党员包户，宣传政策，村民积极配合，主动参与，对101处旧院落和其他闲置场所全部拆除复垦，项目共涉及村民102户，发放补偿款128万元，户均补偿1.25万元，其中贫困户59户，户均收入1.2—1.3万元。通过旧村委、学校、舞台、磨坊、庙宇等集体资产拆除补偿，村集体增加收入9万元。复垦新增耕地93亩，全部列入繁峙县第一批次土地增减挂交易指标，预期收益1395万元，为楼岗村进一步发展开拓了新的空间。

驻村帮扶　家家过上好日子

繁峙县第一人民医院作为楼岗村的帮扶单位，立足自身职能，采取多种措施，不断改善楼岗村村民的医疗卫生环境。为村卫生室免费配置了医疗设备、日常药品。每年4月份，专门邀请省市专家驻村，为全村居民免费义诊。本村村民到县医院就诊免除全部门诊费用，减免政策性报销外的剩余费用。除此之外，县人民医院还先后为3个贫困户提供服务岗位，每年增收2500元。同时出资为村民采购煤炭，解决了村民冬季取暖的问题。贫困户张某某，患有甲状腺功能亢进疾病，常年用药，难以负担。繁峙县第一人民医院了解情况后，聘请省级专家对其进行会诊救治，同时将其医疗费用予以全部减免，帮助其重返健康。

突出党建引领　凝聚脱贫合力
——宁武县东马坊乡西沟村脱贫案例

　　西沟村位于忻州市至芦芽山旅游线中段，距乡政府3.5公里，全村51户178人，总面积4.65平方公里，耕地720亩，属于高寒土石山区。受恶劣条件限制，传统种养殖业发展潜力小，产出效益低下，极大地制约了西沟村经济的发展。全村主要以散户养殖业为主，难以形成规模，大多处于贫困线上下。2014年识别建档立卡贫困人口25户73人，年人均收入1500元，贫困发生率为41%，村集体无经济收入。精准扶贫工作开展以来，在各级各部门的精准帮扶下，到2017年，西沟村人累计脱贫73人，贫困发生率降到0.5%以下，人均收入提高到4600元以上，村集体经济收入达到6万元，达到脱贫标准，实现整村脱贫，全村群众走上了脱贫致富奔小康的幸福之路。

建强堡垒保障脱贫

　　农村富不富，关键看支部。西沟村围绕"支部建设+组织保障"两条主线，将基层组织建设与脱贫攻坚双向互融，不断增强村委带领群众打赢脱贫攻坚的素质和能力。1. 建强村两委班子。该村注重选优配强班子成员，把群众认可、在村中有威信的优秀人才选为村党支部书记。针对农村基层党组织涣散、制度不健全等问题"对症下药"，选择本村在外务工优秀人才，增设1名支部副书记和1名村委委员，优化了班子结构。2. 提升党员素质。结合农村实际和村两委干部特点，积极组织全村党员和村两委干部学习贯彻十九大精神和各类扶贫政策。每月开展"抓党建、强三基、促脱贫"专项学习教育，提高了带领群众脱贫致富的能力。3. 宣传党的政策。建立了村级播音室、创办了"西沟小喇叭"，及时宣传党的扶贫政策。接通了入村网线，方便群众自主学习、随时了解各类政策措施。

文化扶志助力脱贫

西沟村的贫困归根结底还是思想观念滞后、受教育程度低、依赖性强等原因导致。脱贫攻坚以来，村两委和驻村工作队高度重视文化扶贫工作，特别是在公共文化体系建设方面下大力气，逐步提高贫困户的思想文化素质和科学技术水平，转变他们消极落后的传统文化观念，从而培养提升他们发展经济的基础能力。改建村级综合文化服务场所5间110平方米。创建西沟农民图书阅览室，摆放各类图书杂志及农村政策读物980余册，丰富了群众的精神文化生活；创建"西沟暖心屋"，组织号召社会各界爱心人士捐赠衣物1800余件（套），使周边村庄120多名村民受益；在省科协等单位协调下，"乡村e站"科技推广站落户西沟村，进一步拓宽了村民和外界交流的渠道；修建村西大门并书写"自力更生，艰苦奋斗！自己动手，丰衣足食！"的标语，号召村民奋发图强，激发其内生动力，早日实现脱贫致富。

多措并举　力推脱贫

观念转变后，贫困户热情高涨，迫不及待地希望通过自力更生，有尊严地实现稳定脱贫。为此，西沟村村两委建立"支部+产业发展"的党建扶贫模式，聚焦产业扶贫项目，创新产业扶贫机制。由村党支部领办，建设100千瓦村级光伏扶贫电站，年产生经济效益约12万元，11户贫困户受益，年人均增收790元，村集体经济增收6万元；建立1个网购平台和"西沟村乐村淘"网购体验店，为25户贫困户节省日常开支20%。对有劳动能力的贫困户就地聘任为护林员，实现了"一人护林、全家脱贫"的目标。组建养殖专业合作社，吸收5户贫困户入股参与合作社运行，大力发展牛、马、羊等畜牧养殖，特别是种养殖脱贫户李某某用信用社申请的5万元扶贫小额贷款买回7匹马，当年就产下5匹小马驹，每匹小马驹可卖4000元左右，她高兴地算了一笔账，一年下来怎么也能卖两万块钱。这笔经济账让她坚定了脱贫致富的信心，逢人便说自己的好日子就要到来了。

如今的西沟村，产业项目支撑稳定，基础设施配套完善，环境面貌日益优化。老百姓在受益于扶贫政策的同时，还享受着整洁、舒适的居住环境。大家看到村里实实在在的发展和变化，用村里群众的话说："现在村里和过去相比，变化真是翻天覆地，在党的扶贫惠民政策和驻村工作队的精准帮扶下，我们的生活会变得越来越好。"

践行产业扶贫　引领农户增收
——宁武县阳方口镇阳方村脱贫典型案例

阳方村是宁武县阳方口镇贫困人口最多的行政村,距县城约10公里,全村户籍人口392户853人,总面积6.64平方公里,其中耕地面积3452亩。2014年,全村建档立卡贫困户121户217人,贫困发生率25.4%,年人均收入2150元,村集体经济收入为3500元。2016年以来,阳方村创新产业帮扶模式,大力实施产业扶贫项目。到2017年底,全村累计脱贫115户207人,贫困发生率降至0.5%,年人均收入突破4580元,村集体收入超过50万元,实现整村脱贫。

企业引领　农户参与　发展订单农业

为支持引导贫困户发展产业,稳定增收,村级注册资金30万元成立了兴民合作社,采取"合作社+贫困户+劳务输出"的方式,吸纳74户贫困户,引导种植白萝卜413亩,合作社负责种子、肥料、技术的提供,最大限度地保证了产品的质量和收益。合作社以每亩300元的价格流转耕地460亩,74户贫困户通过土地流转年均增收530余元。在种植白萝卜过程中,凡有劳动能力的贫困户均可到合作社季节性务工，每户平均增加工资收入1500元。2017年3月，在县、乡两级政府支持下，阳方村主动出击，引进神达脱水蔬菜加工厂，投资800多万元，在村里建设了一座以加工白萝卜为主的脱水蔬菜加工厂，以"公司+合作社+订单"的模式，由加工厂下订单、付定金，合作社组织贫困户集中种植，厂家统一销售，仅此一项就带动74户贫困户种植白萝卜500亩，年经济收益63万元，有效解决了贫困群众销售之忧。

支部引领　以资入股　增加资产收益

阳方村党支部切实履行脱贫攻坚主体责任，主动担当、积极作为，2016年引导贫困户利用县财政到户产业帮扶资金入股，共投资80余万元，建成100千瓦扶贫光伏电站一座，当年实现并网发电，贫困户户均收益500元。村党支部书记徐新民率先垂范，党员李荣亮、王鑫积极参与，采取"支部领办+党员+合作社+农户"的方式，新建两座高标准温室蔬菜大棚和一座瓜果拱棚，带动23户贫困户劳务就业，平均增加工资性收入3200元。大棚收益后的40%用于村内贫困户分红；村民委员会依托本村地理优势，吸纳120户村民成立了阳方村永恒汽车运输队。车队每运输1吨煤，向村集体交纳管理费0.65元。2016年实现村集体经济收入50万元，2017年实现村集体经济收入73.45万元。村党委从集体经济收入中拿出一部分资金，主要用于改善基础设施建设、代缴养老费、医疗保险，救助贫困大学生等公益性支出。

政府引领　"贷"动创业　鼓励自主脱贫

为实现产业链规模发展，阳方村通过政府引领，立足"宁武县扶贫农业产业园"建设，引进沙棘开发、燕麦加工、康仁药材、中草药加工、农副产品加工、华榕食品、高源薯业等8家企业入园建设，走出了一条产业全覆盖、就业多平台、收入多渠道的全方位、立体式扶贫新路；大力宣传"5万小额信贷、基准利率放贷、政府贴息三年"的金融扶贫政策，鼓励村内贫困户贷款发展扶贫项目，实现自主脱贫。贫困户王某某贷款5万元入股新大象集团委托经营，年收益1700元；同时，提出大力开展技术技能培训，组织贫困妇女120多人次开展厨师技能培训，目前已有50余名贫困群众找到了合适的岗位，人均年收入达3万余元，实现了一人自主创业，全家脱贫的目标。

强化精准举措　建设美丽乡村
—— 静乐县鹅城镇王端庄村脱贫案例

王端庄村地处鹅城镇汾河以西,距县城5公里,交通便利,无矿产资源。全村285户897人,总面积7.2平方公里,耕地面积2732亩。2014年识别建档立卡贫困户116户383人,年人均收入不足2300元,村集体经济收入为零。脱贫攻坚以来,在各方力量的共同努力下,到2017年底,全村所有贫困户全部脱贫,年人均收入达到5540元,村集体经济收入突破9万元,实现整村脱贫。

因村施策　生态建设获"双赢"

王端庄村万亩生态经济林工程是静乐县实施的生态造林精品工程,工程总面积10025亩,总投资800万元,2017年已完成4530亩,带动贫困户77户317人实现稳定脱贫。2018年将完成5495亩,全部工程由7个扶贫攻坚造林专业合作社完成。项目实施过程中,坚持退耕还林与荒山造林相结合,重点抓好退耕还林。工程集中连片,便于工程区封山禁牧,确保工程实施效果。坚持扶贫攻坚与生态建设相结合,重点抓好扶贫攻坚。工程由7个扶贫攻坚造林专业合作社组织实施,充分带动当地精准扶贫户77户

317人,通过退耕补助、劳务收入和管护收入实现稳定脱贫。坚持精品绿化与一般造林相结合,重点抓好精品绿化。该项目推广集流整地技术,提高造林成活率,工程实行了全面集流整地,应用大穴鱼鳞坑品字形整地技术,经济林应用沿等高线水平沟整地技术,有效地、最大限度地集流了天然降水,提高了造林成活率;同时应用了大容器苗脱袋造林技术,多树种块状混交造林技术,全面提升了工程建设质量。工程区退耕2530亩,涉及198户742人,第一年年人均收入达到1705元,其中建档立卡贫困户105户360人,贫困户退耕1527亩,年人均收入2120元;7个扶贫攻坚造林专业合作社在实施工程过程中,共吸收建档立卡贫困户77户317人,年人均劳务收入12000元,使建档立卡贫困户实现稳定脱贫。

贫困户吕某某给自己算了一笔账:退耕还林30.5亩,补偿收入15250元;加上参与植树造林挣下5000元、护林员每年收入6000元,这一年下来就挣下26000多元。

特色整治 建设美丽乡村

依托生态建设,王端庄村结合特色风貌整治工作,围绕构建"山、水、田、林、园"的思路建设,投资近千万元,先后出动挖机等大型机械789台次,投工926个,集中清理建筑垃圾等2700吨。拆除简易茅厕15处。对313省道沿线两侧排水沟渠约2000米进行了维修加固、疏浚处理,住户连接处全部覆盖水泥板。313省道西侧、静静铁路东侧坡面进行层次景观绿化140亩;对主要街巷采取拆违建绿、见缝插绿、种植补绿的方针,主要栽植国槐、垂柳、云杉等720株。新建占地面积3.2亩,集健身、娱乐、休闲于一体的文化广场;新建2处标志文化墙;新建公厕3座;新建围墙、围栏6200平方米,并对其进行了以水泥抹面、自然勾缝、喷涂粉刷为稻草黄的立面整治;就地取材,铺设青石板人行通道4300平方米;先期重点选择11户,打造为集特色建筑、绿色菜园、桃李满园,颇具地方特色的农家小院。

智志双扶　激发内生动力

王端庄万亩造林工程和特色风貌整治，给全村脱贫攻坚工作注入了活力，生态环境发生了很大的变化，部分贫困户也在生态治理中增加了收入，在特色风貌整治中有了更多的获得感，但是治贫先治愚，扶贫先扶志，双管齐下才能提振贫困人口的精气神，只有把扶志和扶智结合起来，激发广大贫困群众的内生动力，靠自己的双手建设美丽富饶的村庄，才是实施实现乡村富裕的唯一途径。

贫困户王某某有加工豆腐的经验和技艺，但无启动资金，想做加工豆腐的生意一直被搁浅。帮扶干部通过耐心细致地做思想工作并为其积极协调贷款3万元，使其恢复了传统卤水豆腐加工坊，现在生意搞得风生水起，年稳定增收3万元，而且把村里乡亲们种的黑豆就地消化了。

说到王端庄村的变化，村民说："万亩造林工程给老百姓带来了实惠，特色风貌整治修缮了村子、院子，兜底扶持办理了低保，产业扶持提供了免费的化肥、地膜，健康扶贫大大减轻了看病买药的负担。"在脱贫攻坚的路上，王端庄村先行了一步，他们步子不停、干劲不减，下一步群众要靠自己勤劳的双手，把王端庄村建成富裕的美丽家园。

"拔穷根" 铺富路 精准脱贫谱新篇
——神池县东湖乡段筕咀村脱贫案例

段筕咀村位于东湖乡东北部，距离乡政府所在地5公里，全村户籍人口163户366人，总面积6.7平方公里，耕地面积5035亩，由于地貌和气候原因，本村土壤贫瘠，广种薄收，传统农业增收困难。村民收入渠道狭窄，且基础设施和公共服务设施落后，是一个典型的贫困村。2014年，识别建档立卡贫困人口45户107人，贫困发生率29.2%，年人均收入1618元，村集体无经济收入。脱贫攻坚以来，段筕咀村按照"打造特色产业、改善基础设施、激发内生动力"的总体思路，制定了"特色种植+健康养殖+小杂粮加工"的脱贫规划，走出了一条项目带产业、产业促增收的脱贫新路径。到2016年底，建档立卡贫困户累计脱贫43户105人，贫困发生率降低到0.6%，年人均收入超过5600元，村集体经济收入达到7.5万元，实现整村脱贫。

打造特色产业　拓宽增收渠道

按照"产业到村、扶持到户"的工作思路，段筕咀村把培育壮大特色优势产业作为工作重点,逐步形成了以特色种植、健康养殖和杂粮加工为主的增收致富产业,通过产业化扶贫项目带动贫困户稳定脱贫。1.发展特色种植。2016年,引导建档立卡贫困户种植富硒谷子848亩,其中42户贫困户种植354亩。富硒谷子较普通谷子产量约提高7%,售价每斤比普通谷子高1元以上,以平均亩产700斤计算,亩收入可由原来的1190元提高到1890元,可增收700多元。为降低农户种植成本,驻村工作队还出资委托山西飞象农机制造有限公司与山西农业大学联合植保大队为全村富硒谷子进行了富硒肥料免费喷施。2.发展健康养殖。2014年,依托整村推进项目,引进优种羊350只,带动全村村民起步发展养羊产业;2015—2017年,通过品种改良和良种繁育,全村养羊总数发长到860多只;2018年5月中旬,又邀请澳大利亚养羊专家指导本村养殖户科学养殖,并为25户贫困养殖户发放湖羊妊娠母羊55只,预计每户可增收3000元以上。2015年,由本村能人大户引导组织15户农户,其中贫困户10户。组建生猪养殖合作社,3.发展生猪养殖150头,户均增收4500多元。发展杂粮加工。段笏咀村积极争取忻州市地税局帮扶资金42万元,新建了一座占地2.5亩、厂房面积520平方米、年加工15吨的小杂粮加工厂,大力发展杂粮加工产业。根据经营收益情况,加工厂每年无偿为全村建档立卡贫困户户均发放分红600元左右。同时,吸纳10名贫困户务工就业,使每人每年获得工资性收入5000元。此外,还免费为村民加工包装小杂粮产品,方便群众自产自销。2017年杂粮加工厂实现营业收入35.62万元,扣除成本23.69万元,共为贫困户发放工资和分红8万余元。

改善基础设施　夯实脱贫基础

为改善段笏咀村生产生活条件,村两委和帮扶单位科学规划,认真组织实施街巷硬化、饮水安全、危房改造和环境整治"四到农家"工程。实施了通村公路和街巷硬化工程,方便群众出行和生产;新打深井1眼,管道铺设入户,保障村民用水安全;对26户62名贫困村民进行危房改造,使其居住条件大为改善；新建950平方米的文化活动广场和藏书1160册的农家书屋，修缮粉刷原有戏台，开展送戏下乡演出七场，极大丰富了群众文化生活；通过粉刷墙体、喷涂门窗、新建文化宣传墙，使村容村貌焕然一新，村民的自豪感、满足感、幸福感油然而生，为实现精准脱贫打下坚实基础。

激发内生动力　巩固脱贫成果

段笏咀村注重扶贫与扶智、扶志相结合，切实掌握贫困群众生产生活动态，积极转变贫困群众观念，激发贫困群众脱贫内生动力。采取课堂集中培训、现场讲解示范等形式，扎实开展政策宣传和就业技能培训工作，不断增强政策和技术培训的针对性和实效性，使贫困对象的科技致富能力和自我发展能力得到显著提高。同时，注重选树自主脱贫、主动脱贫典型示范户，引导教育贫困群众不等不靠、自力更生、勤劳致富。贫困户王某某，现年63岁，全家5口人，妻子患有严重的糖尿病，常年药不离口。2013年，儿子开大车跑运输，发生事故，赔偿了对方80万元。2014年，家中外债还未还清，儿子又遇车祸去世，留下无助的儿媳和两个正在上学的孙子。由于两次重大变故，彻底将王某某打垮，几乎丧失了生活的勇气和信心。乡村干部了解情况后，主动到王某某家做思想动员工作，排忧解难、鼓气加油。2015年在乡村干部的帮助下，王某某贷款购买优种羊15只，现已发展到53只，养羊收入不但还了部分外债，而且还能资助孙女上学。家里的60亩承包地，王某某种了14亩的富硒谷子、18亩的玉米和20多亩的地膜黑豆，年收入近5万元。而且能在本村扶贫工作队建起的小杂粮加工厂进行免费加工，又节约了不少钱。再加上卖羊的收入，2017年共有7万多元的收入。王某某常说，要乘着国家扶贫的东风自己跑，不能有等、靠、要的思想。虽然他现在还有19万的债务，但是他一点也不发愁。今年他又有了新的想法，想通过扶贫贷款扩大养殖总量，争取在今年再打一个漂亮的种养致富仗。王某某从两次重大的人生变故中重新振作起来，

百村脱贫案例 >>>

本人勇于向命运挑战，自立自强，不向贫困低头，其自强励志的事迹被中宣部和中央电视台摄制组选为5集大型纪实片《承诺》的脱贫典型。榜样的力量是无穷的，在王某某先进事迹的鼓舞下，段笱咀村的贫困群众更加坚定了脱贫致富的信心和勇气，激活了自我发展的内生动力，在脱贫奔小康的道路上，越干越有劲头。

"挪穷窝 摘穷帽 断穷根"
——五寨县经堂寺乡店坪村脱贫案例

原店坪村位于五寨县城东南20公里处，全村163户339人，分散居住在山山峁峁和沟沟岔岔，总面积9.9平方公里，耕地556亩，全部为山坡地和林间小块儿地，产量低，品种单一。2014年识别建档立卡贫困户86户187人，贫困发生率55%，年人均收入仅为1900元，村集体无任何经济收入。脱贫攻坚以来，店坪村紧紧围绕搬得出、稳得住、有保障、可发展的目标，实施集中搬迁。到2017年底，贫困发生率降到1.1%，年人均收入达8300元，高出全县农民人均收入25%，村集体收入达5万元，为全县贫困村整村搬迁提供了样板。

整村搬迁"挪穷窝"

为彻底改变店坪村贫穷落后的现状，早在2003年初，原店坪村村两委班子与村民代表多次座谈讨论，决定从改善居住环境、完善基础设施入手，全面实施移民搬迁。由村委会提出倡议，经村民自愿申请、签订搬迁协议后，确定全村实施搬迁。现在的店坪村位于五寨县城清涟河畔，隶属于前所乡清涟村。到2016年底，共建成平房220座，硬化街道7公里，不仅配套了水、电、村卫生室、广场等基础设施，还实施了上、下水管网，道路踏铺，旱厕改造等工程。同时，在2011年还新建了清涟敬老院，目前有60多位老人入住，彻底解决了搬迁后孤寡老人的生活问题。全村所有人员一户不落、一个不留，实现整村搬迁。贫困户王某某高兴地说："做梦也没有想到能住上这样的房子，以前家里仅靠几亩薄田和季节性采摘野生植物维持生计，现在孩子爸在煤台当装卸工，我在饭店打工，每月收入在6000元左右，4口之家彻底摘掉了贫困户的帽子。"

精准施策"摘穷帽"

搬迁是手段，脱贫是目的。原店坪村立足安置地资源禀赋，通过发展特色农牧业、劳务经济、现代服务业以及探索资产收益扶贫等模式，打出了一套连贯的脱贫致富"组合拳"，确保搬迁群众实现稳定脱贫。大力发展特色产业"强造血"。2017年利用安置点移民新村房顶坡度适宜，光照好等特点及国家相关政策，实施户用光伏发电项目，户均投资2890元，年均增收850元。抓好生态脱贫"稳增收"。2017年，国家实施新一轮退耕还林，店坪村组织成立了欣希扶贫攻坚植树造林专业合作社，当年就带动有劳动能力的贫困户16户31人，参与植树造林538.2亩，每户收入增加万元以上。从管涔山森林局五寨林场和环保局为店坪村提供护林员和清洁工等公益岗位30多个，全部安排给贫困户，帮助他们稳定增收。贫困户贺某某，与其母相依为命，母亲年老多病，他不能外出打工，当上护林员后，除工资收入之外，利用工作之余，挖药材，捡蘑菇，一年下来可收入1万多元，同时还可以照顾老母亲。加强技能培训"促就业"见成效。迁出大山后，全村土地全部退耕还林，店坪村党支部提出"一人就业，全家脱贫"的目标，多次组织各类培训，向外输出劳务213人次，其中贫困户占到31%。搬出大山后的薛某某，每年靠打零工为生，仅能维持全家的温饱，2016年，通过技术培训，到煤台工作，月收入可达3000元，完全摆脱了贫困。

持续发力"断穷根"

要想巩固脱贫成果,就必须有长远的规划和集体项目支撑。店坪村旧址森林资源丰富,自然风光秀丽,景色优美,搞旅游开发店坪村是有先决条件,利用县政府与山西五亿农民兄弟有限公司共同开发五寨沟的有利时机,发挥店坪村旧址得天独厚的自然资源和地理位置,通过"资源变资产、资金变股金、农民变股民"的方式,把全村林地资源作为资产入股山西五亿兄弟农业开发有限公司,通过资产入股得股金,通过土地流转得租金,不断增加村民的收入。

强化党建引领　精准发力"拔穷根"
激发内生动力　脱贫小康不掉队
——岢岚县宋家沟乡宋家沟村脱贫案例

宋家沟村位于岢岚县城东13公里处，总面积8.59平方公里，耕地面积3200亩。2014年识别建档立卡贫困户69户186人，贫困发生率33%，人均收入4300元，村集体经济收入为零。脱贫攻坚以来，以易地扶贫搬迁为突破口，以"一村一品一主体"为主抓手，推动全村脱贫攻坚目标任务的实现。到2017年底，贫困人口全部脱贫，人均收入达到6200元，集体经济收入突破8.5万元，一举摘掉贫困村"帽子"。2017年6月21日，习近平总书记视察山西来到岢岚县宋家沟村，对岢岚县易地搬迁的做法和成效给予了充分肯定，发出号召："请乡亲们同党中央一起，撸起袖子加油干！"

规划先行建新村　群众住上好房子

过去的宋家沟村产业发展滞后，贫困群众收入低下，但是区位优势突出，交通条件便利，耕地面积充足。2017年初，全村被确定为岢岚县建设移民安置中心集镇的样本，率先行动，制定了承接周边14个村搬迁安置的具体方案，筹集资金5200万元，按照贫困户人均补助2.5万元、同步搬迁户人均补助1.2万元的标准，新建移民安置房265间5300平方米，集中安置周边14村145户265人。完善了村内学校、卫生院、文化广场、图书室、党员活动室、超市、饭店、公共澡堂等公共服务设施，实现了水电路畅通，讯视网覆盖，老百姓过上了和城里人一样的美好生活。

产业扶贫促增收　群众过上好日子

宋家沟村把产业开发作为脱贫致富的根本出路，建立"一村五有"产业扶贫机制，推动农民持续稳定增收。一是有脱贫产业，已建成蔬菜大棚62座、羊肚菌培育拱棚25座、育苗园区380亩、中药材基地5000亩；顺利通过3A旅游景区评审，引进山西好玩集团打造的77间民宿客栈，打造特色小吃商铺16处，今年举办了乡村旅游季活动，累计接待游客5万余人次，创收31万余元，推动户均创收2100元。二是有带动主体。引进中仓奥富、红兴伟业、晋粮一品、山西薯宴食品、正心圆功能食品、祥熙农牧养殖等企业，通过"企业+合作社+农户"利益联结机制，实现搬迁户、贫困户在内的群众每户至少联结1户企业、参与1个产业项目、有1人稳定就业，实现稳定发展。三是有合作社经济组织。组建了蔬菜种植、苗木生产、合作养殖、手工制作、电商销售、旅游服务等8个农民专业合作社，带动农民184户，其中贫困户96户，户均增收6476元，同比增长8%以上。四是有贫困户产业增收项目。实施村级光伏发电、万头生猪养殖、规模养驴、980亩"退耕还药"和民间资本零星造地等项目，其中，光伏扶贫联结20户贫困人口每人每年收益3000元，金融扶贫联结22户贫困户每年收益4000元。省总工会驻村扶贫投入87万元，帮助39户贫困户购回农机具19辆、加工机具2套。五是有劳动能力的要有技能。村里开展实用技能培训9次，帮扶142名贫困群众提升了劳动技能；举办了"宋家沟杯"厨艺大赛，组织36名妇女参加剪纸、钩织等"巧手培训"，推动手工制作的旅游纪念品以"店铺+电商"联动销售。

党建引领增动力　发展走上新路子

随着美丽乡村建设和集中安置的全面完成，宋家沟村户籍人口增至390户813人。村党支部吸纳新搬迁户12名党员重组党支部，将搬迁户插花编入5个村民小组，坚持运用"四议两公开"工作法，对村内的产业项目、重大事项以及涉及群众切身利益的民生工程进行决策和实施，坚决不办群众不受益、不参与的事。2017年，全村共拆迁了81户，迁入了145户265人，没有发生上访事件。村党支部坚持凝魂聚气，开展了"感恩教育、法纪教育、习惯教育、风气教育和脱贫光荣自尊教育"五大教育。每周三固定组织群众开展学习宣讲活动，还把教育活动延伸到田间地头，以谈实际、讲故事等形式动员群众学先进、讲文明、树新风；号召党员带头开展"先锋行八大行动"，共有10名党员干部联合9户大户结对帮扶30户贫困户，帮助贫困户理清脱贫致富思路，传授致富经验；组织开展了"干群一家亲"趣味运动会、"感党恩听党话跟党走"文艺汇演，12个演出节目全部是群众演、演群众，期间大张旗鼓表彰"自主脱贫、服务旅游、乡风文明、传承美德"示范户共12户，引导贫困群众主动摒弃"等靠要"思想，激发贫困群众脱贫致富的内生动力，逐步提高贫困农户自我发展能力，实现真脱贫、脱真贫。

下一步，宋家沟村将进一步推动党建与精准扶贫工作深度融合，用活第一书记、驻村工作队、大学生村干部等服务力量，内外并举，同向发力，实现党建与精准扶贫同频共振，为脱贫致富奔小康进程注入强大的动力。

脱贫致富谢党恩 自力更生奔小康
——河曲县刘家塔镇后大洼村脱贫案例

后大洼村距离河曲县城20公里，全村户籍人口190户455人，总面积3.92平方公里，耕地面积1520亩。2014年识别建档立卡贫困人口84户174人，贫困发生率为38.2%，年人均收入4600元，村集体无经济收入。自开展精准扶贫以来，得益于各级各部门的大力支持和各项扶贫政策的贯彻落实，村两委以党建为引领，以产业为抓手，推动后大洼村不仅摆脱了贫困，而且绿草满坡，旧貌换新颜，到2016年底，全村建档立卡贫困户全部实现脱贫，年人均纯收入7200元，村集体经济收入达到9万元，成了乡风文明，乡村美丽的典型村、示范村。

党建引领 筑牢脱贫基石

后大洼村煤炭资源丰富，依托这样的便利条件，后大洼村本可以脱贫致富。但是，也正因为这煤炭资源，导致村内利益分配不均，百姓告状上访此起彼伏，一度成为人们口中的"问题村""矛盾聚集村"。脱贫攻坚工作开展后，根据县委、县政府"建立抓党建促脱贫攻坚长效机制，破除软弱涣散党组织，构建农村基层脱贫攻坚以'村为主、贫困户为主、群众做主'的工作机制"，村两委转变思维，从党建出发，进一步增强服务脱贫的思维意识。实施帮扶全覆盖行动。选优驻村第一书记1名、工作队长1名及队员5名、乡包村干部1名，对后大洼村贫困户实行驻村帮扶全覆盖，开展逐户走访调查，分析致贫原因，寻找帮扶措施。实施思想武装行动。组织党员领导干部、村两委干部、第一书记、驻村干部学习培训精准脱贫理论全覆盖。4年间，后大洼村对每名农村党员和帮扶干部进行设岗定责、公开承诺，促进党群干群关系和谐发展。同时针对个别党员干部不作为、慢作为的问题，加强整顿，有效激发党员干部干事创业活力，助力脱贫攻坚。在村两委班子和扶贫干部的带领下，后大洼村逐渐改变了过去的风气，村委主动担当，对28户农户实施了危房改造；协调地方煤矿每年给村集体9万元固定回报，用于完善水、电、路等基础设施和建设村级活动场所、红白理事会、村卫生室等公共服务设施。一时间，整个村形成了小事找干部、大事找村委，群众有活干、生活有改善的氛围，由矛盾上访村，变成了党建示范村。

本村82岁贫困户吕某某，老弱多病，靠着老两口多年劳作练就的体力，勉强刨种着仅够维持口粮的地，艰难地生活着，之前住的窑洞也是破烂不堪，看了这样的情况，村两委和帮扶干部首先帮助他家申请了低保、实施危房改造项目，让他们住进了宽敞明亮的新房子。对现有的14.08亩退耕还林给予补助9152元，老人没事就到广场晒晒太阳，身体和精神也越来越好。

发展产业　铺就脱贫道路

治贫之本在于产业。从2016年开始，村两委和驻村帮扶队员在研究本村传统产业的基础上寻求突破，将种植仁用杏、小杂粮和养殖肉牛产业作为本村的主导脱贫产业。2016、2017年实施了737.09亩以仁用杏为主的干果经济林产业，给予贫困户退耕还林补助每亩500元。村级购买7.1万元尿素、硝酸磷，免费发放到贫困户手中，利用扶贫资金13.9万元购买大、中、小型各类农机具，降低了劳动强度，推进小杂粮种植。同时新建杂粮加工厂一座，实现小杂粮从粗放型到集约型的转变，有效提高贫困户增收效益。争取上级财政资金110万元实施养牛业，利用小杂粮桔梗粉碎后喂养肉牛，降低养殖成本，使各个项目有机结合，形成循环经济体。同时支持引导四海进通、莲芯硒美、草原和牛等本地农业龙头企业，与贫困户建立仁用杏、小杂粮等农副产品订单销售机制。

乡村振兴　夯实脱贫成效

为了进一步夯实脱贫成效，后大洼村通过打好建设基础的"组合拳"，让"建家园"与"兴产业"有机结合起来，着力在改善村容村貌，净化村风，拓宽产业，促进就业上谋发展。从2014年开始，用3年时间投入资金230万元实施了整村提升工程，实现了自来水户户通，建起了村级卫生室并配备了村医，修建了文化广场，安装了健身器材等，村庄道路两侧全部绿化，同时实施了神河高速公路沿线特色风貌的村建设项目，基础设施得到建设维护、村内村外得到亮化，礼仪仁孝搬上墙面，极大地改善了人居环境。

一村一特色，一村一风景，如今的后大洼村是一个集绿化、美化、亮化、硬化为一体的乡风文明振兴村，村庄面貌焕然一新。产业兴旺，生态宜居，乡风文明，治理有效，生活富裕，后大洼村实现了完美蜕变，走出了一条脱贫致富和奔小康同步发展之路。

干群同心抓脱贫　倾力打造小康村
——保德县韩家川乡官居村脱贫案例

　　官居村位于保德县韩家川乡东南方向5公里处，距县城30公里，全村总面积2.53平方公里，耕地面积1200亩，户籍人口116户332人。2014年识别建档立卡贫困户44户114人，贫困发生率34.3%，年人均收入不足3000元，村集体经济无收入。脱贫攻坚以来，官居村以发展种养殖业为核心，以贫困村整村提升为抓手，推动全村产业增收和基础设施建设全面发展，到2017年底，全村贫困户人口全部脱贫，年人均收入达到6900元，村集体经济收入突破7.8万元。2018年，官居村被县委评为脱贫攻坚"红旗村"。

培育主导产业　实现持续发展

　　群众要脱贫致富，发展产业是治本之策。多少年来，村民主要以种养殖为生，规模小、分布散、抗风险能力差，收入在低水平徘徊。为逐步转变群众生产经营观念，村两委尝试从发展合作化经营模式上求突破。2017年，村委依托本村华盛养殖专业合作社发展设施养殖业，养牛84头、驴

106头。在饲料供应上，采取"合作社+贫困户"的模式，与贫困户签订协议，以略高于市场价回收玉米、牧草、苜蓿等原料，带动本村及周边村的23户贫困户户均年增收5000多元。在资金筹措上，将省财政村集体发展扶持资金100万元和贫困户贷款75万元入股到合作社，带动15户贫困户户均收益4000元，村集体收益6万元。在提供就业岗位上，雇用10名贫困劳动力入社打工，人均年增收2万元以上。合作化生产经营，让官居村走出一条适合自己的增收脱贫路。贫困户韩某某一家2口人，过去依靠传统种植，全家人均收入徘徊在2000元左右。自从被推荐到专业合作社，韩某某喂牛每月工资2600元，妻子做饭每月工资2000元。为壮大村集体经济，巩固脱贫成效，实现持续增收，2017年，投资150万元，新建1座200千瓦光伏扶贫电站，收益的60%用于支持深度贫困户兜底脱贫，40%用于村级公益事业，通过清洁村里卫生、护林用工等以奖代补方式带动贫困户增收。

多方争取资源　打造宜居环境

健全的基础设施、良好的公共服务，是营造宜居美丽乡村的基础。官居村以贫困村整村提升为契机，先后投入100万元，着力完善基础设施建设，提升公共服务，全力打造美丽宜居环境。

基础设施方面：新建200立方米蓄水池并从邻村引水入村，彻底解决了官居村的缺水历史；拓宽入村道路并新建挡墙1200米，整治村内广场300平方米，光纤宽带进村，手机信号实现全覆盖，通讯服务网络基本形成。公共服务方面：新建60平方米标准卫生室，配备村医1名，提供基本医疗服务；新建100平方米文化活动室，配备文体活动器材20余件，为丰富群众业余生活创造条件；植树2300株绿化村道，粉刷村内墙面9000平方米，造旱厕16个，新建垃圾池2个，改造村内水路5处，整治村内局部环境4处，在村口新建村标墙和标语牌，村规民约上墙，在主要街道、显著位置粉刷和张贴宣传标语、宣传画，营造浓厚的文化氛围，村内面貌焕然一新。

因村因户施策　确保不落一人

干部帮扶是做好各项脱贫攻坚工作的重要保障。县人民法院作为帮扶单位，多次进村入户走访，宣传扶贫惠民政策，解决贫困户生产、生活中的热点难点问题。针对初加工农产品难的情况，驻村工作队为村内购置了一套小杂粮加工设备，方便群众日常生产生活。针对村内1000亩老红枣树产量不高、品质不好的问题，村两委和驻村工作队主动协调林业部门进行老枣园改造，经过嫁接，进一步提升了品质和产量。在促进生产的同时，积极协调县红源果枣有限公司与枣农签订红枣预售合同，带动44户贫困枣农户均增收900元。为有效激发群众内生动力，开办新时代农民讲习所，定期开展理论宣讲、政策宣传、典型宣介等活动，引导群众丢掉"等靠要"的思想，在精神上把群众重新组织起来，最大限度地激发出他们的内生动力和创业激情。在合作社务工的老韩两口子逢人便高兴地说："国家的扶贫政策就是好，工作队和村干部帮大忙了，现在我从农民变成工人，挣上工资了"。

引光伏　兴梨业　民富居宜稳脱贫
转观念　重示范　典型引领促振兴
——偏关县新关镇高家上石会村脱贫案例

高家上石会村位于县城西南约10公里的崩梁上，总面积8平方公里，耕地面积2735亩。境内沟壑纵横、黄土贫瘠、干旱少雨，恶劣的自然条件导致当地产业项目少，群众增收乏力。全村户籍人口236户687口人，2014年识别出建档立卡贫困户75户182人，贫困发生率26.4%，年人均收入4200元，村集体无任何经济收入。自精准扶贫工作开展以来，高家上石会村结合地方实际，进一步理清脱贫发展思路，再压实主体责任，激发内生动力等方面持续发力，通过狠抓产业扶贫、生态扶贫、精神扶贫，到2016年底，累计脱贫73户175人，贫困发生率降到1%，全村人均纯收入达到6000元，村集体经济突破13万元，实现整村脱贫。

光伏先行　拓宽增收路

光伏发电扶贫，对于高家上石会村这个贫困的山沟沟来说，是一条易推行、见效快、稳增收的精准扶贫之路。2017年以来，利用扶贫小额信贷为71户贫困户每户新建3千瓦光伏发电项目。省电力公司社会帮扶资金为贫困户每户增容了1千瓦。电站建成后，户均年收益在6400元左右。同时，在新关镇贺家山村还新建了400千瓦光伏扶贫村级联合电站一座，其中高家上石会村投资80万元，建设了100千瓦，收益40%留村集体用于公益事业，60%用于贫困户生产奖补。

光伏扶贫项目实现了电站稳定增收，不仅让村集体经济实现"0"的突破，也为村里贫困户送上了一个"大红包"。

梨果产业　栽满致富树

梨树种植在高家上石会村已有30多年历史，过去由于观念老旧，管理经营模式粗放，梨果品质较差，商品率较低，亩产仅300公斤左右，收益约600元。为切实提高贫困户收入，县级整合各类资金，2016年，投资50万元对全村780亩梨园实施了梨园改造和土壤改良项目；2018年投资88万元实施了梨园灌溉项目，投资13.5万元为梨农购买果箱2万个；聘请原平农校的果树专家多次对梨农进行了梨树栽培、修剪、病虫害防治培训，今年对全村的梨树进行了修剪、套袋；组织成立迎辰专业合作社，对全村的梨园进行统一管理、经营，经过精心管护，梨树树形、梨果质量明显提高，亩产达到近900公斤，比改造前翻了两番，梨果成熟后将大幅度提高梨果的商品率，预计能够进入市场的梨果约50万公斤，产值100万元。在此基础上，针对1万公斤品相差、不能上市的梨果，省电力公司帮扶建立梨饮料加工厂1座，进一步延长梨果产业链条，提升经济效益。

强化设施服务　振兴秀美村庄

以乡村振兴为契机，2016年，县级投资9.4万元改造标准村级卫生室和文化室，并配套文化广场体育器材。投资38.6万元，新建供水点3座，100平方米蓄水池1座。2016年年底实现了通水、电、路、气等目标。村委配套2套中型农机具，专人管理维护，低于市场价格租用于贫困户，让每个贫困户都受益。

路修好了，房建好了，袋子鼓了，精神也得好起来！高家上石会村以"四好"创建为抓手，完善了村规民约，按照"五洁净"的要求，对照检查，整改提升，全村做到村容村貌、家庭院落、房前屋后、室内室外干净卫生，整洁和谐，注重村民个人卫生的整改提升，真正做到卫生习惯好、生活习惯好、勤劳自律习惯好。

仅仅两年多时间，曾经贫穷落后的高家上石会村发生了翻天覆地的变化。2018年，山西省人大常委会副主任、市委书记李俊明两次深入高家上石会村调研，高度肯定了高家上石会村的脱贫成效，提出"人要精神物要整洁村要振兴，统筹风貌整治发展脱贫产业"的新目标。在脱贫攻坚"八路大军"的大力帮扶下，使习近平总书记视察山西重要讲话精神持续生根开花结果，不断巩固脱贫成效、稳步增收致富，高家上石会村一个全新的小村庄正稳步前进在小康大道上。

"六条腿""一把伞" 打好产业扶贫增收仗
——原平市南白乡下西岗村脱贫案例

南白乡下西岗村位于原平市东南部,全村共122户300人,总面积0.74平方公里,耕地面积1040亩,以传统种养殖业为主。2014年识别建档立卡贫困户39户105人,贫困发生率为31.9%,年人均收入1200元,村集体无任何经济收入。脱贫攻坚以来,下西岗村积极响应党的精准扶贫政策,凝心聚力推进产业发展,村民收入大幅增加,生产生活明显改善。2017年底,全村贫困户已全部脱贫,年人均收入已达到4200元,村集体经济收入突破11万元。

凝心聚力 提升信心

下西岗村生产生活设施薄弱,公共服务设施欠缺,少数有能力的庄稼汉常年出外做工,剩下大部分没信心、没勇气出去的老百姓在这块贫瘠的土地上得过且过。唯一让他们能提起精神的就是本村是抗日战争时期晋察冀边区的运粮站,为解放晋察冀边区做出了巨大贡献,受到聂荣臻元帅的高度认可。所以只要提到这一段段运粮故事,村民们就有了一股精气神,有了凝聚力。恰逢山西预备役师贯彻落实精准扶贫有关要求,在下西岗村开展定点扶贫。村两委配合预备师,大力宣传要以革命先烈为榜样,以革命精神为指引,凝聚和弘扬打赢脱贫攻坚战的信心和决心;通过广播、电视等渠道,传达习近平总书记情系老区,关爱贫困人群的决心和情怀等等,再一次点燃下西岗村村民与贫困抗战的热情。

发展产业　自立自强

脱贫有信心,关键在产业。多年以来,下西岗村村民一直以养殖业为生,在养鸡养猪等方面拥有传统优势,第一书记和村两委组织村民走出去参观学习,在充分考察品种、市场的基础上,确定了以"六条腿""一把伞"为主的产业扶贫项目("六条腿"就是养猪、养鸡;"一把伞"就是种植食用菌)。采取能人、合作社带动,土地、资金推动等方式,有效推进项目落地见效。在能人、合作社带动方面:2016年,通过采取村民公开报名,候选人公开演讲公平竞标,全村人投票选举的办法,村医王美云被选为土鸡养殖项目带头人,打工返乡村民王建伟被选为食用菌种植项目带头人。同时,组织39户贫困户和17名村民成立了"下西岗村军民黑猪养殖合作社",贫困户占股份77%,贫困户成为产业最大的受益者,"六条腿"产业正式实施。在土地、资金推动方面:2016年7月,村委从贫困户手中以每亩300每元的价格流转90余亩荒坡地和低产枣林地,用于建设食用菌生产基地、黑猪养殖场和散养鸡场,通过土地流转每户增收800元左右;帮扶单位拿出103.5万元作为贫困户入股合作社的股金,贫困户每人分到1500元的效益分红。

精准帮扶　因人施策

虽同处一村,但因年龄结构、身体状况、思维意识等原因致贫原因不尽相同,只有对症下药,因户施策,精准发力,才能实现早日脱贫。为此，村两委和驻村工作队多次走家串户，摸底调查，了解实情。贫困户王某某今年30多岁，母亲张某某，60多岁，母子俩相依为命。因家中土墙倒塌被砸中，导致王国玉行动不便，逐渐没了自信，对生活失去信心。针对他的家庭情况，村两委及驻村工作队利用他有一定的种植小米杂粮的经验，鼓励他流转村中闲置土地发展种植，并加工发展枣类加工，参加村中的合作社。经过两年的努力现在每年种植小米35亩，年纯收入28000元，村集体合作社分红所得9000元，枣类加工收入3000元，成功脱贫出列。贫困户王某某，今年60多岁，因车祸造成终身残疾，失去劳动能力，常年依靠妻子种地维持家庭收入。为此，村委将集体农机具免费让其爱人使用，为村民耕地，增加收入，同时享受到易地搬迁扶贫政策，2017年5月，分配到原平市武彦小区扶贫搬迁房，拿到房钥匙的那一天，他含着泪水激动地说："没想到我一个残疾人半辈子靠国家救济生活，现在还能住上这么好的房子，感谢共产党，感谢习主席。"

在各项精准扶贫政策的引领下，"六条腿"产业越跑越快，"一把伞"撑开了一片天。据2018年种养殖统计，全村鸡5000只，猪270头，食用菌10亩，下西岗村成功地甩掉了贫困村的"帽子"。村民突破了故步自封的保守思想，由"口袋富又变成了脑袋富"。如今，下西岗村的方壁烈士纪念碑前，下西岗村民书写了红色革命的历史和与贫困斗争的历程。全体干部群众一面怀念着烈士的丰功伟绩，一面向决战贫困吹响号角。

发展乡村旅游　助力精准脱贫
——五台山风景名胜区蛤蟆石村脱贫案例

蛤蟆石村依山而建,坐落在佛教圣地五台山脚下清水河河畔,是五台山风景名胜区的南大门。全村户籍人口128户283口人,总面积4平方公里,其中耕地面积86.57亩。2014年识别建档立卡出贫困户26户54人,贫困发生率19.1%,年人均收入2240元,村集体经济没有任何收入。脱贫攻坚以来,得益于扶贫政策和脱贫措施的精准给力,到2016年底,全村累计脱贫25户50人,贫困发生率降至1.5%,年人均收入达到4850元,村集体经济收入达到9万元,成功实现了"摘帽"脱贫。现如今,村民们的收入来源更加多样化,精神文化生活也更加丰富充实,日子过得越来越幸福。

发挥区位优势　大力发展旅游产业

蛤蟆石村距离五台山核心景区仅20多公里,但多年来,村民们经济主要以种植土豆、玉米以及小杂粮为主,守着青山绿水却过着贫困潦倒的生活。村两委干部、第一书记和驻村工作队在认真分析研究本村地处世界遗产地五台山风景名胜区南大门,发展旅游产业具有位置优势后,决定从旅游产业中闯出一条脱贫致富路。2016年4月,在前期慎重地选址和规划的基础上，蛤蟆石村投资34.5万余元在旅游线路沿线兴建起了一座占地2000多平方米，集旅游产品、农副产品销售为一体的商贸市场。为进一步激发贫困户内生动力，支持鼓励贫困户自主创业，设立产业扶贫奖补政策，对自主创业的贫困户补贴200元、300元、500元不等的启动资金。同时购置了42个货柜，免费提供给所有贫困户。经过一系列措施的有力推动，年底实现了市场年销售收入50多万元，成功帮助22户30名贫困村民稳定脱贫。谈起现在的生活变化，村民郑某某感慨地说："自从村里发展乡村旅游，开设香蜡市场和农家乐，使我家的日子越过越好，按现在这个发展速度，用不了几年，我们村就会成为景区的小康村。"

提升公共服务　　建设美丽宜居新村

为适应当地旅游发展需要，加快推进蛤蟆石村旅游扶贫工作，村两委将建设美丽宜居乡村作为整村脱贫的重要抓手，按照"环境美、生态美"的要求，村集体筹集资金240余万元进行了整村整治。先后拆除严重影响村庄环境的10间彩钢房、2个猪圈、7个牛棚400余平方米的临时建筑；硬化路面5700余平方米，街道两旁铺青石人行道1700平方米，打造了1000余平方米的绿化带；建起了占地1800平方米的3个停车场，方便游客车辆停放；打造了一个1600平方米的文化活动广场，铺建了300米、宽6米的高标准通村亮化景观大道；修建了6间红白事宴理事会和1座蓄水池等。通过环境整治改善了居住环境、完善了基础设施、提升了生活质量，加快了通过发展旅游实现稳定脱贫的步伐。

搭建就业服务平台　　推动自力更生脱贫

为进一步提升贫困群众内生动力，支持引导贫困户通过自力更生、辛勤劳动实现稳定脱贫，蛤蟆石村搭建起了就业服务平台，设立了清洁员、护林员、公益林管护员、生态林管护员等公益性岗位，聘用贫困劳动力，让他们通过劳动获得稳定的收入，自力更生实现脱贫。平台搭建以来，先后聘用村级清洁员2人，年人均收入6000元；护林员4人，人均年收入4000元；公益林管护员和生态林管护员2人，人均年收入6000元，这些贫困家庭通过自身劳动成功实现了增收脱贫。

总之，蛤蟆石村通过发展乡村旅游扶贫，搭建就业服务平台等措施，极大地促进了村级各项事业的发展，在增加农民收入、加快农村产业结构调整、推进农村生态文明建设、统筹城乡发展等方面发挥了重要作用，真正实现了让产业兴起来，让农村美起来，让贫困人口富起来的脱贫目标。

百村脱贫案例

临汾市

牵住产业"牛鼻子" 造血自强"拔穷根"
——翼城县浇底乡翟庄村脱贫案例

翟庄村位于浇底乡南垣，距离浇底乡政府约4公里，辖翟庄、付家庄、南庄3个自然村，耕地面积3452亩，总人口165户521口人。2014年识别建档立卡贫困人口75户260人，贫困发生率49.9%，全村年人均收入2000元，村集体经济收入为零。近年来，在村两委干部、驻村干部的帮扶带动下，认真对接落实各项扶贫政策，大力发展苹果、连翘等主导产业。到2017年底，累计脱贫72户254人，贫困发生率降至1.15%，全村年人均收入超过3500元，村集体经济收入突破5万元，顺利摘掉了贫困村"帽子"。

培育产业鼓腰包

为了转变传统的农业发展方式，村两委干部、驻村干部在反复研究、考察调研的基础上，确定把发展苹果产业、连翘产业以及小杂粮种植作为带动村民脱贫致富的重要抓手，在原有种植的基础上，推进规模提档、标准提升、管护提精。到目前，全村已发展苹果种植650亩，其中47户贫困户254亩；已挂果240亩，其中贫困户挂果面积90亩，每亩为果农增收

5000元。加大扶贫支持力度，凡是新发展苹果栽植，给予统一购苗、发放管护费补贴，提高农户发展的积极性。在2016年、2017年，贫困户共享受产业扶贫资金23.72万元。同时，坚持栽管并重，成立了30人的经济林专业管护队，包片包地，全面负责经济林产前、产中、产后服务。因地制宜，大力发展连翘种植，其中贫困户共发展连翘种植1815.6亩，3年后可挂果实现收益，每亩增收5000元。探索"龙头企业+合作社+基地+农户"的互利共赢模式，积极与临汾河东元众农业开发有限公司联系协作，带动贫困户发展谷子种植，2017年签约了17户贫困户69.5亩的谷子，每亩增收400元。

完善基础展新貌

基础设施的不完善一直制约着翟庄村的经济社会发展，在帮扶单位临汾市纪委的帮扶支持下，大力推进水路、电网等配套建设力度，村庄面貌焕然一新。投资382.39万元，修建了2条交通专项扶贫公路线，村内道路实现了互联互通；投资74.38万元，建成100千瓦村级光伏发电项目，实现了集体经济收入的破零；投资26.5万元，完成经济林提水灌溉的水利专项扶贫项目，解决了农业用水"最后一公里"的难题；投资15万元，建设文体活动广场，解决了翟庄村文体设施缺失、文化活动无法开展的问题；投资3.5万元，完成电力改造项目，解决了用电高峰期电压不稳断电的问题。几年来，帮扶工作队整合各项资金共计599.4万元，为翟庄村实现脱贫致富提供了强大的支撑。

扶志扶智"拔穷根"

坚持扶贫与扶志扶智相结合，针对个别贫困户存在"等、靠、要、比、怨"的思想、主动脱贫动力不足的状况，村委会举办了一场脱贫励志报告会，邀请63岁已脱贫的刘文宝老人上台讲述自己的脱贫路，在场的所有贫困户都为之震撼。贫困户付洪某某，习惯了懒散生活，自听了报告后，主动找到村支书，要求发展有机谷子产业，经过努力，2017年收入就达到8000元，实现了脱贫。在苹果产业发展上，定期为村民举办经济林管护技术培训班，特别在果树生长管护期，每半月邀请县果树专家、技术能手到村及时向果农传授管护技术，还组织贫困户到苹果产业成型的里砦镇郑比村、隆化镇北撖村参观果农示范户的果园，学习他们的经验。贫困户付某某，家中原种7亩苹果，为了提升科学管护水平、促使果树早日挂果，他经常参加村里组织的种植管理培训，还购买果树管理书籍进行研究，在2016年第一年挂果喜获丰收的情况下，信心倍增，又新栽植发展了5.5亩。2017年苹果收入达到2万元，顺利实现脱贫，同时，他还当起了村里的果树技术指导员，指导带动更多的村民致富。

2018年，翟庄村在驻村干部的帮扶下，制订了巩固脱贫计划，在新的起点上继续带领村民发展致富产业、拓展致富路径，凝心聚力，抓铁有痕，向实现全面小康迈进。

精准帮扶"驱贫魔" 三位一体"重造血"
——翼城县里砦镇神沟村脱贫案例

神沟村位于县城西北约20公里处，辖神沟、姚家庄、三合庄3个自然村，总面积9.6平方公里，耕地面积4921亩，总人口368户1347人。2014年识别建档立卡贫困人口133户533人，贫困发生率39.6%，全村年人均收入约2200元，村集体经济收入为零。近年来，在市、县、镇各级政府及村两委干部、临汾市房管局扶贫工作队的帮扶带动下，认真对接落实各项扶贫政策，通过扶贫、扶智、扶志三位一体有效帮扶，到2016年底，累计实现130户529人脱贫，贫困人口3户4人，贫困发生率降至0.3%，全村年人均收入达到4000余元，村集体经济收入突破6万元，顺利摘掉了贫困村的"帽子"。

捐资助学播金种

神沟村虽然位置偏远，但是人杰地灵，每年都有金榜题名的学生，但苦于家庭经济拮据，很多学子放弃了上大学的机会。自驻村工作队帮扶以来，高度重视助学事宜，他们号召全体党员及爱心企业捐资助学，成立了"神沟助学基金"，先后资助神沟村2015、2016、2017、2018四届贫困大学生21名，一本学生每人资助5000元，二本学生每人资助3000元，每人1个拉杆箱，已累计发放助学金11万元，保障了贫困大学生顺利完成学业，为神沟村的发展播下了一粒粒希望的"金种子"。同时，每年六一儿童节来临之际，临汾市房管局党员干部都会和社会爱心人士一起来看望神沟小学的29名留守儿童，为孩子们送上图书、文具等万余元的学习用品"大礼包"，并且鼓励孩子们好好学习，用优异的成绩报效祖国。通过一系列的扶智、扶志措施，神沟村形成了刻苦钻研、学风向上的良好氛围，极大地提振了广大村民脱贫致富的信心。

完善基础"驱穷根"

神沟村地处石姑娘山南麓，海拔820多米，地下水资源匮乏，长期以来形成靠天吃饭的困局，打井取水成为当务之急。在各级领导的大力支持下，争取到"一村一井"的好项目。在驻村工作队的支持下，筹资80万元建成1眼深达550米的水井，不仅可以灌溉经济林400余亩，而且直接或间接给广大村民增收300余万元，村民们亲切地称之为"母亲井"。利用村北企业打出地下河水的契机，投资20余万元建设了覆盖全村耕地的万米灌溉管网。至此，神沟村所有的耕地全部变为水浇地，彻底改变了几千年来靠天吃饭的窘境，极大地提高了村民发展种植、养殖的积极性。2017年8月，以村组织活动场所达标为契机，筹资23万元，将原神沟小学改造成总建筑面积750平方米的村级组织活动场所，有新时代农民讲习所、扶贫工作室、谈心谈话室、党群活动室、计生办公室、文体活动室、档案室"一所六室"一应俱全，既方便了办公，又为村民提供了学习、活动场所。

精准施策兴产业

神沟村地理位置偏远，农民增收渠道单一，村两委班子会同驻村工作队积极对接各项产业扶贫政策。建成了100千瓦光伏电站，每年可为村集体带来固定收益，其中收益的40%用于带动贫困户发展，10%用于慰问村里70岁以上的老人，剩余50%用于村集体发展公益事业。22户贫困户集资建设的6千瓦小型光伏电站也建成并网发电，每年可为贫困户带来2000余元的收益。成立神沟村养羊合作社，肉羊存栏达到500余只，带动80余名贫困群众发展，年人均增收2000余元。有了水源的灌溉，神沟村苹果亩数增加了46%，达到1500亩，其中贫困户发展150亩；芦笋种植面积也增加了63%，达到330亩，其中贫困户发展55亩。同时，积极开展消费扶贫，驻村工作队利用自身行业优势每年帮助村里销售羊肉、苹果等农副产品，已经购买近100万元；依托神沟村电商扶贫工作站，采取"互联网+"的模式帮助销售村里的农副产品，仅2017年就为村民增收20余万元，其中贫困户增收8万元。

站在新起点，精神饱满、脱贫致富的神沟人，必将在精准扶贫政策阳光的进一步沐浴下，在各级党员干部的进一步帮扶下，昂首迈入全面小康。

村庄旧貌换新颜　打赢脱贫攻坚战
——洪洞县苏堡镇后山头村脱贫案例

后山头村位于苏堡镇北部边界，是典型的丘陵村庄。全村耕地面积887.25亩，总人口112户365人。2014年识别建档立卡贫困人口42户139人，贫困发生率38%，全村年人均收入1050元，村集体经济收入几乎为零。得益于扶贫惠民政策和脱贫攻坚措施的精准发力以及驻村干部的倾心帮扶，到2017年底，全村累计脱贫41户136人，贫困发生率降至0.9%，全村人均收入达到4300元，村集体经济收入超过5万元，一举实现贫困村脱贫"摘帽"。

狠抓党建　促建设推动发展

近年来，后山头村把夯实村级组织、建强村两委班子、带强村支部作为硬任务硬指标，抓紧抓实抓好。按照"抓党建促脱贫"的具体要求，在村第一书记石翠的带领下，经常组织党员学习党章、习近平总书记系列讲话、最新扶贫政策措施及精神要求，还结合党员活动日制度，组织开展丰富多彩的扶贫实践活动；严格落实"三会一课"制度，多种形式提升党员的素养，提高带动脱贫的能力。同时，组织广大党员采取送政策、送服务的方式，经常性到贫困群众家中走访座谈，了解他们的生产生活状况，有针对性地开展帮扶。

扶持产业　拓渠道增加收入

提高村民收入是后山头村脱贫工作的重点。近年来，村里借助自然山地优势，重点发展远志、柴胡等中药材种植，目前已发展150余亩，其中贫困户张某某发展了8亩远志、张某某发展了4亩柴胡、师某某发展了6亩柴胡，远志两年半成熟，按照今年价格，亩均增收7000—8000元，柴胡亩均增收3000—4000元。同时，引导贫困户积极发展庭院经济，鼓励特色种养。51岁的贫困户张某某，家有两口人，在村两委干部、驻村干部的帮扶带动下，发展起了肉羊养殖，由最先的8只增加到了现在的20余只。鉴于最初不懂养羊技术，村干部联系县农委、县人社局等技术人员多次上门进行技术指导和服务，提升了科学养殖水平。另外，县扶贫办投资80余万元，在荒山坡上建成1座100千瓦的光伏电站，不仅壮大了村集体经济收入，而且带动了村级公益事业的发展。

建设项目　强基础保障脱贫

为改变基础设施和公共服务滞后的局面，村两委干部、驻村干部积极争取协调有关部门落实资金、落实项目。投资744.35万元，完成后山头村至广胜寺镇旅游路5.47公里的通村道路硬化工程，彻底改变了村民出行难、耕种难、运输难的局面；投资114余万元，建成高效节水灌溉工程，700余亩旱地得到灌溉，为实现稳产、增产、调产打下了坚实基础；投资160余万元，实施人畜吃水井项目，满足了村民生产生活用水需求；投资30余万元，建成了村级卫生室，并配套完善了相关医疗设施，还配备了医务人员，解决了村民在村内无法看病就诊的问题。

多措并举　增途径攻坚贫困

　　为实现脱贫"摘帽",村两委干部、驻村干部认真分析村民致贫原因,因户因人制定帮扶措施,全力帮扶贫困户实现脱贫。整合"技能就业培训""新型职业农民"等培训资源,举办5期农民科学实用技术培训,参训人员达到80余人次,帮助提高了就业能力和科学种养水平。积极宣传并引导贫困户享受金融扶贫优惠政策,大力推进"政府、银行、保险、实施主体、贫困户"的五位一体精准扶贫小额信贷工作,12户贫困户获贷款60万元,用于发展致富产业。此外,2017年7月,村干部联系县人民医院专家为村民义诊220人次,还与因病致贫的贫困户签订了健康协议;对村所有贫困户免缴了2018年度城乡居民基本医疗保险和养老保险。

　　整村脱贫的后山头村已经开启新的发展航程,相信在精准扶贫、精准脱贫政策措施的进一步落实带动下,在各级帮扶干部以及脱贫群众的共同努力下,巩固现有成果、迈向全面小康的步子会越走越坚实。

精准扶贫路　悠悠感恩情
——古县南垣乡五十亩垣村脱贫案例

五十亩垣村位于南垣乡东南部，辖7个自然村，耕地面积2700亩，总人口117户420人。2014年识别建档立卡贫困人口63户283人，贫困发生率为68%，全村年人均收入2700元，村集体经济收入为零。脱贫攻坚以来，县国税局驻村干部将税收工作与扶贫工作高度融合，坚持既"输血"又"造血"，经过乡、村干部和党员群众的共同努力，到2017年底，贫困人口全部脱贫，全村年人均收入达到3500元，村集体经济收入超过5万元，实现贫困村顺利退出。

加大投入　"输血"扶贫强基础

五十亩垣村沟西大拐弯处原来道路狭窄，路面坑洼不平，出行极为不便，在驻村干部的积极协调下，村里投资3万元对该路段实施了加宽改造，确保了村民的安全出行。针对个别群众住房安全难以保障的问题，对13户贫困户实施了易地扶贫搬迁。搬迁户刘瑞琴家原先居住在木柱支撑的土窑洞中，雨天极不安全，享受移民政策搬入新家后，家里既亮堂又安全，整个家庭成员的精神面貌也焕然一新。积极引进光伏发电扶贫项目，建成1座100千瓦村级光伏电站，每年可增加村集体经济收入10万元左右。同时，争取县级项目，为4户"三无"贫困户各建成5千瓦的屋顶光伏发电项目，每年贫困户增加收入4000元左右，被老百姓形象地称为"太阳出来就赚钱"。

驱动内因　"造血"扶贫图发展

为强化农村科技扶贫效力，邀请林业技术人员对全村170余人开展核桃树、枣树等经济林修剪、管护培训，提升科学种植管护能力。大力调整全村农业产业结构，推广种植杂粮、谷子350余亩，总产值可达25万元，户均增收1000余元。由村两委牵头，与四川郎酒集团签订高粱订单收购协议，推动种植高粱488亩，产值可达66万元，户均增收1000余元。2017年，通过公开招工的形式，在村里的一个荒沟开荒造田20余亩，全部用于种植谷子，并成立了集体合作社，采用电商销售与传统销售相结合的方式，将深加工的谷子进行销售，每年增加集体经济收入2万余元。同时，积极推广"新大象"生猪养殖项目，通过"政府+银行支持+企业实施+贫困户"的模式，让每户贫困户获得不低于15%的投资收益分红。

着眼长远　"思想"扶贫谋未来

坚持党建扶贫双推进的思路，县国税局的驻村干部组织全体帮扶党员与村支部党员面对党旗党徽开展"重温入党誓词"活动，教育党员干部时刻不忘党员身份和职责，积极发挥党员的先锋模范作用。国税局党组书记、局长张幕天还为村党员讲专题党课，带领村支部党员回顾建党历史，讲解"红船精神"的内涵与价值体系，引导村支部广大党员积极参与到脱贫攻坚战中，矢志不移坚决打赢打好。联合县文化局"乡里乡亲"文艺队，开展了"送文化进五十亩垣村"文艺会演活动，为村民送上了一道丰盛的"文化大餐"。同时，组织结对帮扶责任人入户宣讲《八大工程二十个专项行动政策汇编》《支持脱贫攻坚税收优惠政策指引》，通过深入解读、积极对接,帮助贫困户用好用足扶贫惠民政策。

2018年,五十亩垣村已经站在了脱贫的新起点上,必将在县国税局的倾力帮扶下,在村两委干部的强力带动下,推进民心进一步凝聚、产业进一步发展、基础进一步改善,迈向更加坚实的全面小康。

齐力攻坚谱新篇　脱贫百姓俱欢颜
——安泽县马壁乡卫寨村脱贫案例

卫寨村距县城28公里，辖卫寨和上马街2个自然村，是马壁乡的北大门。全村总面积约5平方公里，耕地面积2900亩，总人口177户410人。2014年识别建档立卡贫困人口62户173人，贫困发生率42.2%，全村年人均收入4180元，村集体经济收入为零。在驻村干部、村两委以及广大村民的共同努力下，紧紧围绕"产业增收和住房保障"两大核心任务，产业得到大发展、住房得到大改善、基础得到大提升。到2017年底，全村累计脱贫60户169人，贫困发生率降至1.2%，全村年人均收入达到5840元，村集体经济收入突破5万元，整村实现脱贫退出。

做足产业文章　打牢脱贫基础

卫寨村属于传统的农业村，村民一直以来以种植玉米等作物为主，没有其他增收致富的路子，村集体也没有收入来源。脱贫攻坚战打响以来，村里确定了产业增收的核心任务，逐步形成了"光伏+连翘+蔬菜+中药材"的产业格局。2016年，紧抓光伏扶贫政策机遇，投资75万元的100千瓦村级光伏电站建成并网发电，年收益10万余元，村集体经济收入一举实现了破零。光伏收益的60%用于带动贫困户发展，40%用于村集体公益事业。同年，经过多方考察学习，引进泰国大艳红辣椒种植，建立起150亩种植基地，有28户贫困户参与其中，户均增收1200元。2017年，驻村干部积极与县兰村林场对接沟通，并签订管护协议，在青松岭跑马坪区域建立了500亩连翘产业基地，吸纳了16户贫困户从事野生抚育、割灌露翘、拉网隔离等生产性工作，户均增收1000元。借助安徽井泉药业集团入驻安泽的大好契机，全力促成企业与农户联姻，启动了2000亩芍药种植基地建设。目前，药材全部种植完成，每年可带动人均增收2500元左右。

实施集中安置　助力群众安居

卫寨村的两个自然村村民原来住房条件较差，安全隐患问题突出。村委紧抓易地扶贫搬迁政策的实施，通过积极申报、审核认定，对这两个自然村的18户36人实施了搬迁。集中安置工程经过了严格的规划设计，总占地5.4亩，房屋建设投资了90万元，建成6排36间，建筑面积达到882平方米，公共服务及配套设施投资了49.68万元，配有公共绿地、文化健身场所等。集中安置点从规划设计到施工建成，都充分听取贫困群众意见，接受贫困群众监督。由于认真负责、把关严格，依照规划设计、把握时间节点，通水、通电、通路、防洪排水设施、公共绿化、公共健身场所等配套设施都按时按质完成。因住房条件改善，集中安置户中有贫困户17户34人顺利实现脱贫，走上了致富奔小康的幸福之路。

完善基础配套　建设美丽乡村

卫寨村原来基础设施较差，严重阻碍了村经济社会发展。村两委主要干部与驻村干部一道，争资金、跑项目，推动基础设施不断完善。投资12万元，完成了上马街村护村坝工程；投资8万元，完成了卫寨村防洪渠修复；投资5万元，完成1600米的自来水管道改造；投资8万元，完成5公里的田间道路维修；投资0.5万元，完成公交客运站整修；投资16万元，完成农村电网及计费系统改造等，进一步提升了发展保障能力。同时，还积极组织村民大力开展村容村貌、户容户貌环境卫生整治，不仅改善了人居环境，群众的"精气神"也更足了。

2018年，卫寨村继续瞄准产业狠下功夫，在做大做强药材基地的同时，大力发展食用菌和蔬菜种植产业，引领群众由"粮农"向"药农""菜农""菇农"转变，通过不断拓宽村民增收渠道，进一步巩固提升脱贫成果。

老区人民的小康路
——安泽县杜村乡小李村脱贫案例

小李村位于杜村乡政府以东约2公里处，326省道穿村而过。全村辖崖底、小李村、碱土院、良马坪、梨树甲5个自然村，耕地面积2802亩，总人口231户757人。2014年识别建档立卡贫困人口60户171人，贫困发生率22.6%，全村年人均收入4600元，村集体经济收入为零。脱贫攻坚以来，在乡村干部、驻村干部的帮扶带动下，全体村民通过大力发展旅游、光伏和连翘种植等特色产业项目，到2017年底，贫困人口全部脱贫，全村年人均收入超过6800元，村集体经济收入突破70万元。

巧借政策东风　壮大集体经济

发展壮大村集体经济是增强农村基层党组织凝聚力和战斗力、促进农村经济社会各项事业全面发展的重要基础。小李村依托安泽县谋划的"旅游+光伏+连翘"脱贫三件宝，因地制宜，深度挖掘，大力发展红色旅游、光伏产业、连翘种植，村集体经济收入在2017年突破70万元，实现了跨越式发展。依托太岳行署、太岳行政干校等革命旧址，大力发展以"十个一"党性教育和拓展训练为主要内容的红色旅游,全力打造"太岳山上小延安"。经过两年的发展,旅游产业已初具规模。2016年国庆节期间,游客达到4.37万人次,仅此一项村集体经济收入增加5.7万元,18名贫困群众通过景区务工人均增收1800元。2017年,旅游公司加大了吸纳贫困户务工力度,其中27户贫困户户均增收1800余元。依托光伏扶贫政策东风,2016年底投资150万元建成并网200千瓦村级光伏电站,村集体经济年增收20余万元,不仅带动了60户贫困户参与村劳务实现增收,而且村公益事业发展也有了资金保障。此外还为贫困户专门建立了200亩野生连翘管护基地,通过采摘连翘、实施管护,户均年增收1500元。

传承手工技艺 拓宽致富渠道

小李村自古就有手工制作粉条的传统。为了进一步把粉条产业做大做强,拓宽贫困群众增收致富渠道,在第一书记刘相玉的带领下,找场地、建厂房、购设备,开办了小李村粉条厂,主打"传统工艺、手工制作、绿色健康";还配套成立了农民专业合作社,把分散的农户都集中起来,并吸纳了3户贫困户在粉条厂长期务工、有劳动能力的其他贫困户参与临时务工,形成了"公司+合作社+农户"的带动发展模式。通过在粉条厂打工,贫困户有了一份长期、稳定、可靠的收入。贫困户李金林今年63岁了,是手工制作粉条的老艺人,通过在粉条厂长期务工,年工资收入达到2.5万元。贫困户贾某某由于身体原因不能干重活,通过在粉条厂打零工,年增收3000元;今年粉条厂还帮他销售了1.5万斤玉米,收入1万余元。

打造电商平台 助力特产销售

小李村有良好的自然条件和地域优势,有丰富、优质的农特产资源,但由于缺乏专业的销售渠道,优质农特产却一直卖不出去。为了解决销路问题,大学生村干部刘晓宾结合自己计算机专业优势,借助"互联网+"

的新模式，创办了"村官联盟农特产"电商平台。自2017年5月电商平台上线以来，小李村已成功开发并搭建了"微店"和"淘宝"两大微商电商平台，结合村里实际主营"红谷小米""土蜂蜜""散养土鸡蛋""农家土核桃"等独具特色的优质农特产，"村官联盟农特产"电商平台在收购农户产品时还多给每斤0.2元/的惠民补贴。到2017年底，先后帮扶30户农户和29户贫困户共增收5.2万元。网店运营期间，贫困户李海琴发挥自身优势，在网店负责产品的加工包装和物流配送，通过自己的努力每月收入500元。

2018年，在发展好连翘种植管理、粉条加工、电商等的同时，小李村又争取了1700万元的扶持资金，重点用于打造红色旅游以及开发建设休闲田园度假村。通过不断紧密红色旅游与贫困群众之间的利益联结机制，必将进一步巩固提升脱贫成果。

村容村貌大变化　农民增收促脱贫
——安泽县和川镇罗云村脱贫案例

罗云村位于和川镇东北15公里处，北与沁源接壤，沁河绕村而过。全村辖4个自然村、6个村民小组，总人口242户648人，耕地面积5827.4亩。2014年识别建档立卡贫困人口155户389人，贫困发生率60%，全村年人均收入3800元，村集体经济收入为零。脱贫攻坚战以来，在驻村工作队、第一书记等的帮扶带动下，在各级各部门的大力支持下，村里强化基础设施配套，大力发展特色种养业、光伏发电项目等，到2017年底，贫困人口全部脱贫，全村年人均收入达到6800元，村集体经济收入超过6万元，实现贫困村"摘帽"。

完善基础配套　不断提升发展能力

2015年，驻村工作队、第一书记帮扶以来，面对罗云村基础设施落后的实际情况，通过跑项目、找资金、办手续，投资40万元，完成罗云村至河西漫水桥主干道水泥路硬化工程；投资14万元，拓宽了15公里的整村田间路，解决了村民多年下地不便的问题；投资25万元，重建了河西门楼、河西坡护坝工程；投资3万元，维修了2座水窖，保障了村民生活用水。基础设施的不断完善，大大提升了发展保障能力。同时，针对部分村民住房条件较差的问题，利用移民搬迁政策和危房改造政策，为19户贫困户实施了易地扶贫搬迁、51户农户实施了危房改造。建成的玉米栈子集中安置点，极大改善了9户贫困户的住房条件。此外，还协调落实了免费有线数字电视入户、公交入村等惠民措施。

发展致富产业 强化脱贫基础支撑

罗云村是典型的农业村，村民以种植玉米收入为主。为了加快贫困群众脱贫致富步伐，镇村干部、驻村工作队、第一书记结合罗云村独特的自然优势，瞄准产业大做文章，加大农业产业结构调整步伐。2016年，村两委主干协调联系瑞生园公司到村说服群众放弃传统的玉米种植，将土地流转出来改为规模种植收入较高的甜玉米、辣椒，并对种植技术进行指导培训，当年发展甜玉米1000亩、辣椒40亩，带动了23户80人人均增收3600元。2017年，河源养殖专业合作社养殖虹鳟鱼，通过入股和务工的方式，带动12户贫困户户均增收3100余元；兴罗综合农业开发有限公司吸收15户贫困户发展了60余亩"长沙8号"辣椒种植，户均增收1.44万元，还为7户贫困户提供务工机会，户均增收2820元。此外，鼓励贫困户上山采摘连翘，统一收购后每斤再补贴0.2元，带动26户贫困户户均增收1600余元。在此基础上，村里投资75万元新建的100千瓦光伏发电于2018年并网发电，年收益可达10万余元，80%将用在发展扶贫产业上；组织村里有劳动能力的贫困妇女参加了为期15天的月嫂培训、护工培训，帮助她们不断拓宽就业渠道；为年龄偏大的贫困户提供2000余只鸡苗，发展庭院式养鸡；为30户贫困户办理了金融扶贫贷款，支持推动产业发展。

激发内生动力　树立战胜贫困信心

按照习近平总书记"要把扶贫开发同基层组织建设有机结合起来，真正把基层党组织建设成带领群众脱贫致富的坚强战斗堡垒"的号召与要求，坚持抓党建促脱贫，动员发动党员积极向贫困群众宣传党和政府有关扶贫的政策措施，教育和克服"等靠要"思想及依赖心理，树立"主体地位"观念。古山自然村贫困户刘某某，家有两口人，本人因重病导致家中贫困，外债2万余元，精神状态萎靡不振，失去了对生活的信心。在结对帮扶责任人副县长刘合生耐心、细致的劝说和鼓励下，结合实际情况，2015年帮助其调产种植辣椒，当年家庭年收入增加了4000余元，发展信心倍增；2016又增加了辣椒种植面积，另外还种植了1亩多地的连翘育苗；2017年通过积极参加连翘管护，年底家庭人均收入达到1.7万余元，顺利实现脱贫。

2018年，罗云村筹划放大"村委+公司+农户"的经营模式效应，在养殖虹鳟鱼的基础上，再增加中华鲟和三文鱼养殖，并且继续扩大辣椒种植面积。通过不断努力，打造罗云特色养鱼基地、辣椒种植基地，帮助带动更多农户增收致富。

产业带动 基础先行 精准帮带
三轮驱动 铺就小郭村脱贫致富路
——浮山县张庄乡小郭村脱贫案例

小郭村位于县城西南2.5公里处，总面积1.67平方公里，耕地面积1140亩。全村辖8个村民小组，总人口126户436人。2014年识别建档立卡贫困人口69户271人，贫困发生率62.2%，全村年人均收入不足3100元，村集体经济收入为零。近年来，在临汾市科技局驻村干部的支持帮扶下，村两委班子积极组织广大党员群众，大力发展乡村旅游，持续完善基础建设，扎实开展帮贫带贫，到2017年底，累计脱贫66户263人，贫困发生率降至1.8%，全村年人均收入达到9000元，村集体经济收入突破6万元，整村实现了脱贫退出。

抓思路强产业 发展旅游助力脱贫攻坚

小郭村发展旅游有着得天独厚的优势，在驻村工作队的帮扶带动下，乘着全省大力发展旅游产业的东风，引进实施总投资1.3亿元的"印象田园"乡村旅游发展项目，采取"支部+村委会+公司+农户"的发展模式，通过土地流转、产业化运营、村民入股等方式，带动村民大力发展特色餐饮、民俗文化、有机采摘园、休闲农业、观光旅游、电子商务等，目前已投资7900万元。全村流转土地700余亩，其中流转贫困户土地400余亩，每亩年收入500元，吸纳贫困人口80余人在园区务工，年人均收入1.5万元。持续发展壮大村集体经济，积极推行全县创新提出的"支部+公司"的发展模式，在村里增加了休闲垂钓项目，预计2018年村集体经济收入突破20万元。举办了两届浮山县"印象田园"乡村文化旅游节，先后接待县内外游客20多万人次，年旅游综合收入近1000余万元，带动贫困户户均增收近万元。此外，投资80万元建成并网100千瓦光伏发电项目，年收入12万元上，40%用于村级公益事业，60%用于带动贫困户发展。

抓基础强建设　改善风貌服务脱贫攻坚

发展旅游产业离不开基础设施的保障。为此，村两委干部、驻村干部积极争取资金、争取项目提升基础设施和公共服务水平。投资115万元实施了道路排污工程，配备了3辆垃圾专用清理车，安装了100余个垃圾箱，村容村貌得到明显改善；投资30余万元完成人畜吃水工程，自来水管道全部安装到户，实现了户户通；投资近30万元，建成老年活动中心，村里的老人们有了自己的活动场所；投资10余万元，修建村小型文化广场，配备了健身器材，让村民活动有了去处；对村民住房进行统一规划设计，房前屋后两旁栽植了花草树木，绿化面积达到40%，打造成了美丽宜居的居民区；完善提升了村卫生所、农家书屋，配齐了便民超市、公共浴室。今年年初，投资300余万元的辛村通小郭村旅游道路建成通车，进一步保障推动了小郭村乡村旅游产业的发展。

抓精准强对接　因户施策决胜脱贫攻坚

为推动扶贫政策落细落实，针对贫困户致贫原因的不同，逐一研究制订了脱贫计划、帮扶措施。成立脱贫攻坚造林绿化合作社，有30户贫困户入社，实行一人一账户，工资性补贴直接入账，年户均增收1万元。2012年在村南栽植核桃300余亩，累计发放土地流转费90万元，现每亩年纯收入2000元以上，带动30户贫困户户均增收5000元以上。支持鼓励贫困户发展种养业，带动43户贫困户发展养鸡、养猪、养牛，2017年户均增收3000元以上；20户贫困户栽植有机红薯60亩，2017年户均增收1万元。另外，为1户特困户安装了5千瓦的户用光伏电站1座，年收入6000余元。

小郭村秉承新思路、贯彻新理念，以发展乡村旅游、休闲农业为主导，大力推行"村集体+公司+农户"的模式，初步形成集休闲农业、生态旅游、餐饮服务、民俗文化、采摘观光多位一体的农业产业品牌，实现了农村一、二、三产业的融合发展，为决胜脱贫攻坚、全面建成小康、实施乡村振兴奠定了坚实基础。

乡村旅游铺富路　厚德载物谱华章
——吉县屯里镇太度村脱贫案例

太度村位于屯里镇沂水河畔的山间腹地，距县城35公里，距人祖山风景区8公里，全村总面积62平方公里，耕地面积2098亩，辖4个自然村，总人口346户1202人。2014年识别建档立卡贫困人口64户228人，贫困发生率19%，全村年人均收入3500元，村集体经济收入几乎为零。近年来，太度村紧抓全省发展旅游产业契机，在村两委干部、驻村干部等的带动下，大力发展乡村旅游，带动广大群众增收致富，成了远近闻名的乡村旅游示范村。到2017年底，所有建档立卡贫困人口全部实现脱贫，全村年人均收入达到5600元，村集体经济收入超过6.5万元，实现了整村脱贫。

紧抓政策机遇　打造乡村休闲旅游

2015年以来，立足区位优势、资源优势和生态优势，致力打造以"品尝传统美食、体验民俗风情"为主题的休闲农业示范村。村两委聘请专家编制了太度村旅游发展三期规划，组织村民到袁家村考察学习取经，结合村民特长和院落特色，量身打造了"俺村第一课、诚信之家、婚庆风俗体验、小小酒吧、风味虹鳟鱼、独一味烧烤、欢乐谷徒步旅游"等12个主题小园和20个文化旅游产品商铺，推出了"厚川味道体验地"乡村旅游品牌，村民在自家门口就挣上了旅游钱。2017年五一小长假、十一国庆黄金周和2018年五一小长假，全村接待游客10万余人次，旅游收入80余万元，40户贫困户参与其中，依靠乡村旅游实现了脱贫。

依托产业优势　拓展农业观光旅游

2016年，太度村搭乘国家光伏扶贫的东风，将光伏发电与农业发展巧妙结合，采取农光互补模式建设大型光伏发电站，套种油用牡丹和观光牡丹，建成560亩30兆瓦光伏牡丹观赏园，发展农业观光旅游。光伏电站建设所需土地以每亩每年700元的价格从农民手中流转，并吸纳110名贫困户到电站就业，人均年增收3600元，帮助获得了稳定收入。与此同时，立足村土地丰富、水源充足、气候独特的优势，按照"山地果树、川地蔬菜"的思路，发展苹果面积1500亩、日光温室大棚蔬菜200亩，打造农家乐、采摘园等，多样化实施农业观光旅游项目。目前全村有30余人就地务工，带动20余户贫困户户均增收6600元。通过土地流转和建设村级光伏电站项目，年收入12万元，进一步带动了贫困户发展。

传承尚德尽孝　丰富传统文化旅游

"文化滋养，精神脱贫"，文化旅游是太度村乡村旅游的又一大特色。优秀文化传承为太度村的脱贫事业提供强大精神动力的同时，也铸就了村文化旅游源远流长的精神支撑。临汾市"十大道德人物"胡祖金，1990年退休回村后，主动担任村义务宣教员，自己掏钱办板报、办"文明简讯"，在自己家办文化小院，宣传党的路线方针政策，传授法律科技知识；逢年过节组织村民自编自演文艺节目，开展扭秧歌、踩高跷等民俗文化活动,引导和促进了太度村"两个文明"建设,也为培育新农民探索了新路径。太度村已连续举办了29届"好媳妇"、孝顺子女、和睦家庭评选活动;太度村丰收秧歌被定为吉县春节社火表演的保留节目,被列为市级非物质文化遗产。在传统德孝文化的影响下,在模范人物的感召下,不仅村贫困群众受到了熏陶,许多人也慕名到村旅游,进一步带动了贫困群众增收。

太度村通过修缮明清古建筑,挖掘民俗文化,丰富村德村史馆,建设德孝文化长廊,发展美丽乡村文化旅游,推动全村人民共同迈上了脱贫致富奔小康的快车道。站在新起点,乡村旅游、德孝文化必将带领太度村人谱写更加辉煌的发展篇章。

易地搬迁"挪穷窝" "造血扶持换穷业"
——吉县柏山寺乡官庄村脱贫案例

官庄村位于县城西南部,距县城26公里,辖7个自然村8个村民小组,耕地面积4200余亩,总人口403户1261人。2014年识别建档立卡贫困人口172户469人,贫困发生率37%,全村年人均收入1900元,村集体经济收入几乎为零。精准扶贫实施以来,在乡村干部、驻村干部的带领下,组织群众实施易地扶贫搬迁,发展脱贫致富产业,强化基础设施建设,村容村貌、户容户貌、人们的精神面貌发生了翻天覆地的变化。到2017年底,累计脱贫170户464人,贫困发生率降至0.4%,全村年人均收入达到5500元,村集体经济收入突破6.8万元,贫困村实现了脱贫"摘帽"。

"三个保障"搬新家

面对村民七零八散居住在安全难以保证的土窑洞的情况,村里积极对接落实易地扶贫搬迁政策,并且在项目实施过程中做到了"三个保障",即通过科学合理规划设计,让宜居宜业有保障;通过监理监督双管齐下,让质量安全有保障;通过创新方法降低成本,让建设资金有保障。全村有

110户260人通过搬迁住进了美丽宜居的新农村。70岁的搬迁户文某某，原先居住在老村沟圈的几孔土窑洞中，一到雨天雪天，便与外界隔绝，无法进出。在一个下大雨的夜晚老伴突发脑溢血，因不能及时就医而落下了后遗症。实施搬迁后，他零自筹搬进了新家，既方便又安全，还在村委的协调下干上了保洁员，一年收入6000元；有了激情干劲后，他还养起了土蜂，销售蜂蜜年增收1万元。

产业跟进促增收

搬迁跟着产业走。根据群众产业发展和生产生活实际需要，官庄村的易地扶贫搬迁以西掌自然村为主，官庄、月庄、花青岭、柏山寺4个自然村为辅。在搬迁后续产业配套发展中，全村共平田整地400余亩，新增苹果种植面积300亩，新增核桃花椒种植面积共100余亩。2017年，全村的苹果种植总面积达到2600亩，村民人均苹果收入达到5000元以上。48岁的贫困户张某某，搬迁住进新房后，自家果园就在家门口，大大方便了管理。在经过村里组织的多次苹果管护技术培训，加上刻苦钻研学来的技术，自家苹果产量及商品率都大幅提升，7亩果园年收入达到7万元。同时，他不忘回馈乡邻，义务当起了村里的苹果技术指导员，帮助其他果农一同发展苹果产业。

配套基础固成效

为了进一步提升村容村貌，官庄村将易地扶贫搬迁和美丽乡村建设相结合，加大基础设施配套建设力度。2016年以来累计投资800余万元，完成村组道路硬化9.5公里、田间道路硬化2.2公里；修建完成综合性文化活动场所2处，安装体育器材7套；建成标准化行政村卫生室1所，修建垃圾池7个，公共卫生厕所7个；村里还开通了客运班车，163户接通了有线电视等。村民享受到了便利可及的公共服务，日子越过越甜美。

2017年10月,山西省对标提升现场会在官庄村西掌安置点召开,既是对官庄村脱贫成果的检阅,也是对取得成绩的肯定。2018年旧貌换新颜的官庄村,将继续在各项扶贫政策的落实带动下,取得新的、更大的成绩。

精准扶贫助推产业转型　千年古堡焕发勃勃生机
——吉县车城乡朱家堡村脱贫案例

朱家堡村距县城23公里，位于高天山脚下，清水河穿村而过。全村总面积30.67平方公里，耕地面积3700亩，总人口189户628人。2014年识别建档立卡贫困人口110户334人，全村年人均收入1800元，村集体经济收入为零。脱贫攻坚战打响以来，村两委主干、驻村干部对接落实精准扶贫政策，凝心聚力推进产业转型，多措并举完善基础建设，村民收入大幅增加，生产生活条件明显改善。到2017年底，累计实现108户330人脱贫，贫困发生率降至0.6%，全村年人均收入达到6200元，村集体经济收入超过10万元，顺利摘掉了"穷帽子"，焕发出勃勃生机。

产业转型　扩规模提品质

朱家堡村位于高天山脚下，四周都是茂密的原始森林，昼夜温差大、山地多，小流域气候资源十分适宜种植苹果。2015年以来，村两委与驻村干部结合资源优势，把红色苹果产业作为朱家堡村的特色优势产业重点打造，坚持"扩规模、调结构、提品质、树品牌、拓市场"的思路，在扩大苹果种植规模的同时，加大管护培训力度，不断提升苹果品质，持续拓展销售市场，以"硬度好、耐储存""果面好、亮度高""口感好、甜度高"等特点，每年吸引各地果商争先预约订购。目前，全村苹果种植户由原来的20户100人，发展到现在家家户户都种苹果，种植面积也由原来的200多亩增加到现在的1500多亩，人均2亩果园。农忙时节，村民在果园帮工，技术能手每天收入在300元以上。2017年，全村苹果挂果面积达1500余亩，亩均产量3000斤，年产量达到400万斤，果农人均苹果收入达到6000元以上，全村建档立卡的80余户300多人都靠苹果产业实现了脱贫。

扶志扶智　先勤劳后致富

在临汾市旅发委、临汾市道路运输管理局、吉县档案局、吉县红十字会四支力量的合力帮扶下，积极引导村民摆脱"等靠要"思想，有意识地引导贫困群众通过自主发展、辛勤劳动实现脱贫致富。利用光伏扶贫工程，把电站的一部分收益拿出来，设立电站管理员、清洁员、道路养护员、政策宣传员等公益性岗位6个，吸纳15名贫困群众参与其中，通过劳动获取稳定收益；利用生态扶贫工程，聘用护林员8户8人、造林员2户6人，护林员家庭人均每年增收3000元；组织开展苹果生产管理技术培训，提高了80余户贫困果农的科学管护水平。贫困户王某某，全家5口人，因子女上学、缺技术等原因致贫。近年来，通过帮扶引导，全面了解享受各项扶贫政策，他的女儿享受了"雨露计划"补贴；王某某本人通过参加果树管理培训，提高了苹果产量和质量，家中挂果的4亩苹果实现年均收入4万元，除去投资每亩纯收入6500元，实现了增产增收。

巩固成效　强基础齐配套

面对村基础配套设施和公共服务设施方面的短板，驻村干部利用自身部门行业优势，协调投资230万元重新铺设拓宽了三皇峪至车城乡16公里的乡村公路，开通客运汽车预约发车，给沿线农户出行提供了便利；投资80万元修建了土路山至二十八亩坪的田间道路硬化工程，为农民来往田间耕作提供便捷；投资60万元，新建了朱家堡、郭家垛、三皇峪3个文化广场，对文化广场进行了绿化美化，配备了健身器材，丰富了群众文化生活；投资5万元，新建了村级卫生室，让村民就近就能看病；紧抓易地扶贫搬迁和危房改造政策契机，建成郭家垛新村、朱家堡新村、三皇峪新村3个搬迁安置点，2014年搬迁15户57人，2015年危房改造12户29人，2016年危房改造8户22人，2017年搬迁26户74人，保障了贫困群众住房安全。

在脱贫攻坚的道路上，朱家堡村民通过发展苹果产业、完善基础设施，腰包鼓起来了，条件好起来了，巩固脱贫、实现小康的信心更足了、干劲更大了，必将在迈向更高水平发展中助推千年古堡焕发出勃勃生机。

特色产业舞龙头　对症扶贫阔步走
——吉县车城乡桑村脱贫案例

　　桑村距县城15公里，位于宝山脚下、人祖山之南，辖麦城、桑村、底院、香炉畔、白子沟5个自然村，总面积15.8平方公里，耕地面积3800亩，总人口248户864人。2014年识别建档立卡贫困户94户333人，全村年人均收入仅1700元，村集体经济收入为零。得益于扶贫政策和脱贫措施的精准发力、各级党员干部的精准帮扶，绝大部分村民通过苹果产业实现了脱贫致富。到2017年底，累计实现92户332人脱贫，贫困发生率降至0.11%，全村年人均收入突破6400元，村集体经济收入超过10万元，顺利实现贫困村"摘帽"。

做大做强苹果产业

　　桑村由于温差大、海拔高、光照足和独特的自然条件，使得苹果种植成为全村发展的主导产业。2014年以来，在村两委以及驻村干部的带领下，大力推进苹果产业转型升级和提质增效，到2017年底，全村苹果栽植面积达到3800亩，其中挂果面积3300亩，年人均收入增至6400元。为推进苹果提质增效,建立了病虫害联片防治网点,聘请国内知名专家和县、乡科技人才常年进村对基地果农进行培训指导、现场示范,通过减密间伐、科学管理,无公害水果标准化生产发展迅速,保证了苹果的质量,提高了果农收入。贫困户豆某某家种20亩苹果树,通过学习苹果种植管护技术,提高了果品质量,一年可多赚4万元。同时,在驻村干部的帮助下,积极搭建苹果营销信息平台,为果农联系全国各地的果商,苹果年年畅销。

扶志扶智激发动力

桑村贫困人口多,且大部分思想保守、观念落后,缺乏"劳动致富"的精气神。为了扭转贫困群众"等靠要"思想,驻村工作队、第一书记和村干部在对全村贫困户精准识别的基础上,提出了"扶贫先扶智、扶智更扶志"的精准扶贫思路,通过"量身定制",出台了"一村一案、一户一策"的扶智措施,发动农技人员献智献力,对贫困人口进行技术指导和技能培训,让他们找到脱贫之"术"。通过果树技能培训,提高果品质量,村里人均年增收3000余元,村民收入大大提高。贫困户白某某55岁,患有轻微脑梗,2014年丧偶,和上大学的女儿相依为命,家里唯一的收入来源就是5亩果园,又因缺乏科学管理效益不高,由于收入渠道窄,连生活都过不下去。自从参加了村里组织的果树管护知识培训,在果树专家以及县、乡果树专业技术人员的技术指导下,果品质量不断提升,收入也有了大幅增长,发展苹果生产的积极性明显增强。

落实政策保障民生

为打赢脱贫攻坚战,村里坚持把落实好各项扶贫政策放在重要突出位置,确保精准落实到户到人。在驻村工作队、第一书记协调帮助下,2016年投资80万元建成100千瓦村级光伏电站,已累计发电25万度,产生效益

22万元，所得收益60%用于贫困户扶持，40%用于村集体公益事业，已有38人次从中直接受益，有效解决了深度贫困户脱贫的难题。2017年投资247.38万元，完成2000亩果园节水工程项目；投资119.81万元，完成12公里果园防护网搭；投资600余万元，安装杀虫灯120盏，硬化田间路10公里，搭建果园管护房74间，搭建防雹网50亩，硬化巷道1公里，改善了村民的生产生活条件。落实易地扶贫搬迁政策，2016年、2017年还对21户50人实施了集中安置，解决了村民住房安全问题。此外，2017年实现了互联网整村全覆盖，修建了村德村史馆、文化广场，配备了健身器材，完善提升了村图书室和卫生室，丰富了村民的精神文化生活。

桑村通过做大做强优势苹果产业，带领广大村民脱了贫、致了富，还得益于精准扶贫政策的落地落实提升了生活质量。站在2018年新的发展起点，巩固脱贫的大幕已经拉开，有苹果产业的支撑，有各级干部的支持，桑村的脱贫事业发展会更加坚实。

搬出"穷窝窝" 圆了安居梦

——乡宁县尉庄乡仁义村脱贫案例

仁义村位于乡宁县东南方向10公里处,辖仁义、牛皮岭、山西岭、冯下凹、白家山、南塔、大坡7个自然村,总面积9.59平方公里,耕地面积2169.1亩,总人口219户696人。2014识别建档立卡贫困人口187户584人,贫困发生率84%,全村年人均收入1560元,村集体经济收入几乎为零。得益于易地扶贫搬迁、产业扶贫等政策的有效落实,得益于村两委干部、驻村工作队、第一书记的帮扶带动,2017年底脱贫180户591人,贫困发生率降至1.4%,全村年人均收入超过3800元,村集体经济收入达到4.8万元,实现了贫困村"摘帽"。

集中安置解民忧

整个仁义村无资源、无产业,村民居住分散、吃水不便,且地质灾害频发,20多座房屋移位甚至出现塌陷,住房安全得不到保障。为此,村两委班子顺应群众期盼,紧抓易地扶贫搬迁政策机遇,申请项目,申请资金,制定了整体搬迁"两步走"方案,下定决心解决住房安全问题。第一步建成的占地63亩、总投资1679.35万元的仁义新村，集中安置了84户270人，实现了水电、暖网等基础设施和文化广场、医疗卫生所、村集体活动室等公共服务设施的全配套，有效解决了仁义自然村地质灾害问题。第二步建成的占地44亩、总投资1519.91万元的仁和新村，集中安置了113户380人，7个自然村实现了整体搬迁。

精准施策惠民生

搬迁是手段，脱贫是目的。为解决好近200余户村民下山迁居后的发展问题，按照贫困村"五有"目标和"一村一品一主体"的产业发展要求，成立了"绿佳源""睿成"两个农业合作社，带动全村发展特色经济林1004.96亩，其中油用牡丹318.9亩、柴胡434.66亩、花椒146.4亩、樱桃105亩，年人均收入增加4000余元，全村人脱贫致富有了产业保障。结合地域实际和生态优势，成立了"盛林"和"沁园"两个造林合作社，吸纳40名贫困户担任造林员、护林员，年人均收入1000元；吸纳8名贫困户担任森林防火员，年人均收入2000余元。投资71.11万元新建100千瓦光伏电站，年收入12万元，60%用于带动贫困群众，30%用于集体公益事业，10%用于电站运营管理。积极推进金融扶贫，与农商银行签订"牵手贷"协议，带动34户131人年人均分红1000元。同时，还做到了农村低保"应保尽保"、特困人员"应养尽养"、残疾人"应补尽补"全覆盖。

倾心帮扶聚民心

仁义村是地质灾害高发区，寻找安全地址用于建设易地扶贫搬迁工程并不容易，经过省地质勘测队科学勘测，选定一片沟壑填土造地用于建房新址，但填土造地费用不菲。为此，村第一书记曹晋龙、党支部书记加建荣等不停地向领导申请、向部门争取，最终获得100万元资金支持，有效保障了项目顺利开工建设。为了让拆迁补助方案达成统一意见，乡干部、村干部、驻村工作队、第一书记挨家挨户上门做工作,并组织召开全体村民大会,开诚布公征求意见。对有顾虑的贫困群众,还利用三天时间,专门为他们答疑解惑,经过三个月不懈努力、细致工作,最终全部达成搬迁协议。同时,在招标修建、抽签分房等各个环节,都让村民参与、监督,做到了公开、公平、公正。村民对驻村干部等帮扶工作的满意度达到了98%以上。

仁义的巨变既是乡宁县坚决打赢脱贫攻坚战的一个缩影,也是仁义发展史上的涅槃新生。2018年,仁义村将继续完善新村基础设施、公共服务项目等后续工程,加快推进拆迁复垦以及产业扶贫工作,迎着新时代的和煦春风,奋力谱写全面小康的新篇章。

夯实产业之基 决胜脱贫攻坚
——乡宁县台头镇桃花山村脱贫案例

桃花山村位于台头镇东南，辖桃花山、大洼、卧石坡、北宿头4个自然村，耕地面积1250亩，总人口180户565人。2014年识别建档立卡贫困户73户238人，贫困发生率42.5%，全村年人均收入1850元，村集体经济收入为零。按照脱贫攻坚总体部署要求，村里以思想转型、扶志扶智为突破口，以产业辐射、主体带动为主抓手，走了一条"短抓养殖、长抓核桃、坚持不懈抓转移就业"的脱贫之路。到2017年底，累计脱贫72户233人，贫困发生率降至0.9%，全村年人均收入4650元，村集体经济收入达5万元，顺利实现脱贫"摘帽"。

科学谋划 产业发展到位

桃花山村为典型石山森林区地质地貌，立地条件差，不适宜发展苹果、杂粮等产业。2010年以来，村委经过考察研究，将核桃产业确定为主导产业，全村分年度栽植核桃达1000余亩，但存在管护滞后、规模小散的问题，经济效益较低。为此，统筹运用政策激励、技能培训、主体带动等多种措施，建设核桃精品园区125.6亩，将886.4亩核桃林纳入干果经济林提质增效项目，每年每亩给予200元政策补助激励，以此提信心、增动力、促投入，提高村民的产业认可度和发展积极性。2015年与山西农大签订培训指导合作协议，两年来共开展现场教学6次，并常年聘请农广校专业技师到村手把手进行指导，有效提升了村民核桃管护水平。为解决缺乏产品品牌、市场信息闭塞、单打独斗销售等问题，村里成立了花山核桃合作社，动员全村73户贫困户和53户一般户加入合作社。据统计，2017年全村收获核桃2.8万余斤，销售收入21万余元，户均增收1135元。同时，积极发挥三支队伍作用，帮助协调新建100千瓦村级光伏电站，年增加集体收入3万元，带动20户贫困户户均年增收3000元。

精准到户　政策对接到位

根据石山森林区牧草旺盛优势，鼓励农户发展畜牧养殖，全村8户贫困户养羊705只，户均增收5400元；2户贫困户养牛4头，户均增收3000元；今年为7户购进46只能繁母绵羊的养殖户发放产业扶贫补助款4.6万元，为1户购进能繁母牛的养殖户发放产业扶贫补助款6000元。组织有养殖意愿的贫困户参与代养项目，松卜岭养猪合作社带动18户户均增收640元。强化技能培训作用，组织7户贫困户参加家政技能培训，5户贫困户参加养殖技能培训，69户贫困户参加核桃技能培训。加大政策性就业促进增收力度，贫困户中1人被聘为护林员，年增收8800余元；1人被聘为公路养护员，年增收5100元；3人被聘为保洁员，年人均增收3000元。同时，鼓励村民外出务工，13户贫困户通过外出务工户均增收1.6万元。

党建引领　服务保障到位

为充分发挥党建引领带动作用，桃花山村成立核桃合作社党小组和外出务工党小组，把党组织建在产业链上。在核桃产业发展方面，发挥党员在核桃代管、技术帮带、质量检验等方面服务作用，推动产业做精做优。

在推动务工就业方面，发挥党员提供招工信息、技能传授、纠纷维权等方面服务作用，扩大劳动力转移就业范围。同时，紧扣群众需求加大基础设施建设力度，投资45万元新建了村级活动场所；投资248万元硬化大洼、卧石坡、北宿头3个自然村村级道路4.764公里，完成1.4万平方米街巷硬化，极大改善了村民出行条件；投资8.5万元新建60平方米村级卫生室，方便了村民就医；投资30万元，为吃水困难的桃花山、北宿头、卧石坡3个自然村分别新建50立方米、30立方米和35立方米的水库等等。通过一系列基础设施建设，村民的生产生活条件得到极大改善，为实现脱贫提供了基础保障。

  2018年，桃花山村将继续围绕核桃产业做好农产品深加工这篇文章，通过延伸产业链条，提高产品附加值，进一步拉动贫困群众就近就业，不断夯实脱贫攻坚产业基础，为全面建成小康农村和实现乡村振兴提供强有力的产业支撑。

让脱贫致富之路越走越宽
——乡宁县关王庙乡北村脱贫案例

北村位于关王庙乡云头山脚下,辖10个自然村,总面积25平方公里,耕地面积3180亩,总人口558户1763人。2014年识别建档立卡贫困人口237户878人,全村年人均收入2352元,村集体经济收入为零。精准扶贫工作开展以来,在乡村干部、驻村工作队、第一书记的带领下,大力发展致富产业,全力补齐基础短板,深入开展驻村帮扶。到2017年底,累计实现91户347人脱贫,贫困发生率降至1.38%,全村年人均收入达到3400元,村集体经济收入超过5万元,顺利摘掉了贫困村的"帽子"。

走出"造血式"产业扶贫的探索之路

由于当地气候条件特殊,传统的种植养殖方式难以支撑贫困群众脱贫,经过多方考察,在乡政府的大力支持下,立足特色,因地制宜,在北村关安路沿线建设关山花菇大棚,并以此为基地,带动周边3个贫困村发展。首期共建成8栋大棚,每村2栋,每栋可种植花菇1.1万袋,并与农业龙头企业剑泉花菇合作,实行承包托管,产生的效应按比例上交村委,用于壮大村集体经济。2017年底,仅此一项就使北村集体经济收入增加5万元，2栋大棚带动4户贫困户户均增收600元。同时，通过讲解种养政策、种养知识，支持鼓励9户贫困户自主发展了养牛、养猪，户均增收3000元，59户贫困户自主种植了核桃、花椒、连翘170.5亩，共享受扶持补贴7.12万元；在安玉合作社的带动下，72户贫困户发展258.5亩核桃、花椒、连翘种植，共享受扶持补贴10.29万元；利用复垦的300亩土地，由村委统一种植了连翘，并根据收益给贫困户分红，带动了138户贫困户；还与乡宁康隆养殖专业合作社签订带动协议，带动贫困户135户455人养殖黑猪1365头，共享受扶持补贴40.95万元，年人均分红90元。

推进"保障式"基础配套的建设之路

北村原来基础设施比较落后，道路晴天一身土、雨天一身泥，安全饮水无法保证，村级卫生室发挥不了作用。在多方争取、协调支持下，投资840万元，完成关安路9.416公里铺油建设；投资620余万元，硬化8个自然村2.663万平方米巷道；投资340余万元，硬化8处15.6公里通村道路；投资200余万元，完成水利工程8处，对3个自然村铺设2万余米自来水入户管道，解决村民吃水难问题；投资12万元，修缮了村级活动中心；投资8.5万元，完善提升了村级卫生室，让村民能够就近就医。针对部分贫困群众住房条件较差，利用易地扶贫搬迁政策，对36户贫困户实施了搬迁，极大地改善了他们的住房条件。基础配套设施和公共服务设施的极大改善为全村经济发展提供了强大支撑。

铺就"满意式"服务群众的信任之路

在北村脱贫攻坚工作中，驻村工作队、第一书记全心投入、倾力帮扶，发挥了巨大作用，得到了广大村民的认可和满意。2017年12月，驻村工作队筹集资金，为北村小学学生送去了40套校服；包村干部积极协调台商为学生定制了40双新鞋。2018年5月，村第一书记王清霞向县残联申请了4个轮椅、50多副拐杖等，发放到了村年老体弱、身有残疾的人手中，让村民感觉到了党的温暖。

从基础设施建设的巨变到集体经济稳定增收，从易地搬迁的集体安居到深入人心的驻村帮扶，北村已蜕变为美丽乡村的新标杆，站在新起点，开启新征程，奋力书写脱贫奔小康的新篇章。

深化改革创新业　山区小村换新颜
——大宁县曲峨镇山庄村脱贫案例

山庄村位于曲峨镇南垣的二郎山脚下，距县城14公里，辖上山庄、下山庄、于家山、路家腰4个自然村，耕地面积1600.5亩，总人口105户385人。2014年识别建档立卡贫困人口54户189人，全村年人均收入仅有1100元，村集体经济收入几乎为零。脱贫攻坚战打响以来，山庄村坚持"强党建、抓改革、促脱贫"的发展思路，全村上下凝心聚力，攻坚克难，经过不懈奋斗，到2017年底，贫困人口全部脱贫，全村年人均收入增加到4000余元，村集体经济收入近30万元，整村实现了脱贫。

抓党建　增强脱贫新动力

遵照习近平总书记"越是进行脱贫攻坚，越要加强和改善党的领导"的指示，山庄村在"最美书记"贺兰珍的带领下，把加强党的建设、夯实基层组织作为第一抓手，抓"三基"、补短板，努力实现党的建设与脱贫攻坚的"双促双赢"。率先在全县启动了"三基建设"，投资15万元新改建党员活动室、会议室、阅览室等5个支部功能室，党支部的政治功能、服务功能得到全面加强；建立了党员干部包扶贫困户制度，全村11名党员与村特困户实行"一对一"结对帮扶，合力攻坚。积极组织村两委干部及党员参加县脱贫攻坚、党建、党风廉政"三位一体"培训、"领头雁"培训，全面掌握熟知脱贫攻坚政策，提升干事创业、攻坚贫困的能力。

抓产业　夯实增收新渠道

利用当地良好的土地资源和气候条件，山庄村大力发展核桃产业，累计栽植清香型核桃树560亩，年产值达到220余万元，户均增收1.5万元左右。2017年，帮扶单位县政协免费给54户贫困户发放了1200余只乌鸡苗，每户每年销售乌鸡蛋可增收3000余元。同时，积极引导扶持贫困户种植小杂粮、中药材等特色产业，进一步拓宽了增收渠道；2017年总投资210万元建设的300千瓦光伏发电项目，2018年6月开始并网运营，年收益可达20万元以上，除10%用于管理运维等费用外，其余90%将全部用于集体公益事业和带动贫困户发展。

抓建设　推进乡村新变化

2017年以来，在实现了水、电、路网全通的基础上，投资300余万元实施整村提升项目，改扩建村委500平方米，增设了农家书屋、活动室、澡堂、教育培训中心、档案室、合作社一事一议室、村卫生所；扩建了党建文化广场1300平方米，并安装了体育休闲设施；在村主干道两旁设立了50个养花箱、安装了20盏太阳能路灯，还绘制了文化宣传墙。特别是筹资修建了占地160余平方米的文明理事会餐厅，购置桌椅、灶具等供村民免费使用，还统一了酒席、随礼标准，推动破除愈演愈烈的攀比之风、浪费之风。

抓改革　闯出发展新路径

按照县委、县政府"深化农村改革、振兴乡村经济"的发展思路，山庄村大胆探索、先行先试，通过建立"党支部+合作社+贫困户"的发展模式，先后完成了清产核资、成员界定、股份量化等工作，成立了股份经济联合社。清产核资每亩每年流转收入40元的集体耕地40亩、每亩每年补贴10元的集体公益林地803.5亩、可经营性在建集体资产80万元，共计81.6835万元，并以每股200元折股量化到了界定的93户284名集体经济成员身上，作为其参与集体收益分配的依据。2018年，山庄村成立的"村社一体"专业合作社承接了总投资240余万元的村级文化广场建设、小型水利工程建设、整村提升项目建设、购买式造林等11个工程项目，劳务收入35万元，带动17户贫困户、19户非贫困户户均增收9700余元，村集体经济收入增加约25万元。

幸福都是奋斗出来的。2018年，山庄村将继续以党建为引领，借攻坚深度贫困"一县一策"东风，做大产业、做实项目，带领群众在更高层次的发展道路上越走越远。

打好扶贫"组合拳" 打赢脱贫"攻坚战"
——隰县寨子乡峪里村脱贫案例

峪里村位于寨子乡东北方向，距县城35公里，由峪里和庄上2个自然村组成，全村160户447人，耕地面积3100亩。2014年识别建档立卡贫困人口32户109人，贫困发生率24.4%，全村年人均收入2000元，村集体经济收入为零。近年来，在上级扶贫政策的红利下，在第一书记的带领和驻村工作队的帮扶下，大力开展产业扶贫、基础扶贫、文化扶贫等精准扶贫工程。到2017年底，累计30户105人实现脱贫，贫困发生率降至0.9%，全村年人均收入达到5000元，村集体经济收入超过10万元，一举甩掉了贫困村的"帽子"。

"一颗好梨"托起小康梦

玉露香梨作为隰县的主导产业，在政府大力培育县域支柱产业的同时，峪里村群众也在这次产业兴旺的道路上尝到了甜头。在规模发展上，政府免费发放苗木、免费腾地打坑、免费高接换优，新发展玉露香梨密植园560亩，成为群众脱贫致富的主导产业。在标准管理上，邀请农科院专家、果业技术专干,通过集中培训、现场指导等方式,提升群众果树管理水平,为群众果树生产的产量和质量奠定了技术基础。同时,建成1座可容纳150人以上的科技培训室,通过产业、管理、技能多方位培训,为全县发展积累乡土人才资源。在果品营销上,以创建"隰县玉露香梨"区域公共品牌为推手,免费为群众提供电商培训,积极开展果树定制认养、梨花节、采摘节等活动,玉露香梨的知名度和美誉度大大提升,出现了供不应求、量价齐升的喜人局面。村里的年人均收入由之前的不到1000元增加到现在的年人均收入8000元,贫困户的年人均收入也突破了5000元。玉露香梨迅速成长为峪里村农民脱贫致富的摇钱树。

基础提升助力脱贫攻坚

基础落后、设施陈旧不仅给村民生活带来了极大不便,也影响了峪里村的精神面貌。对此,驻村工作队、第一书记、村两委班子成员想方设法,破解难题,实施了一批民生工程,让偏远山村旧貌换新颜。在公共服务方面,一期建成了100千瓦村级光伏电站,每年可以为村里增加13万元收入,村集体收入实现破零;第二期100千瓦光伏发电项目也在加紧建设中。在基础设施方面,投资20万元先后为峪里村修建200吨和100吨水塔各1座,铺设输水管道5000米,还投资12万元,新建了2座过水建筑物,改造了175米渠道,配备了1个水泵,有效解决了村民果园浇水难题。此外,对村内巷道进行了硬化,新建了党建活动室、村级卫生所、健身小广场,为村民生产生活提供了便利。在环境整治方面,投资285万元对群众房屋屋顶统一防雨保温处理,形成了一批错落有致、别具一格的建筑风格;针对脏乱差现状,投资70万元铺设污水处理管道,修建化粪池,将粪池、生活污水一次性解决到位,对自来水进行升级改造,实现农户生活上的一次大变革。

文化进村引领乡村旅游

为巩固脱贫成效,以高标准农田建设创新试点项目带动,建设乡村旅游示范村,推动一、二、三产业融合发展。依托峪里村600多年的历史文化,通过编写《村志》、建设"农家'非遗'展馆"、布展农耕时代的"耕耘情怀"、怀旧的"马家老宅"、儿时记忆的"石磨石碾坊"、充满文化气息的"仰德知遵"长廊,打造个性鲜明、文化浓厚、底蕴深厚的山区特色村。规划建设以桃、葡萄、桑葚、玉露香梨、苹果为主的采摘园,以休闲游玩为主的垂钓区,以农家饭菜为主的农家乐,以原生态农产品为主的"农展平台",让外来游客有看点、有吃点。有玩点,同时增加贫困户的临时性和季节性收入,还积极协调贫困户参与项目建设,仅2017年,全村有21户参与打工、运输等项目建设,实现收入39万元,其中13户贫困户参与其中,户均增收1.42万元。峪里村通过积极打造田园综合体,已成为全县产业融合发展的示范村。

峪里村由"穷"变"富"、由"乱"到"兴"的一次"蝶变",不仅为隰县脱贫攻坚积累了经验、提供了模板,也为实施乡村振兴战略开好了头、起好了步,必将引领寨子乡乃至全县群众撸起袖子加油干!

"红枣+旅游"创出脱贫新天地
——永和县阁底乡奇奇里村脱贫案例

奇奇里村位于阁底乡西北部，与陕西省延川县隔河相望，辖奇奇里、下虎山、曹家山、后冯家腰4个自然村，总面积4.43平方公里，耕地面积3890亩，总人口191户732人。2014年识别建档立卡贫困人口108户323人，贫困发生率51%，全村年人均收入2253元，村集体经济收入为零。精准扶贫工作开展以来，在村第一书记郭若桥以及驻村工作队的帮扶带动下，抓党建促脱贫，积极发展红枣产业、乡村旅游，大力推进基础设施建设，到2017年底，贫困人口全部脱贫，全村年人均收入达到7863元，村集体经济收入突破10万元，顺利实现"摘帽"。

做活"一棵树" 催生红枣发展新活力

红枣是永和县传统优势产业，奇奇里村作为红枣主产区之一，现有枣树3500亩。为把这一产业做优做大做强，第一书记郭若桥通过"院县合作"，邀请专家打造并科学管护1500亩有机枣树，亩产约500斤有机红枣，亩均收入2000元以上。紧抓电子商务进农村的发展机遇，成立了永和县电子商务联盟及奇奇里电子商务有限公司，打造出"永和珍宝"农特产电商品牌，通过电商平台帮助奇奇里村村民销售农副产品近25万元。2017年7月，奇奇里村举办认领枣树活动，每认领一棵枣树向贫困户捐助120元，活动开始仅48小时就认领枣树1000余棵，筹集认领资金12万余元，直接带动贫困户户均增收1600元。村里还先试先行，牵线人寿保险，引进企业赞助18万元，为1500亩优质枣树免费投保，受灾后，贫困户枣农每亩最高获得1000元赔偿。2017年底，奇奇里村仅贫困户枣农就获得红枣保险赔偿32.9万元，户均受益7152元。红枣保险有效解决了群众发展红枣产业的后顾之忧，充分调动了主动攻坚的积极性。同时，成立了永和县兴旺扶贫攻坚造林专业合作社，解决了46名贫困户的就业问题，年人均收入3.2万元；筹资30万元引导贫困户发展散养土鸡等林下经济，带动35户贫困户户均增收4120元。

唱响"一首歌"　构筑旅游发展新格局

乾坤湾是省委、省政府旅游发展规划中黄河版块的主要景区，针对打造景区以及群众反映最迫切的路难走、水难吃、用电难等问题，多方争取引进资金2721.5万元，铺设乡村旅游三级公路7.3公里；实施引水入户蓄水池2座，使村民用上了洁净安全的自来水；架设电网线路3.5公里，新增更换变压器2个，建设户用光伏电站39个，安装太阳能路灯45盏，改善了村容村貌，提升了保障水平。以唱响扶贫工作为题材的歌曲《我在奇奇里》为契机，大力推进景区建设，投资226.5万元，铺设3公里景区道路、2.8公里沿黄栈道，并建成景区步道和停车场等，进一步完善了景区配套设施。此外，投资96万元，改造农户窑洞32孔，建成1个可容纳150人吃住的农家乐窑洞群，旅游产业成为奇奇里村的新名片。2017年8月到年底，赴奇奇里村旅游的人数突破2万人次，人均增收1000元以上。

打造"一个村" 开拓文化扶贫新思路

奇奇里村立足丰富的旅游资源和特色农产品,依托中国摄影家协会和1001名"荣誉枣农"摄影家的大力支持,打造了"中国摄影家永和奇奇里影像村",影像村于2017年10月17日正式开园,全村4个小队家家户户的窑洞、庭院均为展场,展出了26个国家巡展的"红色中国"、希望工程《大眼睛》等1000多幅摄影作品,搭建了1座帮助贫困户增收得实惠的摄影扶贫金桥,吸引了更多游客来奇奇里村及周边村庄旅游,助力贫困群众增加收入。同时,先后举办特色养殖、农村电商等技能培训班20期,培训村民900余人次,确保先"富脑袋"再"富口袋"。此外,2017年10月,奇奇里村与摩拜单车签订了战略合作协议,成为全国首个摩拜单车抵达县一级的先例,双方也将合力打造山西首个共享单车旅游扶贫示范区。

奇奇里村通过做活"一棵树"、唱响"一首歌"打造"一个村",不仅声名远播,更为重要的是把社会各方面力量充分调动了起来,带动更多的贫困群众实现增收脱贫。随着红枣产业、旅游产业、文化产业的不断发展壮大,必将带领奇奇里村村民实现更高水平发展。

"扶志扶智"双轮驱动　"输血造血"双管齐下
―― 蒲县古县乡下刘村脱贫案例

下刘村位于古县乡南部，距县城20余公里，总面积5.3平方公里，耕地面积2300余亩，总人口120户420人。2014年识别建档立卡贫困人口58户183人，贫困发生率43.57%，全村年人均收入2300元，村集体经济收入为零。在临汾市交警支队的帮扶下，以张王平为队长的驻村工作队，坚持用产业带动人、投入保障人、文化熏陶人，"扶志扶智"双轮驱动，"输血造血"双管齐下，贫困群众的脱贫斗志进一步激发、脱贫干劲进一步增强，帮助走出了一条既"富口袋"更"富脑袋"的脱贫攻坚路径。到2016年底，累计脱贫57户182人，贫困发生率降至0.2%，全村年人均收入达到3200元，村集体经济收入超过5万元，贫困村实现了"摘帽"。

夯实脱贫基础　坚持用产业带动人

围绕"一村一品一主体"的产业扶贫思路要求，积极组织带动村民发展"千亩核桃""千亩苹果"种植。到目前，苹果基地发展到1000余亩，挂果面积达到800余亩，2017年收获苹果17万余斤，50户贫困户户均增收

9500余元；核桃基地发展到1000余亩，挂果面积达到700余亩，2017年收获核桃3万余斤，50户贫困户户均增收600余元。在抓好两大产业的同时，又组织村民利用林下及沟坎发展"千亩高粱"等小杂粮种植，进一步拓宽了贫困群众的增收路子。2017年6月，总投资80余万元新建的100千瓦村级光伏电站并网发电，全年收入13.7万余元，60%用于带动村民发展，40%用于村级公益事业。通过一系列产业发展带动措施，极大地激发了群众脱贫奔小康的动力。

强化基础建设　坚持用投入保障人

针对下刘村基础设施存在的短板，在扶贫工作队的大力支持下，协调资金50余万元，对下刘村排水沟进行了改造，有效解决了村民雨季出行安全隐患问题；协调资金45万余元建设的"下刘村恒温储藏库"项目主体已完工，将用于发展苹果产业；协调资金35万余元，改建、新建两个容量分别为30立方米、50立方米的全封闭、无污染蓄水池，有效解决了人畜饮水和农作物灌溉问题；同时，协调县水利部门，给蓄水池安装了"饮水智能化远程监控系统"，大大提升了水资源自动化管理；协调资金4.5万余元，修复改造了下刘村文化娱乐广场，让群众活动有了去处；今年植树节，还协调县林业局落实了380余株风景树苗，美化了村内区域环境。基础设施和服务配套的不断改善，为村民脱贫提供了坚强支撑。

创新活动载体　坚持用文化熏陶人

针对村民文化水平低、文化活动少的实际情况，协调市艺校、市小梅花蒲剧团、市实验蒲剧团开展"文艺下乡"活动；协调蒲县文化局宣传队、蒲剧团、电影放映队为村民宣传政策、免费演出、播放电影等。近3年来下刘村一年一度的"群众文化艺术节"的活动丰富多彩，特别是今年8月份下刘村文化艺术节，村两委联合扶贫工作队，组织村民编排了独唱、舞蹈、三句半、威风锣鼓等近20个文艺节目，极大地丰富了群众的精神文化生活，提升了"精气神"。此外，还有效利用果树管理旺季、冬季农闲时间，协调聘请果树管理专家入村开展果树管理知识讲座累计达46天，并购买果树管理方面的书籍160余册免费赠给果农；在下刘村设立了交通安全劝导站，提醒劝导村民及过往车辆行人遵守交通安全法律规定。今年，利用村街道两边围墙，村里打造了集扶贫政策、村规民约、传统文化于一体的文化长廊，将新政策、新风气、新思想带到了村里、带给了群众。

下刘村在村两委干部的带领下，在扶贫工作队的帮扶带动下，不仅乡村面貌发生巨变，而且村民精气神得到大幅提升。所凝聚的力量、焕发的精神，必将带领村民在实现全面小康的征程中成就更大辉煌。

精神扶贫　思想扶志　树起攻坚不倒旗帜
——蒲县黑龙关镇黎掌村脱贫案例

黎掌村位于县城东19公里处，下辖黎掌、贺家沟、店上、武家洼、贯水凹、温家山、夏家山7个自然村，总面积7平方公里，耕地面积1800亩，总人口371户1176人。2014年识别建档立卡贫困人口132户435人，贫困发生率37%，全村年人均收入2120元，村集体经济收入为零，而且债务高达100多万元。在村第一书记郭伟带领下，在驻村工作队单位和个人的帮扶下，强力开展精神扶贫、思想扶志，大力实施产业扶贫、基础建设，到2017年底，累计实现126户413人脱贫，贫困发生率降至1.9%，全村年人均收入突破3500元，村集体经济收入超过10万元，一举摘掉了贫困村的"帽子"。

精神扶贫为群众"补钙"

为了弘扬正气，提升村民脱贫精气神，村两委、驻村工作队、第一书记共同研究在村里开展精神扶贫系列活动。连续举办了两届"黎掌好人"评选表彰活动，用身边人、身边事教育感化身边人，全村形成人人争做好事、争当好人的良好风尚；坚持每月开展1期黎掌道德大讲堂，干部村民人人动手写、个个上讲台，讲出了身边的善与恶、好与坏；持续开展每天1小时红歌播放活动，用红歌振奋人心；组建成立百人文化队，积极开展秧歌、广场舞、小合唱、威风锣鼓等活动，村民精神文化生活不断丰富；创立"黎掌汇"信息平台，使群众第一时间知晓村内大小事；总结提炼并大力倡导"团结互助、和善友爱、乐于奉献、积极进取"的黎掌精神，村民发展有了目标、脱贫有了信心。同时，为了让集体主义思想重新根植于村民心中，确定了每周一集体义务劳动1小时的制度，把集体义务劳动作为凝聚集体思想的重要平台，现在只要喇叭一响起，100多位村民便自发带上工具出来参加集体义务劳动。

发展产业为增收"加油"

在开展"精神扶贫、思想扶志"的同时，适时引导村民把重心转移到精准扶贫产业发展上，在组织村民开展道德大讲堂，学习中央有关涉农精神的同时，就把各种涉农的专家、农技人员请到村里给村民讲产业知识，并组织村干部、党员代表、村里有经济头脑的100多人先后到洪洞县学习土鸡养殖、交口县学习平菇种植等技术。通过示范带动，黎掌村大棚蘑菇迅速发展到30座，每座产值达10万元，共带动60户贫困户户均年务工增收3000元。紧抓县上引进天津宝迪集团发展标准化养殖的机遇，采取"公司+基地+合作社+贫困户"的运营模式，带动4户贫困户参与千头标准化养猪场基地新建经营，户均年纯收入5000元。席金才原来是全村最典型的"不走正路的贫困户"，整天游手好闲、无事生非，家里4亩地的收入连一家3口的医疗保险、养老保险都交不起。驻村工作队把他列为重点帮扶户后，在做通思想工作的同时，帮其贷款5万元办起了庭院养猪，通过努力，猪存栏超过40头以上，第一年卖猪收入就达到4.5万元。与此同时，在贫困户间还发展土鸡养殖、养蜂、小杂粮种植等，使脱贫致富产业迈出了坚实步伐。

完善设施为脱贫"护航"

鉴于村里道路年久失修、基础设施落后的局面,两年多来,经过多方协调联系,先后实施了10余个基础设施建设和公共服务配套项目。投资300万元建成了夏家山通村公路;投资88万元完成了黎掌村主路铺油;投资30万元建成了黎掌文化活动中心;投资25万元修建了贯水凹通村桥梁;协调帮扶资金20万元新安装了60盏太阳能路灯;投资15万元改扩建了村文化活动广场;投资15万元新建了黎掌、贺家沟两座水塔;投资6万元新建了黎掌文化舞台;投资5万元新建了黎掌迎宾牌楼;投资5万元改建了黎掌村排水渠等等。现在总投资200万元的黎掌村风貌提升工程也全面启动。基础配套和服务设施的进一步完善,为黎掌村脱贫致富奠定了坚实基础。

黎掌村实施的精神扶贫、思想扶志,不仅彻底扭转了村风、民风,更重要的是在全村树立起了党的形象、凝聚起了党心民心,增强了贫困群众脱贫的信心。如今的黎掌村已经成为蒲县脱贫攻坚的一杆旗帜,必将在攻坚战场上引领前进。

阳光发电助脱贫　肉鸡养殖促小康

——汾西县永安镇太阳山村脱贫案例

太阳山村位于永安镇东北部,与灵石县和霍州市接壤,辖太阳山和朱家山2个自然村,总面积2.6平方公里,耕地面积1500亩,总人口199户715人。2014年识别建档立卡贫困人口116户400人,贫困发生率55.9%,全村年人均收入2300元,村集体经济收入为零。脱贫攻坚战打响后,在县委、县政府的支持下,大力实施光伏扶贫、产业扶贫、就业扶贫等项目。到2016年底,累计脱贫113户395人,贫困发生率降至0.7%,全村年人均收入增加到3800元,村集体经济收入达到12万元,整村实现了脱贫退出。

太阳山村靠太阳

太阳山村位于石膏山顶端,地势开阔,光照资源非常丰富。驻村工作队长郭瑞华认为发展光伏扶贫"见效快、收益稳、帮扶准",经与村两委研究,决定抢抓光伏试点机遇,投资80万建成1座100千瓦村级光伏电站,年收入12万元。为做好光伏收益分配,制定了收益分配办法,5.5万元用于发展村级公益事业,6.5万元用于带动贫困户,其中深度贫困户直接发放补助,有劳动能力的通过开发保洁员、护路员等公益性岗位获取劳务收入。驻村工作队还争取中国证监会帮扶资金126万元,协调县亿通银行为63户贫困户发放财政贴息贷款94.3万元,用于发展3—5千瓦户用光伏项目,贫困户年人均增收2000—2500元,持续收益可达25年。贫困户李某某,长期患有慢性病,在驻村工作队的帮扶下,在其屋顶建成3.5千瓦户用光伏项目,年增收4000元,基本生活有了保障。

依托企业促就业

洪昌公司是汾西县肉鸡养殖产业的龙头企业,其年产20万吨饲料加工厂、年出栏300万只肉鸡养殖场和年屠宰2000万只肉鸡加工厂都选址太阳山村。驻村工作队和村两委积极与洪昌公司协商,实施企业帮扶就业计划,累计聘用贫困劳动力70余人从事养殖、运输、防疫、屠宰等工作,年人均务工收入3万元左右。贫困户李某某,全家4口人,两个孩子都在上学,家里没有稳定的收入来源,与洪昌养殖公司签订劳务合同后,李某某在洪昌肉鸡屠宰厂务工月收入达到2000元,全年增收2.4万元。此外,驻村工作队协调为13户贫困户争取扶贫小额贷款65万元,购买雏鸡入股到洪昌公司下属合作社,通过专业化肉鸡养殖,享受既保险又有保障的资产收益,实现了"资产变股权、农民变股东、收益有分红"。

用足用活好政策

"两不愁、三保障"是评价贫困群众脱贫成效的基础指标和关键指标,太阳山村以此为导向,认真落实教育、健康、社保、危房改造等惠民政策。2015年,经过排查,李某某、冀某某、刘某某等5户贫困户住的是危房,因家庭困难无法维修,驻村工作队积极争取危房改造资金帮他们整修房屋。面对村级基础配套设施不全和公共服务设施滞后的情况,协调投资200余万元,实施村街巷硬化工程6.68公里,168户486名群众走上了幸福路;投资8万元,改造维修了村级活动场所,建起党建活动中心,充实了农家书屋等；投资5万元，改造提升了村级文化站、村文化广场、老年人日间照料中心等。通过大力实施贫困村提升工程、美丽乡村建设，彻底改善了村内生态环境和村容村貌。2016年底，太阳山村所有脱贫户衣食住行、医疗、义务教育均实现了"两不愁、三保障"，年人均收入突破3800元大关。

太阳山村依托光伏产业和洪昌公司的带动，依托驻村干部强有力的帮扶，不仅实现了贫困群众脱贫增收的目标，而且走出了一条强企、兴村、富民的共赢发展之路，必将进一步引领太阳山村人民迈向更高水平的小康。

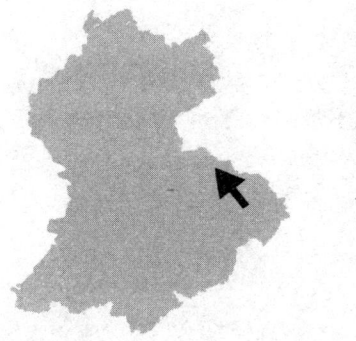

吕梁市

百村脱贫案例

乡村旧貌换新颜　旅游脱贫促振兴
——离石区信义镇归化村脱贫案例

归化原名朱化村，"文革"后改名归化，取意为"归向四个现代化"。境内宝峰山道观，始建于西汉平帝元年。现保存庙宇14座，其中万神庙尚存1050多尊佛像。归化村距市区26公里，户籍人口341户860人，占地面积21.3平方公里，耕地面积3200亩。2014年识别建档立卡贫困人口166户399人，贫困发生率46.4%，年人均收入不足2300元，无集体经济收入。脱贫攻坚以来，通过发展乡村旅游、大力扶持光伏产业、推动基础设施建设等举措促进脱贫政策落实，到2017年底，累计脱贫161户386人，贫困发生率降至1.5%，年人均收入达到4468元，集体经济收入突破6万元，实现了整村脱贫。

打基础　利长远

2015年以来，第一书记和驻村工作队主动对接水利局、环保局、扶贫办等单位，先后争取资金300多万元改善基础设施，其中修建民俗文化陈列馆1座；新建2000平方米的宝峰公园；实施农村改厕工程，安装污水管网4000余米；新建护村河坝260米；新修旅游公厕2座；新增路灯20盏；新建700平方米的村民健身广场；配备公益性岗位清洁工6名。为使农村老人有一个更舒适的生活环境，又新建840平方米的老年日间照料中心1座，真正实现了老有所养、老有所依、老有所乐；新建村级卫生室，极大解决了村民看病难、买药难的问题；新建文化活动室、图书室1间，丰富了村民的精神文化生活；完善理发室、洗澡间设备，使群众的幸福感直线上升。通过2013年危房改造，2015年、2016年"美丽乡村"建设，2017年晋西民居改造及创建"东四义式"卫生示范村，村民房产普遍由原来的1万元没人要，到现在20多万没人卖，村民财产性收入呈指数级增长。

扶真贫　　稳脱贫

归化村通过特色产业、健康扶贫、教育扶贫、易地搬迁、金融扶贫、光伏扶贫、兜底保障等脱贫举措，确保国家扶贫政策到户到人，真正实现精准脱贫。实施400千瓦光伏电站，拓展集体经济增收途径，深度贫困户分红60%，集体分红25%，运营公司占15%，全村49户深度贫困人口户均年增收3000元，村集体收入2万元。通过实施太阳能光伏光热发电供暖一体化项目，村民户均节省原煤6吨以上，节约供暖支出3000元，实现了经济效益与生态效益的双赢。通过"金融+就业"扶贫带动贫困户57人，每人每年收益3500元，其中42人在吕梁珍味谱食品有限公司务工，年均收入3万多元。贫困户陈某某年近70岁，一儿一女相继过世，他又疾病缠身。2016年看病花费7万多元，经医保报销、大病保险和大病救助后，报销比例达到了90%。国务院副总理孙春兰到吕梁调研时，陈某某激动地握着孙总理的手说："多亏国家的医疗政策，为我治病省了不少钱，感谢党、感谢政府！"

兴旅游　促发展

"观险何须赴华阴，宝峰山巅赛华山"的旅游精准扶贫计划，带领全村吹响脱贫致富的"冲锋号"。依靠得天独厚的区位优势和自然风光，归化村大力发展特色农村生态旅游、乡村休闲旅游和农业传统体验游。2017年仅五一期间来村游客达45000余人次，仅门票收入就超过6万元，实现集体经济收入破零；全村兴办农家乐28户，农家乐收入合计42300余元；个人摊点收入72600多元。贫困户收入都有增加，贫困户王某某主动装修了自家的门面，兴办了全村第一家"乡村酒吧"，年收入1万多元。"做梦也没有想到归化村今天会发展得这么好，国家给我们把旧房改造了，村容焕然一新，城里人都愿意来我们村旅游了。"王某某的脸上洋溢着幸福的笑容！区委、区政府联系同济大学和山西农业大学有关专家还为归化村打造了体现本地农耕文化特色的大型民俗演艺实景剧《沟梁上的土疙瘩》。本村68位村民出演，通过春耕、夏耘、秋收、冬藏四个篇章，展现出离石纯正的农耕文化、传统的信仰文化、灵动的生态文化和古朴的民俗文化。依托乡村旅游带动农家乐、农家客栈发展，增加村民财产性、经营性收入，使农户的生活得到了极大的提高。

抓特色产业　　促稳定脱贫
——文水县马西乡马西村脱贫案例

马西村位于文水县城西南方向，距县城10公里，户籍人口1868户5138人，占地面积6.5平方公里，耕地面积5500亩。2014年识别建档立卡贫困人口491户2009人，贫困发生率39.1%，年人均收入2000元，无集体经济收入。脱贫攻坚开展以来，在马西村村两委和帮扶单位的积极谋划下，通过因户施策、改善基础设施和大力发展产业，到2017底，全村贫困人口整体脱贫，年人均收入达5000元，村集体经济收入突破10万元，实现贫困村退出。

脱贫攻坚靠产业

马西村村两委和驻村工作队积极开动脑筋利用优势做文章，因地制宜制定产业脱贫规划，走出了一条项目带产业、产业促增收的脱贫之路。马西村实施肉牛养殖特色产业发展，依托县委、县政府牵线搭桥，引进汇通食品有限公司先进养殖技术及资金，村委提供非耕地抵资，并且整合涉农资金帮助贫困户成立合作社，采用"农业产业化龙头企业+村委+合作社"的模式共同入股成立家家旺肉牛养殖有限公司，养殖规模500头，利用白玉酒厂和海华酒厂两家本地大型白酒生产企业的大量的酿酒附属产品酒糟，作为牲畜养殖的上等饲料，因地制宜走出了一条产业化脱贫模式，直接带动185户贫困户实现稳定脱贫、长久致富，同时也壮大了集体经济。2017年底贫困户分红共计72万元，贫困人口人均分红近2000元，为185户贫困户整体脱贫提供了强有力的保障，村集体经济收入达到8万元。

窗体底端　改善基础设施促脱贫

脱贫不是目标，小康才是方向。扶贫先扶志，树志抓教育。近年来，村两委和帮扶单位积极争取上级各类资金，大力改善基础教育办学条件和公共基础设施建设：2015年投资200万元为马西中小学修建了体育场；投资170万元启动了马西幼儿园新建工程，2016年已经相继投入使用。2016年又结合"全面改薄"工程投资33万元为马西小学修建了多功能会议室，投资30万为马西小学购置图书、实验仪器、音体美器材等；投资96万元为马西中学修建学生宿舍和实验室，投资23万元为马西中学购置实验仪器等，使马西中小学办学条件在原来基础上更加完善；打了1眼300米左右的深井，解决了马西村5000余名群众吃水难问题，且饮水也符合地方安全饮水标准，保证了饮水安全；完成了农村电网改造8公里；投资500余万元硬化了3公里柏油路，路面宽5米；投资600万元硬化村内大街小巷15公里水泥路；铺设有线电视及网络数据线路，现在已经送达1800余户的门口，群众基本上看上了有线电视，并可以在电脑上进行工作或休闲。努力建设美丽新农村，积极整治村容村貌，利用村集体产业分红资金成立清洁队，队员共18名，并划分责任区，加强了对保洁员的出勤考核，同时保证了村内大街小巷及环村道路的环境卫生整洁、干净。

因户制宜　实施精准扶贫

为确保脱贫资金真正用于改善贫困户生活，强化对脱贫资金使用的监管，确保资金有效使用，形成了发展生产、劳务输出、兜底保障三大新的脱贫模式，贫困户发展理念有了提升，脱贫由"输血"向"造血"转变。贫困户张某某，由于工伤造成双腿残疾，生活十分艰难，村两委及驻村工作队为其量身制订脱贫计划，向民政、残联等部门申请低保金、残疾人生活补贴，对其所住危房进行了改造，帮助其二儿子解决了工作、包村干部又积极联系开发商，为其子担保在文水县兴民二区购买70余平方米婚房，解决了老两口的后顾之忧。2017年政府多部门领导给予关怀慰问金共计3000余元，现在张某某逢人就夸党的政策好，感谢各级领导对他们家关爱有加。贫困户陈某某，妻子抛家舍子离婚出走，70岁的老母亲身体欠佳，10岁的儿子正在上学，没有技术，没有资金，住的危房，生活特别困难。村两委及驻村工作队积极为其母亲申请享受了低保金，2017年又为其家进行了危房改造，解了燃眉之急。村两委及驻村工作队积极联系、协调海华酒厂，帮助他找到一份稳定的工作，基本解决了生活问题。现在的陈某某，每当提起村两委和工作队，总是情不自禁地感谢党、感谢政府、感谢村两委领导、感谢工作队人员。

努力实现"一村一品一主体产业"项目的发展目标后，村民的生活日益改善，基础教育设施日益夯实，教育教学质量稳步提高，集体和农户双增收，脱贫户巩固日益坚实，村集体经济日益壮大，农村经济社会协调发展，将会实现农业安全稳定，农村安定有序，农民安居乐业的"和谐美丽马西梦"。

多措并举促脱贫　旧村旧貌换新颜
——交城县东坡底乡东坡底村脱贫案例

东坡底村是交城县东坡底乡政府所在地，海拔1220米，气候干旱高寒，是典型的纯农业村。全村户籍人口313户831人，占地面积26.7平方公里，耕地面积1400亩。2014年识别建档立卡贫困人口156户348人，贫困发生率41.9%，年人均收入2700元，无集体经济收入。脱贫攻坚以来，通过县、乡精准施策，东坡底村坚持以产业带村、项目兴村、招工进村、技术助村、社会帮村等多种形式立体布局，带强了一批产业、带动了一批项目，基础设施和基本公共服务得到很大改善，人居环境实现了绿化亮化，农业产业集中壮大，特色产业形成规模，社会事业不断发展。到2017年底累计脱贫153户344人，贫困发生率降至0.5%，年人均收入4300元，村集体经济收入突破5万元，实现了贫困村"摘帽"。

创新发展　构建脱贫"造血功能"

为了推进扶贫工作顺利开展，交城县人社局第一时间召开精准扶贫动员大会，深入摸底，结合东坡底村地处高寒、纯农业原生特点，通过种植结构调整、改变旧有观念，建立起具有东坡底村特色的多元发展体系，形成了"政企农"联动的产业扶贫大格局。2017年6月7日东坡底村争取到以工代赈基本农田建设项目，直接受益贫困人口30人，每人可增收400元。2017年8月以本村能人大户带头成立个人农牧合作社5个，动员20户贫困户加入合作社，户均年增收4000元。东坡底村筹集230万建设了20个白木耳大棚，带动120户贫困户增收致富。"我家养了5头牛，我还帮邮政所送报纸每月收入900元，在吊袋木耳大棚投入政府补助的4000棒菌棒，还入了1000元的股，再种点玉米、谷子、黄豆自给自足，年收入至少2万元。"村民任某某信心满满地算了一笔账。2017年东坡底村举办了首届黄芥子花摄影节，探索田园式农旅融合发展模式，并申报了市级"美丽乡村"。

精准建设　基础设施高效达标

2014年以来，全村累计投入60万元进行了集中环境整治，彻底改变了"脏、乱、差"的状况。对沿线"四堆"进行了集中清理并全线进行了绿化，通过整治环境卫生，增加在村劳动力的收入。2017年10月，驻村干部争取到林业局乡村绿化项目，在村级道路两旁种植国槐700余棵，优先使用贫困户6人，每人收益200元。2017年11月建成的红色文化广场，突出红色和公益两大主题，集红色文化、爱国教育、体育活动、休闲健身等多项功能于一体，通过组织重温入党宣誓、开展党员志愿服务、宣讲红色革命故事等红色广场文化活动，丰富和活跃老区群众的精神文化生活。该广场带动贫困户8人，每人收益400元。贫困户胡某某，是一个残疾人，有听力障碍，腿有残疾，还有一个14岁的儿子，家庭条件十分困难，在享受了低保、残疾、教育等政策之后，村集体把他列为劳务用工，只要有集体项目，让他通过劳务用工，自食其力获得收入，帮助他走出贫困。

教育引导　激发脱贫内生动力

东坡底村帮扶干部通过以工代赈、基础建设、公益类管护等方式鼓舞脱贫意志，累计培训群众80人次，帮助贫困劳动力学技术、转观念、拓思路，带动120余人劳务增收，使贫困户在参与中树立起自主脱贫的志气和信心，开阔了拓宽脱贫视野。东坡底村驻村工作队编印《脱贫攻坚到户政策告知书》，队员们上门不间断宣传，使贫困户知晓已享受的产业发展、就业培训、易地搬迁、危房改造、教育资助、医疗救助、兜底保障等各方面脱贫攻坚政策。县卫计局发放"爱心医疗盒"，内置《健康扶贫宣传手册》和部分常用用品，最大程度服务群众，提升满意度。村两委利用农村广播便利，启动政策宣传"大喇叭"，定期宣传脱贫"摘帽"相关政策，扩大政策知晓度，用足用好用活政策，还开展"文明户"评选活动，选树先进典型3人，激发贫困户争先创优向好意识。贫困户任某某获奖时激动地说："能站在这里发言，我感到非常的激动和自豪。感谢书记、主任以及其他干部给了我家这么高的荣誉。我将继续前行，为构建和谐社会奉献微薄之力。"

强基正风兴产业　　多管齐下促脱贫
——兴县康宁镇花子村脱贫案例

花子村位于兴县南部，距县城50公里，是典型的纯农业村，户籍人口511户1514人，35名党员干部，占地面积20平方公里，耕地面积3200亩。2014年识别建档立卡贫困户172户491人，贫困发生率32.4%，年人均收入2400元，没有任何集体经济收入。脱贫攻坚以来，花子村通过发挥第一书记、工作队员、包村干部"三支力量"作用，使脱贫攻坚取得扎实成效。到2017年底累计脱贫168户481人，贫困发生率降至0.7%，年人均收入4500元，村集体经济收入突破15万元，实现了贫困村退出。

"三支力量"显身手　　脱贫攻坚聚合力

脱贫攻坚根子在群众，关键看干部。针对花子村村大、人多、地广、党员不少、"团结但不战斗"的实际，县委特地选派县委组织部为其帮扶单位，县委组织部原副部长牛爱荣出任驻村工作队长，并选调精兵强将担任第一书记、工作队员，从加强组织建设、发挥党建优势，形成"好中取好、优中选优"的花子村脱贫攻坚"三支力量"。通过技能培训，有劳动能力的贫困户掌握了一技之长，贫困户在企业实现就业，从此变成了打工族，人均年增收8000元；通过谈心沟通，缺乏内生动力的懒汉拿起了锄头种地，并在村里的公益岗位就业，既有了种植收入，也有了打工收入，人均年增收6000元；通过产业提升，使村里的能人大户树立了发展的信心，并带动30户贫困户共同致富，户均年增收4000元。在此基础上，积极开展"勤劳致富""孝老爱亲""助人为乐"等文明户评选和"卫生标兵""优秀护工"等表彰活动。涌现出了康云丽等"金牌月嫂"，不仅自己脱贫，还带动了身边的小姐妹们共同走出家门，走进大城市。在驻村"三支力量"的感召、带动下，一些曾有懈怠思想的党员自愧不如，深感"对照人家咱太不像话"；一些党员不再"吃盐不管咸（闲）事"，开始主动关注起村里发展；一些党员不再以自家发财致富为满足，带头深入贫困户，分析致贫原因，制订脱贫计划，帮助贫困户探寻脱贫路径。村民李继平是支部书记李白作的弟弟，原本在原平经营黑猪养殖场，李书记多次上门动员，让其回乡创业。2017年李继平在村建立占地19亩的黑猪繁育基地，优先利用贫困户的闲置土地，优先吸纳贫困户就业，在他的带领下，27户贫困户因此获得年亩均700元的土地流转金，基地投产后，还为村民提供15个贫困户工作岗位。

摸清村况解民生　狠抓产业求发展

"三支力量"长期驻村，白天在田间地头了解情况，晚上利用农户休息的时间，谈心讲政策，经过一段时间的了解和沟通，对花子村的情况了如指掌。花子村地上无资源、地下少矿藏，立地贫困，大多数家庭只靠种几亩薄地为生。针对这一现状，工作队和村两委认为解决该村的贫困问题靠小打小闹短期内难以奏效，必须依靠集体牵头引项目、群众务工兴产业、土地流转来分红的模式集中各方资源举办适合本村长期发展的农、林、渔、牧等实体企业。2016年花子村成功引进光农互补450千瓦光伏发电项目，20户贫困户户均年增收3000元。2017年村两委将村集体原有100

余顶蔬菜大棚转让给山东客商，吸纳贫困人口62户87人，人均年增收6000元。村两委组织成立"花子村经济发展总社"，吸纳贫困户134户376人，通过就业和土地流转方式双向增收，户均年增收2500元。在省农科院专家指导下栽植葡萄18853株、樱桃3000株，49户贫困户55名贫困人口参与务工，人均年增收8000元，30户贫困户流转土地150亩，每户每亩年获流转金700元。此外，还通过护林员、保洁员、厨师等公益岗位为贫困户、特困户提供就业机会，其中护林员2名，每人年收入6000元；保洁员6名，每人年收入3600元。

因户施策定措施　　找准路子促脱贫

解决了有劳动能力的贫困户通过产业和就业脱贫，不能落下缺乏劳动力的弱势群体。村包联领导王立伟市长多次到身体有残疾的贫困户陈某某家中探望，工作队、第一书记多次上门动员鼓劲，并帮助他解决生活中的困难，不仅帮他解决了水果摊位的问题，还帮助他贷款3万元金融扶贫资金，解决了没有资金的后顾之忧。陈某某顺利地摆起了水果摊，2017年增收10000元以上，如期实现了贫困户脱贫。贫困户白某某有3个孩子，2个上大学、1个上初中，属于典型的因学致贫，村里为他上大学的子女申请了8000多元的"雨露计划"资助。贫困户刘某某，妻子因病导致半身不遂，花费了高额医疗费。村两委、驻村"三支力量"因户施策，帮助他落实"三保险、三救助"政策，住院半个月只花了150余元。合作总社的蔬菜上市后，村干部鼓励他去城里售卖，日均收益100元，有效缓解了家庭经济紧张态势。通过帮助贫困户解决困难，用心解决后顾之忧，再谋划致富方式，激发贫困户斗志，有效实现了扶贫与扶志相结合，多措并举实现了花子村稳定脱贫。

大力发展庭院经济　脱贫攻坚亮点纷呈
——临县石白头乡陈国坪村脱贫案例

　　陈国坪村距离县城30公里，辖陈国坪、铁洼、乔家洼3个自然村，地形复杂，自然条件非常恶劣，生产生活条件落后，是典型的以农、林、牧为主的纯农业贫困村，户籍人口293户870人，占地面积2.8平方公里，耕地面积2381亩。2014年识别建档立卡贫困人口108户305人，贫困发生率35.1%，年人均收入2400元，村集体无经济收入。脱贫攻坚以来，在第一书记、驻村工作队、村两委的带动下，陈国坪村紧紧围绕"脱贫摘帽"目标，瞄准攻坚方向、压实脱贫责任、坚持抓重点、破难点、创亮点，经过4年的发展，党建引领效应明显，产业基础初步形成，村容村貌改观较大。到2017年底，累计脱贫107户303人，贫困发生率降至0.2%，村人均收入3600元，村集体经济收入突破2万元，实现了整村脱贫。

党建引领树标立杆　锁定目标压实责任

　　"火车跑得快，全凭车头带。"4年来，陈国坪村一手抓活动阵地建设，一手抓集体经济建设，依靠支委会、村委会、监委会三委班子干部队伍、全体党员、村民代表、驻村帮扶工作队，先后投资10多万元改建了组织活动场所，集体经济收入2万元，村两委班子成员、村民代表、党员、驻村帮扶队员发挥了重要作用。特别是支部书记高春明，原来在外打工，2016年回到村内，在脱贫攻坚政策的号召下，兴办起临县铁洼种养专业合作社，吸纳贫困户21户，以养殖能繁母猪为贫困户提供猪仔为主营业务，通过1年多的发展，每户贫困户增收3000元，党员干部典型引领示范作用明显。

找准路子突出特色　因户因人精准施策

陈国坪村强化脱贫产业建设，构筑"造血""输血"工程，在原有种植、养殖、林业产业基础上，通过引进优质种子、新型肥料、先进种植技术等，使得玉米、马铃薯、肾形大豆、小杂粮、中药材等传统种植业增产增收，保障了群众的口粮供应。通过红枣林提质增效、标准化管理、新增核桃经济林等措施，实施红枣林提质增效300亩，红枣林标准化管理1000亩，新增核桃林1800亩，带动贫困户35户，年户均增收4000元，这不仅增强了农户发展林业经济的信心，而且有效保障了群众的长远收入。通过扩大"柏子"牌生态绒山羊养殖规模、新兴"庭院经济"生态土猪养殖、扩展生态土鸡养殖规模，使得贫困户在短期内有了稳定的现金收入。特别是新兴"庭院经济"生态土猪养殖项目，更是脱贫攻坚一大亮点。第一书记曹勤海针对陈国坪村家家户户院子很大，可利用的空间很多，闲置的土地、荒山荒沟很多的实际，在入户走访、实地考察后，曹勤海和村两委的干部决定因地制宜，利用地理优势，在陈国坪村发展"庭院经济"，靠特色生态养殖业带领村民拓宽脱贫致富路。在全体村民座谈会上，曹勤海给大家讲解生态养殖业良好的市场前景，为了转变村民的观念，曹勤海还组织部分村民去方山县实地考察黑猪项目，帮助并指导村民搭建猪舍羊圈，同时积极争取各方面资金和技术的支持，邀请县畜牧局的技术人员给大家讲解养殖知识。全村"生态土猪"养殖项目共发展32户，养殖土猪58

头,饲养过程中死亡14头,获得保险公司赔偿6300元,剩余44头,经过一年多的饲养,全部销售,获得现金收入18万元,平均每户收入5800元。贫困户李某某因常年超负荷劳动,不能继续干重体力活,只能靠种地维持一家5口人的生计。2016年8月份,在支村两委的号召下,李某某花4万元购买82只绒山羊,不管刮风下雨,他都每天坚持放羊,通过一年多的努力,2017年冬售卖36只绒山羊,收入现金3.2万元,圈内剩余绒山羊129只,价值8万多元。

补齐基础设施短板　打造美丽宜居村庄

打好脱贫攻坚战,基础设施需先行。陈国坪村把基础设施建设作为脱贫"摘帽"的先决条件,累计投入800万元,改建通村公路3.5公里,更换自来水管网1套,安装村级广播系统1套,新装太阳能路灯30盏,新装群众体育健身器材1套,粉刷墙壁600平方米,新建综合文化活动广场1处等,村内基础设施得到了大力改善,为下一步打造旅游乡村奠定了扎实的基础。看着村子的这些变化,村民高某某激动地说:"还是党的政策好,不仅改善了我们的物质生活,精神生活也得到了极大地提高。"

精准扶贫"拔穷根" 托起群众致富梦
——柳林县金家庄乡北辛安村脱贫案例

北辛安村距县城约25公里，户籍人口317户965人，占地面积3.8平方公里，耕地面积2400亩，基础设施滞后，群众生产生活条件较差，基本上是靠天吃饭。2014年识别建档立卡贫困人口186户600人，贫困发生率62.2%，年人均收入不足2200元，村集体无经济收入。通过县、乡、村三级努力，多措并举，大力发展相关产业，到2017年底累计脱贫184户593人，贫困发生率降至0.7%，年人均收入突破5000元，村集体经济收入突破3万元，一举摘掉了贫困村的"穷帽子"。

立足优势 培育多元富民产业

北辛安村山高田少，水资源丰富，适宜豆类作物生长。2017年，为了加快培育特色产业，壮大村集体经济，增加群众收入，由县政府办、县委党校、县二中组成的驻村工作队创新性地提出了"合作社+村集体+贫困户"的合作模式，成立了绿色农产品专业合作社和油脂加工合作社。合作社分别设立集体股和扶贫股，其中集体股占40%、扶贫股占60%。扶贫股收益覆盖贫困户，集体股收益覆盖五保户、低保户和其他患有重大疾病的困难户。全村稳定脱贫后，扶贫股全部转为村集体股，实现全村村民同股同权。合作社成立以来，通过吸纳贫困户入社，积极发展生产，产业种植规模逐渐扩大，订单式、电商式、"互联网+"销售成为主流，效益日益凸显，累计争取产业扶持资金达40余万元，为全村小杂粮加工和大豆油加工产业发展注入了强劲动力。2017年，合作社为全村44名贫困户社员每户发放了1000元的股权收益。贫困户孙某某起初因思想保守，对入社有顾虑。经驻村干部多次入户讲解政策、测算收入，最终打消了疑虑，并获得了稳定收益。同时，成功引进的山西新大象养殖有限公司万头生猪重点产业扶贫项目也在加快推进，目前猪舍厂房及附属设施基本完工，即将投放猪苗。该项目的投产达效，将有力带动全村参与猪舍管理和生产，促进增收致富。

资金撬动　激发群众内生动力

北辛安村离县城偏远闭塞，大部分村民文化素质偏低，脱贫能力普遍欠缺。驻村工作队发挥党的基层堡垒作用，组织村内老党员、青壮劳力及初高中文化水平的村民，通过座谈交流、集中学习等多种形式，帮助贫困户重拾自我发展产业致富信心，利用产业扶持资金、扶贫小额信贷资金等撬动产业发展，进一步激发群众发展生产的内生动力。贫困户尤某某起初家境贫寒，有养牛的想法，但因没有本金，无法实施。驻村工作队得知情况后，帮助他向农信社申请了5万元的扶贫小额贷款，添置了新牛犊，扩建了小牛舍，并修建了化粪池。现如今，肉牛规模已达到16头，年收入达到6万元。在尤某某养殖见效的带动下，全村发展生产的积极性、主动性更强了，干啥都有劲了。2017年，全村22户建档立卡贫困户在县农信社办理扶贫小额贷款82万元，争取上级用于扩建牲畜棚舍和购买牛犊、猪仔、饲料等产业扶持资金11余万元。目前，全村自主发展的产业主要有养牛、养猪、养兔、养蜂及豆腐加工，其中养牛5户肉牛32头，养猪11户生猪480头，群众脱贫有了根本保障。

政策引领　助推建设美丽乡村

为坚决打赢脱贫攻坚战，早日实现小康梦，北辛安村不仅在"输血与造血"功能上加足马力，用足用好政策，更在于广泛动员社会各方力量，大力推动乡村基础设施、公共服务建设以及环境卫生整治，确保为建成生态宜居的美丽乡村奠定坚实基础。2015年以来，驻村工作队先后与林业局对接，加强对已建成的1000亩核桃林基地的提质增效进行综合管理；与发改局对接，开展小流域治理，造地400亩，争取了光伏发电项目，建成200千瓦的村级电站；与水利局对接，新建饮水工程，铺设覆盖全村的自来水管网，彻底解决了饮水难问题；与住建局对接，争取资金改造村内危房33户，改善了贫困群众居住条件；与交通局对接，在村内沟口新建宽6米、长20米的跨河便民桥1座，极大地方便了村民过河劳作，降低汛期安全隐患；与社会各界力量对接，发起爱心倡议，设立爱心超市，切实解决了因灾因病农户的生活困难问题。2017年，北辛安村累计投入建设资金600余万元，使村里的道路、饮水、住房等基础设施，医疗、卫生、教育等公共服务和村容村貌、户容户貌、人容人貌等发生了历史性的改变，群众的生产生活条件和面貌脱胎换骨，日新月异。党群、干群鱼水关系得到进一步融合，精准帮扶氛围更加浓厚，群众对今后的生活也有了更多期盼和憧憬。2017年，北辛安村整村脱贫蓝图变成了美好现实，先后被县委命名为"五好农村党支部"，被市文物旅游委员会评为"市级旅游示范点"。通过全村的不懈努力，村人均收入增加2200元，全村105户贫困户高标准脱贫。惠民工程、暖心项目一件接着一件，昔日的穷山沟一跃变成了今日的"聚宝盆"。

多轮驱动走出新天地　产业扶贫筑就幸福梦
——柳林县留誉镇南沟村脱贫案例

南沟村是一个典型的纯农业贫困村，距离县城40公里，户籍人口374户1189人，占地面积2.1平方公里，耕地面积2405亩。2014年识别建档立卡贫困人口113户419人，贫困发生率为35%，年人均收入3400元，无集体经济收入。经过4年的产业培育和政策帮扶，到2017年底全村累计脱贫112户415人，贫困发生率降至0.3%，年人均收入达7000元，较2014年翻了一番，村集体经济收入突破3万元，实现了整村脱贫。

"土地流转"让"沉睡"资源活起来

南沟村地处柳林县东南边陲山区，山高地陡，耕地零散，村里的年轻人都不愿意守在这块贫瘠的土地上而选择外出打工，2400亩耕地绝大多数撂荒。为破解地荒人空的难题，村两委抓住山西联盛农业开发有限公司打造生态农业文化园区的难得机遇，按照"资源变资本，农民变股民"的思路，联合周边6个行政村组建柳林县槐树沟土地专业合作社，将南沟村2400亩土地财产折价入股联盛农业开发公司，农户土地承包经营权转化为公司股权。联盛农业开发公司以"公司+基地+合作社+农户"的模式，按照"统一栽植、统一植保、统一配肥、统一管理"的方式，推动农业产业结构调整，完成机修整地3万余亩，栽植生态林2万亩，核桃林2万亩，建成园区公路100余公里，现代化的农业生态文化园区初具规模。农业公司的大发展，带动了农户的大增收，南沟村1000余名村民年人均土地股份分红2000元。与此同时，联盛农业开发公司按照"农户自愿"的原则，将核桃林的采收、销售权反包给有技术、有能力的农户，用"造血"式的扶贫方式吸引部分外出务工人员回流，实现在家门口就业脱贫。南沟村村委主任贺玉平高兴地说："现在我们南沟村的农民既有分红权益，又有劳动收益，不仅实现了农民变股民，有的农民还变成了产业工人，实现了农民工人化呢！"

"借鸡生蛋"创出精准扶贫新模式

如何用活用足国家产业扶贫、金融扶贫政策资金，实现精准发力、精准帮扶、精准脱贫，成为摆在村两委和驻村工作队面前的最大课题。为此，在镇政府的有效组织下，南沟村分层次召开支村两委干部和扶贫工作队联席会议、村民代表会议、老党员老干部座谈会议、贫困户代表座谈会议，广泛征求党员干部群众意见建议，集思广益，群策群力，着力破解南沟村土地流转到联盛农业开发公司后如何发展特色产业，确保贫困户稳定脱贫的难题，逐步形成了"走出去""借锅炒饭""借鸡生蛋"的产业发展新思路。2016年底，镇政府引进山西新大象有限公司上马留誉镇寨子湾村万头生猪养殖项目后，村委和扶贫工作队在镇政府的协调下，决定将贫困户产业资金入股新大象公司，借留誉镇寨子湾村万头生猪养殖项目这口"锅"，"炒出"南沟村贫困户精准脱贫这碗"饭"。说干就干，南沟村支村两委干部、扶贫工作队和帮扶责任人，到田间、进农户、坐炕头，面对面与贫困户交心，详细讲解县委、县政府的优惠政策，21户贫困户14.7万元产业扶贫资金入股寨子湾大象集团生猪养殖，同时，贫困户积极参与项目建设，确保了这21户贫困户精准脱贫。

"电商扶贫"新业态带动新发展

在联盛农业生态文化园区的带领下,2400亩核桃林进入盛果期,但由于市场影响,优质核桃卖不出优价,严重创伤了农民承包经营的积极性。村两委干部和驻村工作队看在眼里、急在心上。针对这一情况,提出了利用"互联网+精准扶贫"的新思路,主动联系"京东·中国特产·柳林馆"的承办方——柳林县龙园电子商务公司,村内设立柳林馆农特产品收购站,接收贫困户贺某某为公司代购员,协助村民完成核桃、小杂粮、钙果等当地农特产品的网上交易,助推家乡特产走出大山。2017年通过代收代购村内的核桃、小杂粮、钙果2万余公斤,缓解了该村特色农产品销售难的问题。与此同时,南沟村设立供销"e"家便民综合服务社,开展代缴费、网络代购等业务,给村民生产生活带来了各种便利,打通了农村电商最后一公里。在"互联网+"的促动下,2017年底,全村核桃网上销售收入3万余元。核桃种植户充满喜悦地说:"扶贫工作队不仅带来了增收的产业,而且帮助解决了销售的问题,一条龙服务让大家对脱贫和奔小康更增添了信心。"

竖起党旗指方向　攻坚战所向披靡
——石楼县义碟镇张家塔村脱贫案例

张家塔位于石楼县以南，距县城15公里，全村户籍人口239户738人，占地面积9.8平方公里，耕地面积5033亩。2014年识别建档立卡贫困户165户490人，贫困发生率66.4%，年人均收入2450元，无集体经济收入。通过村两委班子带头，张家塔村大力发展林果业和合作社，到2017年底累计脱贫157户477人，贫困发生率降至1.8%，年人均收入3650元，集体经济收入突破5万元，实现了整村脱贫。

多元投入多措并举　加快脱贫攻坚步伐

张家塔村坚持基础先行、产业优先，整合扶贫、整村推进项目，实施道路硬化、饮水管网和产业培育等，确保人畜饮水用水安全，盘活农林产业资源，有效改善农户生产生活条件，为实现产业规模化提供平台。2015年以来张家塔村委在村两委班子的带动下，先后成立了左家沟沟域经济治理合作社带动贫困户17户、左家沟养殖合作社带动贫困户63户、来钱造林绿化合作社带动贫困户16户、五谷丰农副产品加工合作社带动贫困户13

户、村集体的肉种兔养殖合作社带动贫困户29户等，贫困户人均年增收6000元，村集体经济收入增收3万元。57岁的村民任某某曾经是村里的低保户，高额的学费、医药费、生活费，如同乌云一般笼罩着这个贫困家庭。扶贫工作队根据任某某的实际情况，帮他制定了规划，在他家的平房顶上安装了20块深蓝色的太阳能电池板，发出的电以每千瓦时0.85元的价格出售。2016年以来，张家塔村先后有14户贫困户发展光伏发电，每户5千瓦，每户年均收益6000元。村集体先后发展光伏210千瓦，带动80户年老体弱、无劳动能力的贫困户户均年增收1000元，村集体经济年增收1.2万元。

大力发展兔业养殖　为脱贫攻坚增添成色

脱贫攻坚不是干部唱独角戏，群众才是脱贫攻坚活动的主角，启动的每一个脱贫攻坚主体项目，必须要让群众参与进来，只有群众参与进来了，得到实惠了，脱贫攻坚才有成效。2016年张家塔村立足本地资源优势，积极开展以伊拉兔、奇卡兔为主的产业规模化、标准化养殖，建立石楼县张家塔村伊拉奇卡肉兔养殖基地，从四川省引进了种兔共300余只，基地采取"党支部+合作社+农户"的发展模式，与四川的企业合作，实行供种、供料、防疫及回收"四统一"，以点带面，扶持引导，带动贫困户致富。2017年7月25日晚，川流不息的321省道上，一辆大货车停在了张家塔村伊拉奇卡肉兔养殖基地的门前，正趁着夏季凉爽的后半夜，养殖场的工人们忙着过称、记录、装车、算账，1400余斤的肉兔以每斤6元的价格出售，近万元的现金收入让村民们个个喜上眉梢。26日一早，这辆满载商品兔的卡车将从基地出发，驶往千里之外的四川省自贡市。在随后的几个月里，张家塔的养兔基地先后向周边村20余户贫困户提供种兔、技术指导、确保回收等合作模式，带动周边贫困户脱贫致富。截至目前，全村已有29户贫困户"零首付"，直接入股参与分红，户均年增收4000元。

扶贫产业叠加式覆盖　群众发展后劲更足

发展产业是脱贫攻坚的根本落脚点,也是巩固脱贫成效的有力保障。张家塔村委在党员干部带头成立合作社带动贫困户脱贫的同时,对村委现有的4000余亩的核桃树幼苗实施嫁接管护等提质增效工程,到2020年进入盛果期后将成为群众增收的支柱产业。"以前我跟其他乡亲们一样不会修剪也不舍得修枝,如今学会了技术,一个春天都忙着修枝挣钱,春天剪枝要'狠',秋天果实才会饱满。"贫困户任某某说。2016年结合生态脱贫政策,全村共规划退耕1536亩,2017年对全村现有的3540亩耕地全部规划退耕,做到能退尽退,使30户贫困户年增收2000元。村委通过召开村民代表大会,集中讨论各项产业发展中贫困户参加合作社分红情况,结合贫困户自身贫困深度,对所覆盖产业进行合理安排,使得很多深度贫困的家庭能够实现扶贫产业叠加式享受。精准脱贫,核心在人。张家塔村坚持以人民为中心,重"输血"更重"造血",充分激发村民内生动力,将人力资源变为"人力财富"。全村林果业产业发展后劲强,合作社带动前景美好,村两委班子团结,凝聚力强,群众发展势头正旺,古老的村庄焕发出新的生机。

精准施策真脱贫　　多措并举保增收
——方山县麻地会乡后则沟村脱贫案例

麻地会乡后则沟村位于209国道西侧，距县城9公里，户籍人口315户904人，占地面积2.13平方公里。2014年识别建档立卡贫困户185户486人，贫困发生率53.8%，年人均收入3800元，无集体经济收入。村民主要收入以种植玉米、红芸豆、土豆等农作物和外出务工为主，通过建设村级基础设施、开展光伏扶贫项目和创新发展模式，2017年底，实现全村贫困户全部脱贫，年人均收入6500元，村集体经济收入达到32万元，彻底摘掉了贫困村的"帽子"。

改旧貌换新颜　　建设村级基础设施

2017年，后则沟村积极响应县委、县政府号召，筹集180余万元，大力实施农村基础设施工程。村内道路硬化占比达到了90%以上，安装路灯67盏，使农户告别了黑暗的夜晚，也能随时在路灯下看到农户谈笑风生的场景。实现全村自来水水质达标，使农户可以喝到安全、干净的自来水。村内建设了文化活动室、图书阅览室，极大地丰富了农户的精神文化、提高了素质涵养。全村已完成了农村电网改造工程，基本实现全覆盖。村内有寄宿制小学校1所，解决了农户子女上学难的问题。在基础设施建设和村集体产业发展过程中，贫困户累计投入劳力100余人次，获得工资性收入10余万元。极大地改善了农村环境卫生，提升了公共服务水平，方便了群众出行就医，改善了住房条件，解决了饮水困难，实现了幼教有改善、文娱有场所、宣传有阵地，达到了公益性基础设施和基本公共服务全覆盖，受到了村内广大老百姓的认可和称赞。

抓光伏保兜底　确保群众稳定增收

2015年，利用光照充足的自然优势，后则沟村率先铺开光伏扶贫试点工作，投入资金95.25万元，新建100千瓦光伏电站1座，2016年5月并网发电，年均收益12万元。为了搞好收益分配，村两委班子、党员大会研究讨论，制定了光伏扶贫收益分配方案，扣除土地租赁费6750元，按3∶6∶1进行分配，即：公益性岗位30%，小型公益性事业60%，奖励补助10%。目前已分配到户公益性岗位支出为17330元，惠及5人；小型公益性事业支出为29316元，惠及68人；奖励补助支出6100元，惠及33人。贫困户韩某某大学毕业后，通过"引进人才回村"创业计划，被村委聘为合作社的会计并管理村级档案等资料，月收入2200元。贫困户王某某是一个孤儿，与70多岁的奶奶相依为命，光伏性收益分配给予其1500元的补助。同时，为了进一步提高土地综合使用效率，将光伏扶贫与中药材种植紧密结合，利用光伏发电板周围闲置土地，建成了中药材试验示范基地和种子种苗繁育基地各1个，占地面积15亩。2016年、2017年试验种植黄芪、黄芩、生地、黑枸杞、白芍、射干、苍术等13个品种，两年共创收4万余元，贫困户180户459人长期受益，户均年增收200元。

创思路建模式　打造立体产业链条

2016年以来，在县、乡两级政府的领导下，驻村帮扶单位吕梁市财政局、山西国际能源与村支两委班子经多方考察、研究，针对村里人多地少、耕地贫瘠、主要劳动力外流、留守人员绝大多数是老弱病残等情况，因地制宜，按照"村集体主导、合作社运营、贫困户参与、全民投入、按股分红"的原则，最终确定了"村集体占股、农户土地入股、贫困人口免费配股、非贫困人口现金入股"多元化种植的精准发展思路。由村支部主导、村两委主干、党员发起，吸纳全村180户贫困户免费入社、135户非贫困户投劳投资入社，成立了方山县神槐中药材种植专业合作社，参与立体种植产业发展。整合利用1300多亩闲置土地，发展"山楂林+黑枸杞+柴胡+红芸豆"经济林1000亩，项目获得收益后由合作社提取10%的发展基金，剩余90%按股分红到户。盛果期年收益约140万元，每股收益250元，村集体年收益29万元。"去年合作社分红的8000余元，当护林员收入的5000元，这对我们3口之家来说，可不是个小数目。""自从有了合作社，我的日子也好过多了，你说我一个60来岁的人，外出打工也不吃香，这几年我通过在合作社里劳动，工资赚的6600多元。"这是方山县麻地会乡后则沟村建档立卡贫困户曹某某和薛某某的对话。该村将继续创新模式、因地制宜、优化举措，进一步强化基层党建、光伏收益、产业助收等工作，着力巩固提升当前取得的脱贫成效，让全体村民踏上奔小康的新征程。

靠山吃山　西交子村"新吃法"迎来新天地
——交口县桃红坡镇西交子村脱贫案例

西交子村位于桃红坡镇北部山区，户籍人口298户872人，总占地面积4.2平方公里，耕地面积1100亩。2014年识别建档立卡贫困人口160户426人，贫困发生率48.8%，年人均收入仅2630元，无集体经济收入。自从脱贫攻坚以来，村干部审时度势，统筹谋划，完善基础设施及公共服务配套建设，通过打造全县食用菌基地，使全村脱贫攻坚工作稳步推进。到2017年底累计脱贫157户421人，贫困发生率降至0.57%，年人均收入达7960元，村集体经济收入突破10万元，顺利摘掉贫困村的"帽子"，成为交口县脱贫攻坚的典型模范村。

立足优势　找出脱贫"法宝"

西交子村气候凉爽、环境宜人，非常符合种植夏季优质香菇的条件。第一书记张海峰经过多方考察和深度调研，将种植夏菇作为该村脱贫攻坚的支柱产业和老百姓长远致富的根本措施，他提出"一户一棚菇、脱贫能致富"的思路，重点发展香菇产业。2016年初就开始发展第一批香菇种植示范户。通过帮扶单位、乡镇包村干部和驻镇驻村企业捐助的8万多元，迅速帮助25户贫困户建成出菇大棚29个，种植香菇19万棒，当年户均增收2万元以上。在第一批示范户成功脱贫效应的影响下，西交子村群众对种植香菇热情高涨，全村产业步入快速发展期。2017年全村建成出菇大棚100个，农户房前屋后建棚62个，香菇种植达30万棒，户均种植4000棒，参与种植贫困户年均增收2万元。

创新模式　打造"龙头"效应

为进一步稳固食用菌长远发展的基础，村两委组织成立专业合作社。瞄准反季节上市这一点，科学组织生产，全力抢占市场先机。利用产业扶贫政策性资金100万元，创新分红新模式，实行差异化分红，一方面实现村集体经济破零，另一方面覆盖全村贫困户，使特殊困难户稳定增收有了保障。同时，积极引进河南公司投资香菇市场、推进香菇深加工项目，建成了集制棒、种植、交易、加工于一体的规模化种植基地，带动闲散劳动力70余人，年人均收入5000元。构建起了香菇产业整村覆盖、带动脱贫的脱贫攻坚工作新格局。西交子村地处林区，村民一直就有采摘山货和野生中药材的习惯，但没有稳定的销售渠道，帮扶单位积极协调，交口县走大运生物科技有限公司与村里签订了野生资源开发战略合作协议，开展古树茶、山桃、山杏采摘技术培训及收购。培训采摘技术工达120人次，48户贫困户户均增收2000多元。

精准帮扶　构建"四位一体"机制

西交子村以党建为引领，构建了"四位一体"帮扶机制，驻村单位全体党员，镇、村党员干部，农业龙头企业，村域内采石企业，构成党员干部引领社会力量参与的帮扶主体。驻村单位发挥部门优势，既要以严格的组织管理和规范的操作规程确保帮扶责任不折不扣地落实，又要积极协调企业帮扶。镇、村两级党员干部发挥基层工作经验和熟悉群众的优势，大力宣传好、落实好各项政策。农业龙头企业（绅士园食品加工有限公司）充分发挥产业龙头带动作用，积极培育新型优势产业，率先形成香菇"一村一品"产业格局，在2017年巩固壮大香菇产业的同时转型发展香菇深加工产业，不仅吸纳了30多户贫困户，还与村委签订了香菇订单收购协议，保障农户产品销售。村域内采石企业与村委签订了帮扶协议，每年给村委上交6万元，使村集体经济得到了快速发展。西交子村"三个一批"脱贫计划全面实现，即："针对无劳动能力的贫困户通过纳入社会保障解决一批，针对青壮年贫困人口通过劳务输出安置一批，针对年龄偏大还有劳动能力的通过家门口发展香菇产业扶持一批"。实现了无劳动能力的户户有保障，有劳动能力的户户有产业。贫困户郝某某激动地说："我原来只靠种地一年也最多也就8000元的收入，但是现在种植香菇年收入21000元，深加工香菇收入4000元，采摘山桃收入2000元，年收入27000元。同时我通过在合作社、企业打工还学到了新型生产技术，以后的日子会越过越好。"西交子村在扶贫过程中找准了产业项目与贫困户增收的结合点，真正建立起贫困户分享产业发展红利的有效机制。

多措并举　实现整村脱贫目标
——汾阳市峪道河镇褚家沟村脱贫案例

褚家沟村位于汾阳市城西北丘陵山区，距离县城20公里，是典型的纯农业贫困村。全村户籍人口119户345人，占地面积2.1平方公里，耕地面积1400亩。2014年识别建档立卡贫困人口51户150人，贫困发生率43.5%，年人均收入不足2400元，村集体无经济收入。脱贫攻坚以来，在市、镇两级党委、政府的支持下，汾阳市水务局驻村工作队帮扶下，按照精准扶贫、精准脱贫的要求，加强基层组织建设，着力培育主导产业、着力改善生产生活条件，不断激发群众内生发展动力，到2017年底，全村贫困人口全部脱贫，年人均收入达到6000元，村集体经济收入突破3万元，实现贫困村"摘帽"。

因地制宜　培育主导产业

褚家沟村有1600亩耕地，主要以传统玉米、核桃、小米种植为主。2015年驻村工作队与村委结合实际、因地制宜，最终把核桃产业做大做强。村内原有核桃树均是旧品种，产量差、价格低，再加上村民管理粗放,每亩纯收入不足500元。在充分调研考察的基础上,投入扶贫资金30余万元,帮助村民将核桃树分批次进行品种改良600余亩,并协助村民成立了五合聚丰种植合作社。将低产户的核桃林托管给合作社统一管理、统一销售。2016年品种改良后的核桃树丰收,产量比旧核桃树亩产增加50%,市场售价翻了3倍,每亩增收1200元。为了将核桃产业做深做精,2017年合作社修改章程,延伸核桃产业链,增加了农资销售、核桃加工、林下养鸡鹅等业务,并成功创立了"白果山庄"牌枣夹核桃,"晋老农"牌鸡鸭蛋,创下了15万元的产值收益。脱贫重在产业发展,但产业单一也意味着抗风险能力差。褚家沟地处山区,少雨干旱,荒坡众多,野生酸枣茂盛,为了长期保持村民收入稳定,能够对冲核桃产业可能带来的风险,村委筹集2万元发展酸枣种植。成功引进了大颗粒酸枣的嫁接技术与苗种。2016、2017年已成功推广6亩酸枣林,2017年第一批种植酸枣成熟,以每斤25元价格全部售出。

多方投入　改善生产生活条件

贫的原因是由"困"所致。褚家沟地理位置特殊,自古以来吃水难、行路难等问题制约着群众的生产生活。2015—2016年,在市水务、城建、扶贫、交通、电信、文化、电力等多部门的支持下,共投资400余万元,完成了400亩农田灌溉项目;800亩核桃林高灌引水工程;119户自来水入户项目;7.2公里田间路硬化项目;150米砌石护田堤防工程,入村2.2公里拓宽柏油路项目;800亩核桃树品种改良项目;扩穴施肥、林木修剪项目;农家书屋扩建60平方米、新建文体活动室120平方米、新建了文化广场;新建了互联网4G信号塔;新增动力电项目,极大地改善了群众的生产生活条件。

加强引导　激发农户内生动力

以培训教育为抓手,开展《每日农经》电视节目,每天滚动播放农业致富技术。举办了两届褚家沟村农民文化节;组织了拜父母、背家训、孝老爱亲、文明户评选等活动;组建了残疾人威风锣鼓队、健身操队、腰鼓文化宣传队;制定实施了新版村规民约。另外还引导全体村民开展义务劳作,向大寨贾家庄学习,发扬艰苦奋斗、自力更生的精神。通过一系列的活动,不仅提高村民综合素质,也极大地提升了内生动力。2016年,合作社内通过成员之间以强带弱,成功培养了30多名果树修剪员,当年外出竞标果树修剪工程,每人增收1万元,合作社当年收入50余万元,人均增收7000余元。市水务局通过水务施工培训,组建了30余人的施工队,当年施工队收入15万元。通过护工培训,实现了两人就业,当年增收3万余元。通过厨师培训,5人办理厨师证并顺利上岗,月增收2000元。成功培养3名创业农民,小资本创业,销售飞行玩具和土特产,月增收1500元。

关注弱势群体　实现共同发展

物质脱贫到能力脱贫再到精神脱贫,褚家沟村发生了巨大的变化,人民群众有了安全感。褚家沟的村民正在享受政府教育、医疗、民政等24项惠民措施。在褚家沟村的贫困户中,因病致贫的人数最多。2016至2018年汾阳市政府给所有贫困户免费参保了合作医疗和养老保险,汾阳市水务局和市扶贫办免费办理了大病救助补充保险,汾阳市各大医院给贫困户设立了绿色通道,各乡镇医院定期给贫困户做体检和进村上门诊断。给每个贫困村配置了医务室、医疗设施和医务人员,与每个贫困人员签订了家庭医生协议。家庭签约医生在邻村居住,天天在村内上班,定期张贴宣传海报,开展小型健康知识讲座。市残联和卫计、文化部门还给村内配备了健身器械。通过多方举措,村民的健康得到了极大保障。褚家沟村内留守不足200人，60岁以上121人，70岁以上老人22人。近3年内死亡5人，贫困人口死亡3人。人口结构严重老龄化。2017年褚家沟村成立了老年自助幸福苑，村内70岁以上的在幸福苑内吃住。将有劳动力的组织起来种植蔬菜，养殖鸡、羊、蜜蜂；没有劳动力的负责收家鸡蛋、帮厨，将老年人的时间充分利用，创造收入补贴养老院的运营。褚家沟村没有学校，学生上学往返4里山路，工作队同志协调邻村小学，开家长会做通全校家长的工作，筹集资金2万余元，给学生开设了食堂和宿舍，极大地节省了学生上学的成本和时间。工作队号召社会爱心人士20余名，在村里当义工，每个星期六和星期日开设舞蹈、音乐、美术、读书、英语、国学等课程，极大地丰富了学生的课外生活并增长了知识量。

特色产业促脱贫　落后山村换新颜
——中阳县车鸣峪乡刘家坪村脱贫案例

刘家坪村位于中阳县南28公里，户籍人口458户1255人，占地面积7.9平方公里，耕地面积6287亩，农作物以玉米为主，畜牧养殖以肉牛为主。2014年识别建档立卡贫困户365户718人，贫困发生率57.2%，年人均收入不足2300元，无村集体收入。脱贫攻坚以来，该村紧紧围绕抓党建促脱贫、抓产业促增收的思路，强化班子建设，增加产业投入，抓好政策落实，下足绣花功夫。到2017年底累计脱贫364户714人，贫困发生率降至0.3%，年人均收入超过4200元，村集体经济收入突破16万元，实现了整村脱贫。

抓班子建设　落实主体责任

"火车跑得快，全靠车头带。"党员干部是落实精准扶贫的关键因素，更是带领贫困群众脱贫致富的"指南针""风向标"。脱贫攻坚以来，乡党委、驻村工作队、第一书记首先从强化村两委班子建设入手，利用村两委换届的契机，把6名热心农村工作、肯为群众办事、年轻有担当的致富能人充实到班子,为脱贫攻坚提供强有力的组织保证。明确班子成员分工,量化细化工作,做到脱贫重担人人挑,人人头上担指标,年初立约年末兑现,能担就当,不能担就让。村支部确定每周二为党员代表、村民代表、村两委班子商讨脱贫攻坚活动日,重点议定资金项目建设情况,分析解决存在问题的短板;确定每月18日为"主题党员活动日",要求党员人人发言,共话村级发展、共谋村民致富路径;开展十星级党员评选活动,要求党员上门宣传扶贫政策,带头落实扶贫政策,有致富能力的带头包联贫困对象。

抓产业就业 稳定增加收入

靠产业稳定脱贫,靠就业增收致富。2016年开始,刘家坪村按照县委、县政府"3X+4145"产业发展布局,进一步密切产业与贫困对象利益联结,吸引龙头企业参与,走出一条"企业+合作社+贫困户"的发展新模式。2016年,建起了占地108亩的食用菌栽植基地,建设种菌棚及出菇棚65座,年出菇40万公斤,带动50户贫困户稳定脱贫,户均年增收1.2万元。基地正式运转后贫困户在发展传统养殖种植业的基础上,又通过土地流转、委托经营、就近务工进一步有了长期稳定的收入。58岁的贫困户高某某是该村典型的贫困户,丈夫残疾无劳动力,一个儿子天生体弱多病,家里大大小小事情全靠她,是家里唯一的顶梁柱。香菇基地建成以后,依托"3X+4145"产业发展模式入股香菇基地,她高兴地说:"不仅能分红,还可以在自家门前实现打工就业,2017年我们家打工+分红实现收入超过1.5万元,小康日子离我们真的不远了!"脱贫的王某某夫妇利用产业发展资金入股香菇基地,同时务工就业达到双赢目的,年收入达到1.4万余元。

抓驻村帮扶　政策落地生根

干部驻村联户帮扶关键点在于因户因人施策，不折不扣落实兑现扶贫惠民政策。帮扶干部始终坚持问题导向，对标找问题补短板，以时间节点确立工作坐标，以落实清单制度倒逼问题整改，确保贫困对象应享尽享扶贫政策。帮扶单位配备了5名专职工作人员长期驻村，组织119名机关干部先后到户对接帮扶达7500余次，累计兑现制定17项政策1496条次，涉及5982人次；干部投入帮扶资金7万余元用于推行"3X+4145"产业发展模式。县包联企业坤龙煤业投资35万元，为全村3个小组安装35瓦太阳能路灯共100盏，彻底解决了群众夜间出行安全，改善了村民生产生活条件。刘家坪村辖3个自然村，交通条件差，基础设施建设落后，还存在着高压线路辐射隐患，一方水土养不起一方人。鉴于此，村两委为危房户申请易地搬迁，于2017年底在升辉佳境移民小区和友盛移民小区共安置贫困人口85户299人。移民户郝某某激动地说："党的政策太好了，共产党真是为老百姓做实事，让我们在城里安下了家！"

百村脱贫案例 >>>

强化领导 创新机制
积极探索产业扶贫新模式
——岚县大蛇头乡吴家沟村脱贫案例

吴家沟村位于岚县县城西北部25公里处,辖吴家沟、后吴家沟、毛窝、毛沟洼和黑龙沟5个自然村,户籍人口237户860人,2014年识别建档立卡贫困户147户521人,贫困发生率为60%,年人均收入2800元,村集体无经济收入。精准扶贫工作开展以来,通过上级部门的大力扶持和所有帮扶力量的共同努力,到2017年底累计脱贫139户504人,贫困发生率降到1.9%,年人均收入达到5000元,村集体经济收入突破5万元,顺利实现贫困村退出。

支部领办 贫困户参与 开启产业扶贫新模式

吴家沟村是典型的贫困村,自然环境恶劣,产业基础薄弱,生产生活水平低下,村民居住条件差,思想观念陈旧,经济发展滞后。如何才能打赢脱贫攻坚这场硬仗?吴家沟村党支部通过深入细致的调研,提出了"发展马铃薯种薯种植产业、确保贫困户稳定增收"的脱贫思路,确定开启

"党支部+合作社+基地+贫困户"的马铃薯产业扶贫新模式。利用吴家沟村高海拔、昼夜温差大、土地肥沃、远离污染区，种植马铃薯有着得天独厚的地理优势，吴家沟村马铃薯种植依托岚县福众薯业专业合作社为带动主体，解决农民马铃薯种植难、运输难、储存难、销售难等问题，并吸纳贫困户在合作社打工就业，同时整合土地资源，发展社员128户，带动570余人。先后投资各类农机12台，修建薯窖14眼，防蚜网棚12个（繁殖微型薯），建成马铃薯标准化种植基地2000余亩，年产量达3000吨以上，产品获得国家绿色认证。贫困户通过就业打工、土地流转等模式，实现了脱贫双促进，户均增收6000元。

强化服务　提升品质　保证贫困户增收

合作社为入社成员提供"六统一"服务，即：统一为社员选购优良种薯，统一发放肥料、农药，统一种植，统一管理，统一收割，统一价格回收。合作社在保底收购价的基础上，按照每斤高于市场价20%的价格与贫困户签订收购合同。2016年回购马铃薯种薯100万斤，收益65万元，2017年回购马铃薯种薯160万斤，收益83万元。仅此一项就为贫困户每年人均增收2500余元。马铃薯产品不仅满足了本县的薯种需求，而且还远销离石、太原、大同、长治、晋中等地，为全乡马铃薯产业种植、销售提供了良好的示范作用，辐射带动全乡发展马铃薯种薯种植，取得了良好的经济效益和社会效益。通过实行"六统一"，有效降低了种植成本，提高了种植技术，提升了产品质量。

整合资源"多措并举"　增加集体经济实力

实现整村脱贫目标，村集体经济收入如何破零是摆在村两委面前的首要课题。2016年，吴家沟村积极争取到光伏扶贫项目，在县政府的大力支持下新建0.1兆瓦村级光伏发电站1座，每年收益3万元，村集体经济收入首次实现破零。2017年,吴家沟村筹措资金20万元扶持壮大集体经济,与华夏京都有限公司"岚县土豆宴"全国推广总部基地产业项目签约,贫困户通过就业打工等模式,年均增收1.6万元。实施贫困户户均半亩微型薯保优种、户均一亩一级薯保增收、人均一亩绿色薯保脱贫工程和牛羊养殖发展项目,来保证贫困户稳定增收。同时借助小额扶贫信贷、光伏扶贫、移民搬迁、"雨露计划"、健康扶贫等扶贫政策共同发展,至2017年底通过逐年易地移民共108户401人,彻底解决了贫困户住房问题。

加大投入　改善环境　打造新村新气象

针对基础设施滞后、公共服务落后、经济功能薄弱、人才持续流失、陈规陋习严重、基层组织力量薄弱等突出问题,吴家沟村进一步加大投入,着力改善饮水、电网、道路、住房等基础设施,提升医疗卫生、社会保障、文化信息等公共服务水平,增强村集体经济、村级治理、乡风文明建设、内生动力激发等村级组织服务能力。完成村内道路硬化5700平方米,更换自来水主管道1000余米,为24户遗留户引入自来水,实现自来水100%入户。兴建了村级文化室,绘制了文化墙,维修了健身广场,修建了垃圾填埋场,改造了卫生厕所,打造了景观一条街,村民生产生活条件得到极大改善。如今,一个设施配套,环境整洁,乡风文明的吴家沟已展现在全村父老乡亲面前。

吴家沟村已实现了整村退出,下一步为巩固脱贫成效,吴家沟村继续以马铃薯种植作为群众增收的重要抓手,以市场为导向、以合作社为平台,努力深化拓展既有的产业发展模式,带动更多的农民增收致富。